Silêncio

RICHELLE MEAD

Silêncio

Tradução:
DANIELA DIAS

1ª edição

— Galera —
RIO DE JANEIRO

2016

CIP-BRASIL. CATALOGAÇÃO NA PUBLICAÇÃO
SINDICATO NACIONAL DOS EDITORES DE LIVROS, RJ

M437s   Mead, Richelle, 1976-
          Silêncio / Richelle Mead; tradução Daniela Dias. – 1ª ed. –
          Rio de Janeiro: Galera, 2016.
          il.

          Tradução de: Soundless
          ISBN 978-85-01-10738-1

          1. Ficção americana. I. Dias, Daniela. II. Título.

                                CDD: 813
16-31716   CDU: 821.111(73)-3

Título original:
Soundless

Copyright © 2015 Penguin Random House LCC
Publicado mediante acordo com Razorbill, um selo Penguin's Young Readers Group,
uma divisão de Penguin Random House LCC

Texto revisado segundo o novo Acordo Ortográfico da Língua Portuguesa.

Adaptação de capa: Renata Vidal

Todos os direitos reservados. Proibida a reprodução, no todo ou em parte, através de quaisquer meios. Os direitos morais do autor foram assegurados.

Direitos exclusivos de publicação em língua portuguesa somente para o Brasil adquiridos pela
EDITORA RECORD LTDA.
Rua Argentina 171 – Rio de Janeiro, RJ – 20921-380 – Tel.: (21)2585-2000
que se reserva a propriedade literária desta tradução.

Impresso no Brasil

ISBN: 978-85-01-10738-1

Seja um leitor preferencial Record.
Cadastre-se e receba informações sobre nossos lançamentos e nossas promoções.

Atendimento e venda direta ao leitor:
mdireto@record.com.br ou (21) 2585-2002.

*Em memória do meu pai, que perdeu a visão,
mas jamais a capacidade de enxergar.*

CAPÍTULO 1

MINHA IRMÃ ESTÁ EM APUROS, e tenho poucos minutos para ajudá-la.

Ela não percebe o problema. Tem tido dificuldade para enxergar muitas coisas ultimamente, e essa é a questão.

As pinceladas estão erradas, sinalizo para ela. *As linhas ficaram tortas, e você confundiu algumas cores.*

Zhang Jing se afasta da tela, e a surpresa ilumina seu rosto por um instante antes de o desespero surgir. Não é a primeira vez que esse tipo de erro acontece. E uma intuição insistente me diz que não será a última. Faço um pequeno gesto, pedindo que ela me entregue o pincel e as tintas. Ela hesita, percorrendo o salão com o olhar para ter certeza de que nenhum dos nossos colegas está olhando, mas todos estão concentrados demais em suas próprias telas, açoitados pela certeza de que nossos tutores chegarão a qualquer momento para avaliar os trabalhos. O senso de urgência que paira no ar é quase palpável. Aceno com a mão mais uma vez, insistentemente, e Zhang Jing abre mão dos instrumentos, recuando um passo para me deixar trabalhar.

Rápida como um raio, lanço-me sobre a tela, consertando as imperfeições. Suavizo as pinceladas irregulares, engrosso as linhas que ficaram finas demais e uso areia para corrigir os pontos em que a tinta ficou muito saturada. Esse trabalho com a caligrafia me absorve, como sempre acontece quando estou lidando com arte. Perco a noção do mundo à minha volta, e sequer chego a perceber o que está escrito no trabalho de Zhang Jing. É apenas quando termino e dou um passo para trás a fim de conferir o resultado dos meus esforços que me dou conta das palavras que ela havia registrado na tela.

Morte. Fome. Cegueira.

Mais um dia triste em nosso povoado.

Não posso pensar nisso agora, não quando nossos tutores já estão quase chegando.

Obrigada, Fei, sinaliza Zhang Jing para mim, antes de pegar os instrumentos de volta.

Aceno rapidamente com a cabeça e corro de volta para minha tela do outro lado da sala, no mesmo instante em que um ruflar do assoalho anuncia a entrada dos anciões. Respiro fundo, sentindo-me grata por ter evitado mais uma vez que Zhang Jing tivesse problemas. E, com a onda de alívio, vem a constatação terrível que não tenho mais como negar: a visão da minha irmã está se esvaindo. O nosso povoado já teve que viver mergulhado no silêncio depois que nossos ancestrais perderam a audição muitas gerações atrás, por motivos desconhecidos, mas será que agora seremos lançados à escuridão? Esse é um destino que assusta a todos nós.

Preciso expulsar esses pensamentos e manter uma expressão de calma, pois meu mestre já está caminhando na minha direção por entre as fileiras de telas. Em nosso povoado existem seis anciões, e cada um deles supervisiona o trabalho de pelo menos dois aprendizes. Na maior parte dos casos, cada ancião já sabe quem será o seu substituto definitivo; mas, na frequência com que costumam acontecer doenças e acidentes por aqui, treinar um suplente é sempre uma precaução necessária.

Alguns aprendizes continuam disputando o lugar de substituto do seu tutor, mas sei que, no meu caso, a posição está garantida.

O ancião Chen agora se aproxima de mim, e me curvo numa reverência profunda. Seus olhos escuros, argutos e alertas apesar da idade avançada, passam direto pelo meu rosto para encarar a pintura. Está vestido de azul-claro, como todos nós, mas a túnica que usa por cima da calça é mais comprida que as dos aprendizes. Ela chega quase até os tornozelos e tem um acabamento de fio de seda roxo na barra. Sempre fico observando esse bordado enquanto o ancião Chen faz suas inspeções, e nunca me canso de olhar para ele. Há muito pouca cor na nossa vida cotidiana, e esse fio de seda cria um foco exuberante e precioso para o meu olhar. Qualquer variedade de tecido é um luxo por aqui, onde o povo precisa se esforçar dia após dia apenas para conseguir alimento. Com os olhos pregados no bordado roxo do ancião Chen, penso nas histórias antigas que falam de reis e nobres que se vestiam de seda dos pés à cabeça. Essa imagem me atordoa por um instante, transportando-me para além das paredes deste salão de trabalho, até que pisco os olhos e, relutantemente, volto a me concentrar na pintura que tenho à frente.

O ancião Chen está imóvel, observando meus traços, e seu rosto carrega uma expressão insondável. Enquanto Zhang Jing passou o dia pintando notícias tristes, minha tarefa fora a de retratar o último carregamento de alimentos recebidos, que incluía uma surpresa rara: rabanetes. Até que, por fim, ele solta as mãos, que estavam entrelaçadas diante do corpo.

Você registrou até mesmo as imperfeições das cascas dos rabanetes, sinaliza. *A maioria das pessoas não teria reparado num detalhe como esse.*

Vindo dele, esse é um enorme elogio.

Obrigada, mestre, respondo, então faço uma nova reverência.

O ancião segue adiante para examinar o trabalho da outra aprendiz, uma garota chamada Jin Luan, e ela lança um olhar invejoso na minha direção antes de se curvar em reverência para o tutor. Nunca houve dúvida sobre quem é a aluna favorita do ancião Chen, e sei que deve ser frustrante para Jin Luan sentir que, por mais que se esforce, jamais vai alcançar essa posição. Sou uma das melhores artistas do nosso grupo, e todos nós sabemos disso, porém, não me sinto mal por meu sucesso, principalmente porque sei do que abri mão para alcançá-lo.

Lanço um olhar para o outro lado do salão, onde a anciã Lian está examinando a caligrafia de Zhang Jing. O rosto dela permanece tão insondável quanto o do meu mestre enquanto observa detalhe por detalhe da tela da minha irmã. Percebo que estou prendendo a respiração e que estou muito mais nervosa do que fiquei durante a inspeção do meu próprio trabalho. Parada ao lado da tutora, Zhang Jing parece muito pálida, e sei que seu nervosismo tem o mesmo motivo que o meu: a possibilidade de que a anciã Lian nos denuncie por tentarmos disfarçar a crescente perda de visão de Zhang Jing. A tutora se detém na tela por muito mais tempo do que o ancião Chen passou estudando a minha, mas, finalmente, dá um aceno rápido de aprovação antes de passar para seu outro aprendiz. Zhang Jing deixa o corpo relaxar, aliviada.

Acabamos de enganar os tutores outra vez, mas não consigo me sentir mal por ter feito isso. Ao menos, não com a certeza de que o futuro de Zhang Jing é o que está em jogo. Se descobrirem que a visão dela está falhando, quase com certeza tirarão seu posto de aprendiz e a mandarão para trabalhar nas minas. Só de pensar nisso, já sinto um aperto no peito. Em nosso povoado, a verdade é que só existem três trabalhos possíveis: artista, minerador ou fornecedor de suprimentos. Nossos pais eram mineradores. Eles morreram jovens.

Depois que todas as inspeções terminam, chega o momento dos anúncios matinais. Hoje a anciã Lian é a encarregada de fazê-los, e ela sobe num palanque que há no salão para que suas mãos fiquem à vista de todos.

O trabalho de todos foi satisfatório, começa.

Essa é a forma de reconhecimento de praxe, e todos respondemos nos curvando em reverências. Depois que voltamos a erguer os olhos, ela prossegue:

Jamais se esqueçam de como o que fazemos aqui é importante. Vocês fazem parte de uma tradição muito antiga e louvada. Em breve, iremos ao povoado para iniciarmos nossas observações diárias. Sei que as coisas estão difíceis no momento, mas lembrem-se de que não faz parte de nossas incumbências interferir no que ocorre ali, alerta.

Faz uma pausa, correndo o olhar pelos rostos que assentem em concordância a esse conceito, que fora inculcado em nós com a mesma intensidade que a arte que produzimos. Interferências geram distração, atrapalhando tanto a ordem natural da vida no povoado quanto a precisão dos registros que fazemos. É preciso que sejamos observadores imparciais. A pintura das notícias do dia tem sido uma tradição local desde que nosso povo perdera a audição, muitos séculos atrás. Ouvi alguém contar que, antes disso, as notícias do dia eram gritadas pelo arauto da cidade, ou simplesmente passadas oralmente de pessoa para pessoa. Contudo, não sei muito bem o que significa "gritar".

Apenas observamos e registramos, reitera a anciã Lian. *Essa é a tarefa sagrada que desempenhamos há séculos, e, se nos desviarmos dela, estaremos prestando um desserviço ao povoado, além de negligenciarmos nossos deveres. O povo precisa dos registros para saber o que está acontecendo ao seu redor, e nossos descendentes também precisarão deles para entender a maneira como as coisas têm acon-*

tecido por aqui. Agora, vão tomar o café da manhã e depois façam jus aos nossos ensinamentos.

Todos fazemos mais uma reverência, então nos acotovelamos à saída do ateliê em direção ao refeitório. Nossa escola se chama Paço do Pavão. Esse nome fora trazido pelos nossos ancestrais das terras mais belas e distantes do reino de Beiguo, localizadas além desta montanha, e pretende ser uma homenagem à beleza que criamos aqui dentro. Todos os dias, pintamos as notícias do povoado para serem lidas por todos. Mesmo que os registros sejam de informações muito simples, como a chegada de um carregamento de rabanetes, o trabalho sempre deve ser impecável e digno de ser preservado para a posteridade. Os registros de hoje logo serão levados para ser exibidos no coração do povoado, mas, antes disso, temos esse pequeno intervalo.

Zhang Jing e eu nos sentamos de pernas cruzadas no chão junto a uma mesa baixa, esperando pela refeição. Os serventes chegam para medir com atenção as nossas porções de mingau de painço, cuidando para que cada aprendiz receba exatamente a mesma quantidade. Comemos a mesma coisa no café da manhã todos os dias, e, embora sirva para espantar a fome, o mingau não me deixa exatamente satisfeita. Porém, isso é mais do que é dado aos mineradores e fornecedores, então devemos nos sentir gratas.

Zhang Jing faz uma pausa na sua refeição. *Isso não vai acontecer novamente*, ela sinaliza para mim. *Pode ter certeza.*

Agora não, respondo.

Esse assunto não pode sequer ser insinuado aqui no refeitório. E, de qualquer forma, apesar de suas palavras terem sido ousadas, o medo que vejo estampado no rosto dela me mostra que Zhang Jing não acredita no que disse. Os casos de cegueira têm aumentado em nosso povoado, por razões tão misteriosas quanto as da surdez que acometeu nossos ancestrais. Geralmente, são apenas os mineradores que ficam cegos, o que torna a doença de Zhang Jing ainda mais misteriosa.

Um alvoroço de atividade na periferia do meu campo de visão me traz de volta daquele devaneio com um sobressalto. Ergo os olhos e vejo que os outros aprendizes também pararam de comer, e todos os olhares se voltam para a porta que separa o refeitório da cozinha. Um amontoado de serventes está reunido ali, mais do que normalmente costumo ver de uma vez só. Atentos às diferenças hierárquicas, eles em geral se mantêm longe do caminho dos aprendizes.

Uma mulher que reconheço como a cozinheira-chefe surge pela porta, com um menino correndo à sua frente. *Cozinheira* chega a ser um termo extravagante para o trabalho que faz, considerando que temos tão pouco alimento, e não há muito o que possamos fazer com ele. A mulher também supervisiona os serventes do Paço do Pavão. Meu corpo se encolhe involuntariamente quando ela bate no menino com uma força que o derruba. Já o vi por aqui, geralmente incumbido das tarefas de limpeza mais humilhantes. Uma conversa frenética de sinais está em curso entre os dois.

...achou que iria se safar?, reclama a cozinheira. *Onde estava com a cabeça para querer pegar mais do que a parte que lhe cabe?*

Não era para mim!, retruca o garoto. *Era para a família da minha irmã. Eles têm fome.*

Todos temos fome, dispara de volta a cozinheira. *Isso não é desculpa para roubar.*

Prendo a respiração num arfar de espanto quando me dou conta do que está acontecendo. Roubo de alimento é um dos crimes mais graves por aqui, e o fato ele de ter acontecido entre os serventes, que geralmente são mais bem alimentados que o resto da população, é especialmente chocante. O garoto agora consegue se pôr de pé, e encara corajosamente a ira da cozinheira.

Eles são uma família de mineradores e têm estado doentes, explica a ela. *Os mineradores já recebem menos comida do que nós, e as rações da família foram cortadas por causa das faltas ao trabalho. Eu só estava tentando fazer uma divisão mais justa.*

A dureza da expressão no rosto da cozinheira mostra que não se comoveu. *Bem, pois agora pode ir trabalhar com eles nas minas. Aqui não há lugar para ladrões. Quero que suma da minha frente antes de terminarmos de lavar a louça do café da manhã.*

O garoto enfraquece perante essas palavras, e o desespero toma conta do seu rosto. *Perdão. Posso abrir mão das minhas provisões para compensar o que peguei a mais. Isso não vai se repetir.*

Tenho certeza de que não vai, responde incisivamente a cozinheira.

Ela dá um breve aceno de cabeça para dois serventes mais corpulentos, e cada um pega o garoto por um dos braços, arrastando-o para fora do refeitório. Ele tenta se desvencilhar e protestar, mas não consegue lutar contra os dois ao mesmo tempo. A cozinheira assiste à cena com uma expressão impassível enquanto o queixo de todos os outros presentes cai de espanto. Quando o menino some de vista, ela e os outros serventes que não estão cuidando do nosso café da manhã desaparecem de volta para dentro da cozinha.

Zhang Jing e eu nos entreolhamos, chocadas demais para trocar qualquer palavra. Bastou um único momento de fraqueza para aquele servente tornar a sua vida significativamente mais difícil; e perigosa.

Depois que terminamos o café e voltamos para o ateliê, o roubo é o único assunto que se comenta entre os aprendizes. *Dá para acreditar?*, me pergunta alguém. *Como ele teve a audácia de pegar nossa comida para dar aos mineradores?!*

Quem fala comigo é Sheng. Ele, assim como eu, é um dos artistas mais conceituados do Paço do Pavão. E, ao contrário de mim, Sheng vem de uma linhagem de artistas e anciões. Acho que, às vezes, se esquece de que Zhang Jing e eu somos as primeiras da nossa família a conquistar esta posição.

Realmente, é uma coisa horrível, respondo de maneira neutra. Não tenho coragem de revelar o que penso de verdade: que tenho minhas dúvidas sobre a divisão de comida ser de fato justa. Faz tempo que aprendi que, para conservar a posição que tenho no Paço do Pavão, preciso deixar de lado qualquer simpatia pelos mineradores e passar a vê-los simplesmente como a força de trabalho braçal do nosso povoado. Nada mais que isso.

Ele merece um castigo pior que a dispensa, argumenta Sheng, com um tom ameaçador.

Junto à habilidade para as artes, ele tem um ar de insolência confiante que faz as pessoas quererem segui-lo, e, portanto, não me surpreendo quando noto alguns dos que caminham perto de nós acenarem com as cabeças em concordância. Sheng ergue a cabeça orgulhosamente diante dos olhares dos companheiros, exibindo os malares altos e perfeitamente delineados. A maior parte das garotas daqui também concorda que Sheng é o menino mais atraente da escola, embora isso nunca tenha surtido muito efeito para mim.

Espero que isso mude logo, aliás, pois estamos prometidos e vamos nos casar algum dia.

Num rompante de ousadia, e já sabendo que provavelmente estou cometendo um erro, pergunto: *Você não acha que a atitude do menino foi influenciada pelas circunstâncias? Pela vontade de ajudar a família doente?*

Isso não é desculpa, retruca Sheng. *Todo mundo ganha o que merece aqui — nem mais, nem menos. Isso se chama equilíbrio. Se a pessoa não é capaz de cumprir o seu dever, não pode esperar que vá receber alimento em troca dele. Não concorda?*

As palavras dele machucam o meu coração. Antes que possa me conter, olho de relance para Zhang Jing, que caminha do meu outro lado, então volto a encarar Sheng. *Sim,* respondo, triste. *É claro que concordo.*

Nosso grupo de aprendizes começa a juntar as telas a fim de levá-las para serem expostas no povoado. Algumas ainda estão com a tinta úmida e precisam ser manuseadas com mais cuidado. Quando saímos, o sol já aparece bem alto no horizonte, prometendo um dia claro de calor pela frente. Os raios reluzem nas folhas verdes das árvores espalhadas pelo povoado e seus galhos criam uma copa cerrada que sombreia a maior parte do caminho até o centro. Fico olhando para os desenhos que a luz cria no chão, filtrada pela trama das árvores. Por muitas vezes, já pensei em pintar esses respingos de luz quando tivesse a oportunidade. Mas nunca a tive.

Outra coisa que adoraria pintar são as montanhas. Estamos cercados por elas, e o povoado fica no topo de uma das mais altas. Isso nos dá paisagens incríveis para contemplar, mas também cria várias dificuldades. O pico onde estamos é cercado, em três dos seus lados, por escarpas íngremes. Os nossos ancestrais migraram para cá muitos séculos atrás, através de um desfiladeiro localizado no lado de trás da montanha, que era flanqueado por vales férteis e perfeitos para se plantar alimentos. Por volta da mesma época em que a audição desapareceu, fortes avalanches bloquearam o acesso a esse desfiladeiro, deixando-o cheio de pedregulhos e rochas bem mais altas do que qualquer ser humano. Isso prendeu nosso povo aqui, e impediu que cultivássemos nossas lavouras.

E foi então que o povoado entrou num acordo com o distrito localizado ao pé da montanha. Todos os dias, a maior parte da nossa população trabalha nas minas que há aqui em cima, extraindo toneladas de metais preciosos. Então, os fornecedores enviam esses metais para a cidade lá embaixo por uma tirolesa cujo cabo desce pela encosta. Em troca dos metais, eles nos mandam carregamentos de comida pelos mesmos cabos, já que não temos como produzir nada aqui no alto. O acordo vinha funcionando bem até que uma parte dos nossos mineradores começou a perder a visão e ficou sem poder trabalhar. Quando os fornecimentos de metal começaram a escassear, o mesmo aconteceu com o alimento que era mandado de volta.

À medida que meu grupo se aproxima do centro do povoado, posso ver mineradores se preparando para iniciar o dia de trabalho, vestindo suas roupas descoradas e com os rostos marcados pela exaustão. Até mesmo as crianças ajudam nas minas. Elas caminham para o trabalho ao lado dos pais e, em alguns casos, também dos avós.

No coração do povoado, deparamo-nos com aqueles que perderam a visão. Incapazes de enxergar e de ouvir, se tornaram pedintes e aglomeram-se à espera da esmola do dia. Sentam-se imóveis, segurando cumbucas, privados de qualquer capacidade de comunicação com o mundo; podendo apenas esperar até sentir a trepidação do chão que indica que há pessoas chegando, e torcer para que, talvez, tragam algo para garantir seu sustento. Enquanto observo, um dos fornecedores de suprimentos chega e deixa meio pãozinho na cumbuca de cada pedinte. Lembro-me de ter lido sobre esses pães nos registros quando chegaram no carregamento há alguns dias: já estavam velhos na ocasião, a maioria com mofo aparente. Mas não podemos nos dar ao luxo de jogar comida fora e as metades de pão são só o que os mendigos terão para comer até a noite, a menos que alguém tenha a bondade de dividir a própria provisão diária com eles. A cena faz meu estômago se revirar, e desvio os olhos daquele grupo enquanto seguimos caminhando para o palanque central, onde já há trabalhadores retirando o mural com os registros de ontem.

Um relance de cor chama minha atenção, e vejo um melro-azul pousar no galho de uma árvore próxima à clareira. Da mesma maneira que o bordado de seda da túnica do ancião Chen, o brilho das penas dele me hipnotiza. Enquanto estou admirando o azul exuberante do pássaro, ele abre o bico por alguns instantes e depois corre o olhar em torno, cheio de expectativa. Não muito tempo depois, uma fêmea de penas mais discretas chega voando e pousa próximo a ele. Fico observando, boquiaberta, tentando entender o que aconteceu. Como ele a atraiu para perto de si? O que pode ter feito para se comunicar daquela maneira, mesmo estando fora do campo de visão da fêmea? Sei, pelas coisas que já li, que alguma coisa aconteceu quando abriu o bico; que o melro "cantou" para a fêmea e, de alguma maneira, conseguiu atraí-la, embora não estivesse por perto.

Um cutucão no ombro me informa que está na hora de parar com os devaneios. Chegamos até o estrado que fica no centro do povoado, e a maior parte dos moradores está reunida ao redor dele para ver o trabalho que fizemos. Subimos os degraus e penduramos as telas. Já fizemos isso muitas vezes, e cada um sabe sua função. O que era um monte de ilustrações e trabalhos de caligrafia avulsos no ateliê agora se encaixa, formando um mural coerente, que apresenta tudo o que aconteceu no dia anterior para o grupo de pessoas aglomeradas em frente ao palco. Depois de pendurar meus rabanetes, apresso-me em descer os degraus com os outros aprendizes e fico observando os rostos dos moradores enquanto leem os registros. Vejo as testas franzidas e olhares sombrios ao registrarem as notícias mais recentes sobre casos de cegueira e fome crescente. Os rabanetes não servem de consolo. Os traços da minha pintura podem estar perfeitos, mas se perdem no meio das notícias terríveis com que o povo precisa lidar nesse momento.

Alguns fazem o sinal contra o mal, um gesto que se usa para expulsar a má sorte. Aquilo parece ineficaz aos meus olhos, mas mineradores são extremamente supersticiosos. Acreditam que espíritos perdidos vagueiam pelo povoado à meia-noite e que a névoa ao redor da montanha é o hálito dos deuses. Uma das histórias mais populares que contam é que nossos ancestrais perderam a audição depois que criaturas mágicas chamadas *pixius* resolveram dormir e decidiram que queriam que a montanha ficasse em silêncio. Fui criada para acreditar nessas lendas também, mas a educação que recebi no Paço do Pavão me deu uma visão mais objetiva do mundo.

Pouco a pouco, mineradores e fornecedores dão as costas para os registros e seguem na direção de seus afazeres. O ancião Chen sinaliza para os aprendizes, *Assumam seus postos. E lembrem-se: apenas observem. Não interfiram.*

Estava começando a seguir os outros quando meus olhos flagram a anciã Lian voltando a subir os degraus do palanque onde o mural está montado. Parece examinar todo o trabalho novamente, estudando minuciosamente cada caractere pintado. Esse escrutínio não faz parte da rotina. Os outros aprendizes já seguiram adiante, mas não consigo me mexer; não até descobrir o que exatamente ela está fazendo ali.

A tutora fica parada ali por mais um tempo, e, quando finalmente se afasta do mural, seu olhar encontra o meu. Um instante mais tarde, seus olhos recaem sobre algo que está atrás de mim. Viro-me e vejo Zhang Jing parada ali, nervosa, retorcendo as mãos. A anciã Lian desce as escadas. *Vão para os seus postos,* sinaliza. O fio de seda do bordado na barra da sua túnica é vermelho, e a cor reluz sob os raios de sol quando passa por nós.

Engolindo em seco, seguro Zhang Jing pelo cotovelo e a afasto do centro do povoado, empurrando-a para longe dos pedintes cegos. Forço-me a lembrar que são, em sua maioria, velhos e ex-mineradores. Minha irmã não é como eles. Não tem nada a ver com eles. Aperto sua mão enquanto seguimos.

Ela vai melhorar, digo para mim mesma. *Não vou deixar que Zhang Jing vá parar no meio dessas pessoas.*

Repito essas palavras mentalmente sem parar enquanto vamos deixando os pedintes para trás. Mas isso não tem o poder de apagar a imagem que registrei dos seus rostos encovados e dos olhares vazios, sem esperança.

CAPÍTULO 2

Logo nos aproximamos de uma trilha mais estreita, que nasce numa bifurcação da alameda principal que cruza o povoado, e aceno com a cabeça na direção dela. Zhang Jing acena de volta, enveredando pelo desvio.

Poucos passos depois, um grupo surge inesperadamente do meio das árvores ao redor. É Sheng, acompanhado de dois garotos vestidos com trajes de fornecedores. Estão arrastando alguém, e não demoro a reconhecer o servente da escola que foi pego roubando. Novas manchas roxas e machucados fazem companhia aos da surra dada pela cozinheira, e, pelo ar triunfante nos rostos dos outros, ainda há mais cicatrizes por vir. Compreendo a indignação deles com a atitude do garoto, mas o fato de estarem se divertindo à custa da dor que provocaram nele me provoca repulsa. Zhang Jing retesa o corpo de medo, sem querer se envolver na confusão. Sei que deveria fazer a mesma coisa, mas não consigo: dou um passo à frente, pronta para expressar o que penso.

Antes que consiga fazê-lo, sou empurrada para o lado por outra pessoa, que passa apressadamente por mim. Ele usa as vestimentas sem cor dos mineradores e caminha decido na direção de Sheng e dos outros, bloqueando-lhes a passagem. Quando me dou conta de quem o recém-chegado é, minha respiração falha. A sensação é de que o chão sumiu e meus pés desequilibram.

Li Wei.

O que pensam que estão fazendo?, interpela ele.

Sheng o encara com um olhar de desdém. *Ensinando uma lição a ele.*

Olhem para o garoto, Li Wei retruca. *Ele já aprendeu o que tinha que aprender. Quase não consegue ficar de pé.*

Não é o suficiente, intervém um dos amigos fornecedores de Sheng. *Está querendo dizer que ele merece se safar assim tão facilmente? Acha certo que roubem comida?*

Não, é a resposta de Li Wei. *Mas acho que ele já foi castigado o suficiente. Depois da "lição" de vocês e de ter sido expulso de seu emprego na escola, o crime de ter tentado ajudar a própria família já está mais que pago. Só o que estão fazendo agora é prejudicar sua capacidade de nos ajudar trabalhando nas minas, e o povoado não pode arcar com isso no momento. Está na hora de o deixarem em paz.*

Nós é que diremos quando for a hora de deixá-lo ir, retruca Sheng.

Li Wei dá um passo ameaçador à frente. *Então digam.*

Sheng e os fornecedores têm um momento de hesitação. Embora estejam em vantagem numérica, Li Wei inquestionavelmente é um dos maiores e mais fortes em nosso povoado. Músculos torneados pelas longas horas de trabalho extenuante nas minas cobrem os braços, e ele é quase uma cabeça mais alto que todos os outros. Permanece ali, altivo, com o corpo forte pronto para lutar. Li Wei não tem medo de encarar sozinho três outros. Não teria medo nem se fossem dez deles.

Depois de vários instantes de tensão, Sheng dá de ombros e abre um sorrisinho sarcástico, como se tudo não passasse de uma grande piada. *Temos que voltar ao trabalho*, indica, de um jeito que parece casual demais. *Esse aí merecia coisa pior, mas não estou com tempo de cuidar disso. Vamos embora.*

O fornecedor que segurava o servente o liberta, e Sheng e seus comparsas começam a se afastar disfarçadamente. Ao cruzar comigo, ele pergunta, *Vamos?*

Hoje estamos indo para outro lado, respondo, acenando com a cabeça para a pequena estrada.

Você é quem sabe, retruca Sheng.

Após eles saírem de cena, Li Wei estende a mão para ajudar o servente, que está com o rosto lívido de terror. O garoto se põe de pé como pode e dispara para longe, parecendo ter ganhado, apesar dos machucados, uma dose de energia extra por causa do medo. Li Wei fica observando enquanto o menino se afasta e depois se vira para nós, parecendo surpreso por ainda estarmos paradas ali. Curva o corpo em reconhecimento à nossa posição hierárquica superior ao reparar nas nossas túnicas azuis, e depois retesa ligeiramente os músculos quando ergue os olhos e se depara com meu rosto.

Essa é a única indicação aparente da sua surpresa. Todo o resto parece perfeitamente adequado e respeitoso. *Perdão, aprendizes,* suplica Li Wei. *Eu estava tão apressado para ajudar o menino que acho que esbarrei nas duas mais cedo. Espero que não tenham se machucado.*

Embora esteja se dirigindo a nós duas, seus olhos estão fixos em mim. O olhar é tão penetrante que sinto que seria capaz de me derrubar no chão. Ou talvez isso ainda seja efeito da vertigem que experimentei mais cedo quando me vi perto dele. Seja como for, ali diante de Li Wei, eu me descubro incapaz de mover qualquer músculo ou dizer qualquer coisa.

Zhang Jing, alheia à minha paralisia, abre um sorriso gentil. *Não foi nada. Estamos bem.*

Que bom, ele diz. E, quando vai girar o corpo para se afastar, faz uma pausa, carregando no rosto uma expressão ao mesmo tempo curiosa e hesitante. *Espero que não tenham achado que eu estava errado em ajudar o menino.*

Foi muita bondade sua, comenta Zhang Jing, educadamente.

Embora tenha respondido por nós duas, o olhar de Li Wei se demora em mim, como se estivesse esperando que eu acrescentasse algo. Contudo, não consigo falar. Fazia tempo demais que não o via; o encontro repentino e inesperado me pegou desprevenida. Depois de vários instantes desconfortáveis de silêncio, Li Wei assente.

Está certo, então. Espero que tenham um bom dia, cumprimenta-nos, antes de se afastar.

Zhang Jing e eu continuamos a seguir pela trilha, e pouco a pouco meu coração vai voltando ao ritmo normal. *Você não falou muito lá atrás,* comenta. *Por acaso discorda da atitude dele? Acha que deveria ter deixado Sheng e seus amigos se vingarem do servente?*

Não respondo imediatamente. Zhang Jing é um ano mais velha do que eu, e fomos inseparáveis ao longo de quase toda a vida, dividindo todos os momentos. Mas existe um segredo que nunca contei a ela: certa vez, aos 6 anos, eu um dia me esgueirei para dentro de um galpão velho feito de tábuas podres, de onde a nossa mãe nos dissera muitas vezes para ficarmos afastadas. O telhado do lugar desabou comigo lá dentro, fazendo com que eu ficasse presa e longe do campo de visão de todos os outros. Passei duas horas de pavor debaixo daquelas tábuas, achando que ficaria ali para sempre.

Até que ele apareceu.

Li Wei só tinha 8 anos, mas já trabalhava nas minas em tempo integral. Quando chegou até mim nesse dia, estava voltando do seu turno de serviço, o corpo coberto de uma poeira dourada muito fina. Estendeu a mão para me ajudar, e a luz do sol bateu no ângulo perfeito, fazendo-o ficar todo cintilante. Já naquela época, a beleza e a exuberância eram coisas que tocavam meu coração, e fiquei completamente enfeitiçada quando me desvencilhei dos escombros. O sorriso fácil e o senso de humor de Li Wei logo me fizeram superar a timidez, iniciando uma amizade que duraria por quase dez anos e que, com o tempo, evoluiria para algo mais...

Fei?, Zhang Jing insiste, agora realmente intrigada. *Está tudo bem?*

Deixo as lembranças de lado, empurrando para longe a imagem exuberante daquele garoto dourado. *Tudo*, minto. *Só não gosto de ver aquele tipo de violência.*

Nem eu, endossa ela.

Enveredamos por outra trilha muito mais estreita que a alameda principal do povoado, mas que é movimentada o suficiente para exibir um traçado bastante gasto na terra batida. Ela contorna um dos flancos da montanha, dando para vistas espetaculares dos picos à nossa volta. Ainda é cedo o suficiente para vermos também a névoa suspensa no ar, escondendo as profundezas que ficam abaixo de nós.

Zhang Jing e eu paramos quando chegamos diante do cipreste. Ele está parecendo mais verde e viçoso do que na última vez em que estive aqui, agora que o verão chegou de verdade. Sinto uma pontada de arrependimento por ter passado tanto tempo sem vir. A árvore venerável se agarra obstinadamente ao seu pouso rochoso, estendendo a galhada ampla e bem alta na direção do céu. *Estão vendo como tem um porte majestoso, mesmo nessas condições tão inóspitas?*, costumava dizer nosso pai. *É assim que devemos ser sempre: fortes e resilientes, não importando o que esteja à nossa volta.* Nossa família tinha o hábito de sair unida para caminhadas noturnas, e essa trilha do cipreste era uma de nossas rotas favoritas. Depois que nossos pais morreram, Zhang Jing e eu espalhamos as cinzas deles ao pé da árvore.

Agora estamos aqui, lado a lado, sem dizer nada; simplesmente apreciando a paisagem à frente e sentindo a brisa suave que brinca entre as agulhas que pendem dos galhos. Pelo canto dos olhos, percebo como Zhang Jing precisa apertar os seus para enxergar, até mesmo num local aberto como esse. Por mais que a dor no meu peito seja grande, sinto que enfim preciso dizer algo a esse respeito. Dando um passo à frente, viro o corpo para que ela possa ver minhas mãos melhor.

Há quanto tempo isso tem acontecido?

Ela percebe imediatamente ao que estou me referindo, e responde com uma expressão cansada. *Não sei. Já faz um tempo. Meses. No começo não era tão ruim. A vista só embaçava de vez em quando. Mas, agora, esse "de vez em quando" está mais frequente, e ela fica mais turva. Em alguns dias, consigo enxergar tudo perfeitamente. Em outros, as coisas ficam tão borradas e distorcidas que não consigo distinguir o quê é o quê.*

Você vai melhorar, digo para confortá-la.

Mas Zhang Jing sacode a cabeça tristemente. *E se não melhorar? E se for apenas uma questão de tempo para que eu fique como os outros? Até tudo ficar escuro?* Lágrimas cintilam nos seus olhos, e ela pisca obstinadamente para tentar dissipá-las. *É melhor eu conversar com os tutores e abrir mão do meu posto de aprendiz desde já. Essa é a coisa mais honrada a fazer.*

Não! Discordo. Não pode fazer isso.

Eles vão acabar percebendo, ela insiste. *Já pensou na desgraça que isso vai ser, quando me jogarem na rua?*

Não, repito, embora sinta num canto escondido e assustado dentro de mim que talvez ela possa estar certa. *Não diga nada. Continuarei dando cobertura a você, e juntas vamos dar um jeito de contornar a situação.*

Que jeito? O sorriso que surge nos lábios dela é doce, mas também está cheio de dor. *Tem coisas que nem você é capaz de consertar, Fei.*

Desvio o olhar, com medo de que meus olhos também se encham de lágrimas de frustração quando penso no destino da minha irmã.

Vamos lá, ela chama. *Não podemos nos atrasar.*

Seguimos a caminhada, avançando pela trilha que margeia a encosta, e o meu coração pesa dentro do peito. Jamais vou admitir isso para Zhang Jing, mas talvez essa seja mesmo uma situação que foge do meu controle. É verdade que posso sonhar coisas maravilhosas, e que tenho a habilidade para pintar qualquer imagem que vislumbre, transformando-a em realidade, mas nem mesmo com todo esse talento eu seria capaz de devolver a visão a alguém. Essa constatação dura e deprimente me corrói de tal maneira que só percebo a aglomeração de pessoas que se formou à nossa frente quando praticamente trombamos com ela.

Esta trilha que contorna o povoado passa pela estação onde os fornecedores recebem os carregamentos enviados pela cidade ao pé da montanha. E, pelo visto, a primeira remessa do dia acaba de ser trazida pelo sistema de cabos suspensos e está pronta para ser distribuída. Embora isso geralmente seja motivo de alguma agitação, é raro que atraia tanta gente assim, e logo desconfio que algo diferente esteja acontecendo. No meio do mar de gastas vestes marrons, avisto um ponto azul, e reconheço outra das artistas aprendizes, Min. Aqui é seu posto de observação.

Dou um puxão na manga da sua túnica, chamando-lhe a atenção. *O que está acontecendo?*

Eles enviaram uma carta ao guardião há alguns dias dizendo que precisamos de mais comida, que não estamos conseguindo sobreviver depois dos últimos cortes, explica ela. *E a resposta chegou com este carregamento.*

Sinto a respiração falhar. O guardião da tirolesa. Qualquer comunicação com ele é muito rara. Nosso destino depende do guardião, que é quem decide quais suprimentos serão enviados pelo sistema de cabos. Sem ele, ficamos sem nada. Uma onda de esperança toma conta de mim quando me misturo à multidão ansiosa pela notícia. O guardião é um homem importante e poderoso. Certamente, há de nos ajudar.

Junto-me aos outros, observando o chefe dos fornecedores desenrolar a carta que veio com os suprimentos. O papel estava amarrado por uma fitinha verde, que ele aperta entre os dedos enquanto lê, e, por um instante, meus olhos ficam hipnotizados nesse ponto de cor. Em seguida, voltam a encarar o rosto do homem enquanto os olhos dele percorrem a carta. Pela expressão, fica claro que as boas notícias não serão boas. Uma enxurrada de emoções passa pelo rosto do homem, em matizes de tristeza e de raiva. Por fim, ele entrega a carta a um assistente e sobe num caixote para que todos possam ver bem suas mãos enquanto passa o comunicado à multidão.

O guardião diz: *"Vocês recebem menos comida porque estão enviando menos minério. Se querem mais comida, enviem mais minério. O nome disso é equilíbrio. É honra. É a harmonia do universo."*

O chefe dos fornecedores faz uma pausa, mas há uma tensão na maneira como fica parado no lugar, na forma como suas mãos permanecem no ar; essa tensão nos diz que ainda há algo mais a ser dito. Depois de vários instantes, ele transmite o restante da mensagem, embora seus gestos transpareçam uma relutância óbvia: *"O que insinuaram é um insulto à generosidade que temos demonstrado ao longo de todos esses anos. E, como castigo, terão suas rações reduzidas na próxima semana. Talvez assim entendam o que 'equilíbrio' quer dizer."*

Sinto o queixo cair, e é o início do caos. O choque e a revolta estão estampados em todos os rostos, e as mãos gesticulam tão depressa que só consigo captar fragmentos das conversas:

Rações reduzidas? Mas mal dá para sobreviver com o que já recebemos...

Como vamos conseguir mais minério? Nossos mineradores estão ficando cegos e...

Não é culpa nossa não conseguirmos extrair a mesma quantidade! Por que estamos sendo castigados se...

Não consigo acompanhar muito mais do que isso. Todos se voltam para o chefe dos fornecedores com expressões irritadas nos rostos, aglomerando-se perto do caixote que fez de palanque.

Isso é inaceitável!, gesticula furiosamente uma mulher. *Não vamos tolerar esse absurdo!*

O chefe dos fornecedores assiste a tudo aquilo com uma expressão exausta. Há um ar de resignação que o envolve. Ele também não gosta do rumo que as coisas tomaram, mas o que pode fazer para modificá-las? *O que sugerem que façamos, então?*, interpela e, sem receber qualquer resposta imediata, continua: *Todos precisam voltar ao trabalho. Essa é a única maneira que temos de garantir nossa sobrevivência. É o que o guardião disse: se queremos mais comida, teremos que enviar mais minério. Ficar aqui reclamando não vai nos ajudar a consegui-lo.*

Isso enfurece um dos homens mais próximo do palanque. Ele usa as vestes sujas de minerador. *Eu vou até lá embaixo!*, sinaliza, com o rosto vermelho. *Vou obrigar o guardião a nos dar mais comida!*

Outros ao seu redor, contagiados pelo calor do momento, assentem em concordância. O chefe dos fornecedores, entretanto, consegue manter a calma em meio à hostilidade crescente. *De que maneira?*, indaga. *Como você vai descer até lá? Pelos cabos?* Ele faz uma longa pausa de efeito, olhando o homem enfurecido dos pés à cabeça. *Todo mundo sabe que o sistema da tirolesa só aguenta cerca de 30 quilos de cada vez. Eles vão vergar e arrebentar com o seu peso, e aí nós ficaremos sem nada. Talvez o seu filho possa fazer a viagem. Quem sabe? Deveríamos mandá-lo para fazer a negociação, não é mesmo? Ele está com que idade, 8 anos?* Isso desperta um olhar furioso do minerador, que tem muito zelo pelo filho pequeno, mas o fornecedor não se abala e continua: *Bem, se acha arriscado demais descer pessoalmente ou mandar alguém da família no cesto dos suprimentos, pode tentar descer diretamente pela encosta.*

O chefe dos fornecedores apanha uma pedra do tamanho do próprio punho e atira pela borda da encosta, mirando na direção de uma dobra no rochedo. Todos observamos enquanto a pedra bate na montanha e logo é seguida por uma pequena avalanche de outras pedras, algumas bem maiores que a original; enquanto caem na direção das profundezas que nossos olhos sequer conseguem alcançar, levantam uma nuvem de poeira. A instabilidade das encostas é conhecida de todos e vem sendo documentada há anos em nossos registros. Alguns dos ancestrais que podiam escutar tentaram fazer a jornada, supostamente porque seus ouvidos bons os ajudariam a identificar uma avalanche próxima. Contudo, até mesmo eles encaravam as encostas com receio.

Mas existe o risco de que um deslizamento de pedras o esmague antes mesmo que tenha a chance de expor suas ideias ao guardião. Mais alguém está pensando em descer até lá?, indaga, correndo os olhos ao redor. Previsivelmente, ninguém responde. *Voltem ao trabalho. Tratem de extrair mais minério para que consigamos reequilibrar as coisas, como o guardião dos cabos falou.*

Lentamente, a multidão se dispersa, e todos voltam para as suas atividades, incluindo Zhang Jing e eu. Enquanto caminhamos, penso no que foi dito sobre equilíbrio e em como não temos alternativa a não ser fazer tudo o que o guardião nos disser. Estamos à mercê dele, e também do sistema da tirolesa. Será que isso realmente se chama equilíbrio? Ou é extorsão?

Enfim chegamos à área das minas, e é ali que nossos caminhos se separam. Zhang Jing dá adeus antes de desaparecer na escuridão do túnel cavernoso, e vejo minha irmã avançar por ele com uma pontada de dor. Essa já é sua tarefa há algum tempo: embrenhar-se nas entranhas das minas para observar a rotina diária dos trabalhadores. Mesmo sabendo que se manterá longe de qualquer situação que possa trazer perigo, preocupo-me com Zhang Jing. Acidentes acontecem, mesmo quando se tem a melhor das intenções. Eu me ofereceria para trocarmos de lugar se pudesse, mas os anciões jamais permitiriam algo do tipo.

Fui escolhida recentemente para ocupar um posto de observação na entrada da mina. Com o aumento dos acidentes e do descontentamento por causa da redução dos suprimentos, os tutores decidiram que mais alguém ficaria de olho na situação por ali. O trabalho consiste em monitorar o estado de espírito dos mineradores e registrar quaisquer incidentes que venham a acontecer no dia, além de tomar nota da quantidade de minério extraída. Meu posto anterior ficava no centro do povoado e, em comparação, agora normalmente é mais tranquilo.

Subo num velho toco de árvore perto da entrada. É um lugar confortável, que me dá uma boa visão tanto da mina quanto da trilha sombreada por onde viemos mais cedo. Perto dela, avisto uma moita de orquídeas-do-monte brancas, suas pétalas cheias de veios róseos, enfim começando a desabrochar. As flores têm formato de copinhos e dão um toque de cor à paisagem verde e marrom da área da trilha. É bem raro ver flores por aqui, e passo a maior parte do dia observando e guardando na memória cada detalhe das orquídeas, pensando nas maneiras que escolheria para retratá-las se pudesse me dar esse luxo. Em alguns momentos, fico sonhando com imagens ainda mais exuberantes para pintar, como campos e mais campos cheios de orquídeas, formando um grande tapete de cor.

Um borrão de movimento perto da entrada da mina atrai minha atenção de volta ao mundo real. Por um instante, questiono-me se perdi mesmo a noção do tempo e se os mineradores já estariam saindo para almoçar. É quando meu trabalho demanda mais. Mas, não, sequer é meio-dia ainda e quem vem surgindo pela entrada do túnel são apenas dois homens: um jovem e um mais velho. Nenhum dos dois repara em mim, sentada no toco e fora do seu caminho.

Um dos homens é Li Wei, e fico espantada por me deparar com ele pela segunda vez no mesmo dia. Nossas vidas tomaram rumos tão diferentes que é raro termos a chance de sequer nos vermos. O sujeito mais velho ao lado dele é seu pai, Bao. Ele mostra os sinais de quem trabalhou a vida toda nas minas: uma força física e mental que o sustentou ao longo de todos esses anos, mas que, com o tempo, também cobrou seu preço. As costas não são mais tão eretas quanto já foram um dia, e carrega uma certa exaustão quase palpável, apesar da firmeza ainda presente nos olhos escuros.

Observando-os assim, lado a lado, posso ver como Li Wei é uma espécie de lembrete vivo da aparência que Bao devia ter na juventude. Nele, ainda se vê toda aquela força e nenhum sinal do cansaço. Os cabelos pretos estão presos no mesmo coque no alto da cabeça que todos os mineradores usam, exceto por algumas mechas que se soltaram e, agora, estão coladas à pele do rosto encharcado de suor. A fina poeira de ouro das minas cintila na pele e no tecido das roupas, quase como naquele primeiro dia perdido na minha infância. A luz brinca sobre a silhueta dele, e sinto uma pontada no peito.

Bao vira a cabeça, revelando um corte úmido e vermelho na testa. Depois de ter certeza de que o pai vai conseguir se manter em pé, Li Wei começa a limpar a ferida, usando materiais que tira de uma sacolinha de tecido. As mãos dele são rápidas e eficientes, em contraste com a massiva força e altura. Contudo, o toque é delicado enquanto cuida do pai, e não demora para que o ferimento do homem mais velho esteja limpo e coberto por um curativo.

Não pode deixar que isso continue acontecendo, repreende Li Wei assim que termina o trabalho. *Poderia ter morrido lá dentro.*

Mas não morri, sinaliza Bao com determinação. *Está tudo bem.*

Li Wei aponta para a testa do pai. *Isso não está nada bem! Se eu não tivesse chegado no momento exato, estaria muito pior. Não pode continuar trabalhando nas minas.*

Bao mantém a postura desafiadora. *Não só posso, como vou! Minha visão ainda é boa o suficiente para o trabalho que faço. E é isso o que importa.*

A questão não é só o seu trabalho. Li Wei parece estar se esforçando muito para manter a calma, mas há um traço óbvio de pânico no fundo de seus olhos. *Não é nem mesmo só a sua vida. Tem a ver com as vidas dos outros também. Está pondo todos em perigo permanecendo na mina. Está na hora de deixar o orgulho de lado e se aposentar.*

O orgulho é a única coisa que me resta, Bao insiste. *É a única coisa que resta a qualquer um de nós. Eles estão nos privando de todo o resto. Você já recebeu a notícia sobre os carregamentos de comida. Com esse corte nos suprimentos, precisam mais que nunca do meu trabalho lá dentro. E é lá que vou estar: fazendo minha parte, não perdendo tempo no centro do povoado com os outros pedintes. Não cabe a você ditar as ações de seu pai, rapaz.*

Li Wei reage com uma reverência relutante, mas fica claro que é apenas um gesto de respeito, não um sinal de concordância. Depois disso, Bao lhe dá as costas e volta para o túnel, deixando o filho atônito para trás.

Fico onde estou, a respiração suspensa. A conversa entre os dois foi praticamente um espelho do meu momento com Zhang Jing mais cedo. Bao é mais um dos moradores do povoado que está perdendo a visão.

Uma vez que o pai não está mais à vista, Li Wei dá um soco numa árvore fina, crescendo perto da entrada do túnel. Desde que éramos crianças, eu o vejo ter esses rompantes. São explosões emocionais, quando fica muito sobrecarregado, e geralmente se mostram inofensivas. Porém, desta vez, assim que a mão faz contato com o tronco da árvore, um esguicho de sangue se projeta, e Li Wei dá um salto para trás, surpreso. Lembrando que aquele lugar às vezes serve de suporte para pendurar avisos, percebo que deve ter socado um prego velho. Antes que possa perceber, já estou indo em sua direção, estendendo a mão para pegar a sacola de onde tirou o material para limpar o machucado do pai.

O que está fazendo?, gesticula Li Wei, mesmo com a mão toda ensanguentada. O ar de surpresa em sua expressão me diz que não tinha notado minha presença até então.

Pare de falar, repreendo. *Fique parado.*

Para meu espanto, ele obedece e fica imóvel para receber meus cuidados. O corte foi na mão direita, o que pode determinar a ruína de um minerador. À medida que vou limpando o ferimento, entretanto, vejo que não passou muito de um arranhão. Aquilo me faz lembrar dos cortes que às vezes as folhas de papel deixam nos meus dedos no Paço do Pavão, pequenos ferimentos que mal chegam a romper a pele, mas, ainda assim, sangram em profusão. Contudo, um prego velho é mais perigoso do que papel, e, mesmo depois de ter derramado água no corte e lavado a maior parte do sangue, continuo preocupada com o risco de infecção. Volto correndo até o toco de árvore e reviro uma pochete, vasculhando pacotinhos de pigmento. Quando encontro o pó que quero — amarelo —, borrifo um pouco sobre o corte antes de amarrar uma tira limpa de tecido nele. Depois que o curativo está bem firme, examino a mão mais uma vez, virando-a por cima da minha. Os dedos dele começam a se entrelaçar nos meus, e puxo a mão de volta num susto.

O que era isso?, Li Wei indaga, observando enquanto guardo o pacote de volta na bolsa.

É pigmento para um tipo especial de pintura. Produzimos a cor usando uma raiz que também tem propriedades medicinais. Certa vez, vi meu tutor usar o pigmento num curativo. Isso vai impedir que o corte infeccione.

Não conto a ele que aquele é um pigmento muito valioso e que sequer deveria tê-lo trazido para uma observação de rotina em primeiro lugar. Ainda vai demorar até que os tutores façam a próxima inspeção do material, e espero que, até lá, tenha encontrado alguma justificativa para a falta do amarelo.

Isso não vai gerar problemas para você?, Li Wei quer saber. *Ter interagido com um minerador?*

As palavras dele me assustam. Tudo aconteceu tão depressa que não tive a chance de pensar no que estava fazendo, e o que fiz foi violar o mandamento mais importante da nossa atividade, interferindo em vez de apenas manter a postura de observadora. Eu teria sérios problemas caso meu tutor ou qualquer um dos anciões ficasse sabendo do ocorrido.

Se me trouxer problemas, paciência, digo, por fim. *Sou responsável pelas decisões que tomo.*

Não é bem disso que me lembro sobre você. Logo, Li Wei se dá conta de como a observação foi cruel. *Desculpe.* As mãos hesitam outra vez antes que a pergunta pudesse se formar: *Imagino que precise falar a eles sobre meu pai, não é? Que ele está ficando cego?*

Li Wei está certo. Tecnicamente, minha missão é relatar tudo o que tiver observado no dia, inclusive a discussão que presenciei. Posso perceber que, por mais que isso lhe provoque sofrimento, no fundo, Li Wei quer que eu faça isso. Um relatório meu tiraria a responsabilidade de suas costas, fazendo com que finalmente Bao fosse afastado das minas e dos riscos que há nelas. Fico pensando nas palavras do velho, sobre o orgulho ser tudo o que lhe restava. Então, penso em Zhang Jing e no pavor que também tem de ser descoberta. Lentamente, balanço a cabeça em negativa.

Não, não vou relatar isso. E hesito por um instante, antes de continuar: *E você não devia ser tão duro com ele. Seu pai só está tentando trabalhar como sempre fez. É uma atitude nobre.*

Li Wei me encara, incrédulo. *Nobre? Ele vai acabar morrendo lá dentro!*

Ele está garantindo o sustento dos outros, insisto.

Como assim?, retruca Li Wei, ainda furioso. *Nós trabalhamos como escravos, arriscando nossas vidas e deixando sonhos de lado para que todos os outros tenham alimento. As esperanças e os medos do povoado inteiro são jogados sobre os nossos ombros. Se não trabalharmos, o povo todo passa fome. Isso não se chama garantir sustento. E certamente de nobre não tem nada. Chama-se não ter escolha. É estar preso numa armadilha. Você passou tanto tempo no meio dos artistas que parece que já se esqueceu de como são as coisas para o restante de nós.*

Isso não é justo, protesto, sentindo a raiva subir. *Você sabe que o trabalho que fazemos é crucial para a sobrevivência do povoado. E é claro que sei como são as coisas para os mineradores! Esse, aliás, é o meu trabalho: observar a vida de todos.*

Observar não é o mesmo que vivenciar. Li Wei faz um gesto irritado apontando para o pedaço de árvore. *Você senta ali e julga os outros a uma distância segura todos os dias. Acha que, apenas assistindo ao que fazemos, pode nos entender. Mas não é assim. Se entendesse mesmo, nunca teria...*

Ele não consegue terminar a frase, então sugiro algo em seu lugar: *Escolhido o melhor para mim mesma? Aceitado um posto que tiraria a mim e, minha a irmã daquele casebre e nos daria uma posição honrada e mais confortável? Um lugar onde eu teria a oportunidade de usar de verdade os talentos que tenho? O que há de tão errado em querer melhorar de vida?*

Ele fica calado por vários instantes, então prossegue: *Tem certeza disso, Fei? Sua vida realmente melhorou?*

Recordo-me dos dias preguiçosos de verão deitada ao lado dele na grama, as mãos entrelaçadas enquanto conversávamos sobre o futuro. Nessa época, eu apenas realizava algumas tarefas para os artistas. Foi só quando me ofereceram o posto oficial de aprendiz que minha posição social mudou de fato, permitindo que eu deixasse para trás minha família de mineradores para me tornar a sucessora do ancião Chen. Meus pais tinham morrido havia pouco tempo; e Zhang Jing e eu vivíamos num casebre pequeno e caindo aos pedaços, sobrevivendo com suprimentos limitados, enquanto esperávamos os resultados dos testes de admissão que tínhamos feito para ocupar nossas posições no Paço do Pavão. Os anciões queriam tanto poder contar com meus talentos que aceitaram Zhang Jing também, embora ela não fosse tão habilidosa. Essa mudança me deu tudo o que eu podia desejar na vida, exceto por um detalhe: artistas só podem se casar com outros artistas.

Sua vida melhorou?, Li Wei pergunta de novo.

Em quase todos os aspectos, respondo por fim, detestando o lampejo de dor que vejo passar pelos olhos dele nessa hora. *Mas o que mais poderíamos fazer? Você sabe que eu precisava aproveitar essa oportunidade, e que, com ela, vieram também alguns sacrifícios. A vida é assim, Li Wei. Sempre foi assim.*

Talvez tenha chegado a hora de mudar, retruca ele, e começa a se afastar sorrateiramente de mim ao passo que os mineradores começam a sair do túnel para a hora do almoço.

Fico observando até ele ser engolfado pela multidão e penso no que devia estar querendo dizer exatamente quando falou em mudanças. Estaria se referindo ao sistema que mantém Bao e os outros presos às minas? Ou ao que nos separou? Depois de um instante, eu me dou conta de que é tudo a mesma coisa.

À medida que os mineradores se acomodam em grupos menores, comendo e conversando, perambulo entre eles da maneira mais discreta possível, tentando registrar os assuntos e reunir o máximo de informações que consigo; tentando, também, não voltar a pensar nas coisas que Li Wei me dissera. Em momentos agitados como aquele, o nosso compromisso de observar-sem-intervir se torna mais crucial do que nunca.

Quando retorno para meu toco de árvore, tomo um susto ao reparar que alguém entalhou sua superfície com uma faca. Onde antes havia só a face lisa de madeira gasta pelo tempo, agora vejo uma figura em forma de crisântemo, num entalhe realmente admirável. A arte de entalhar não costuma ser muito trabalhada na nossa escola, mas minha sensibilidade artística não pode deixar de notar a habilidade e riqueza de detalhes presente em cada uma das pétalas daquela que é chamada a rainha das flores; uma planta que conheço apenas das imagens nos livros. Este crisântemo é lindo, e o fato de ter sido entalhado em tão pouco tempo torna-o ainda mais admirável.

Deixo escapar um suspiro, sabendo de onde foi que as flores surgiram. Quando éramos mais novos, sempre que brigávamos por algum motivo, Li Wei e eu nos desculpávamos um com o outro trocando presentes. Os meus eram sempre desenhos, traçados de maneira tosca com os materiais naturais que pudesse encontrar. Os dele vinham na forma de entalhes. Só houve um dia em que essa troca de presentes não aconteceu: quando disse a ele que iria aceitar o posto de aprendiz e que, consequentemente, nunca poderíamos nos casar. Tivemos uma discussão nesse dia, e, depois, pintei um molho de crisântemos na entrada da casa dele como uma oferenda de paz. Contudo, nunca cheguei a receber nada em troca.

Agora, passo o dedo pelas pétalas do entalhe, impressionada ao ver como a habilidade dele se refinou nos últimos dois anos. Uma torrente agridoce de recordações enche minha cabeça até que, relutante, deixo-as de lado para continuar meu trabalho de observação.

CAPÍTULO 3

Tanto Li Wei quanto seu pai continuam nos meus pensamentos à noite, quando Zhang Jing e eu estamos de volta à escola. Olhar para ela me faz lembrar de Bao e me faz pensar na maneira como ambos estão lutando desesperadamente para ocultar sua cegueira do restante do povoado. Quantas outras pessoas estariam agora nessa mesma situação? Quantos outros moradores do povoado já iniciaram a lenta descida para a escuridão?

Quando começamos a tarefa noturna de criar os registros dos eventos das últimas 24 horas, sinto dificuldade de manter a concentração. Meu pensamento viaja sem parar, tornando difícil pintar as cenas que preciso. O ancião Chen repara nisso quando passa por mim.

Perdida em devaneios outra vez, Fei?, pergunta, de maneira gentil. *Está imaginando as cores lindas e as maravilhas que gostaria de poder pintar em vez disso?*

É verdade, minto, sem querer revelar o que está realmente se passando pela minha cabeça. *Sinto muito, mestre. Meu comportamento é indesculpável.*

Uma mente como a sua, capaz de apreciar e de imaginar coisas belas, não é de maneira nenhuma algo pelo qual se desculpar. Jamais será, conforta-me. *Mas, infelizmente, não é necessariamente útil por aqui. Este é o destino que nos foi reservado.*

Respondo à reprimenda com uma reverência respeitosa. *Não irei para a cama até conseguir produzir um registro impecável.*

Quando finalmente volto ao nosso dormitório, todas as meninas já estão dormindo. Uma vez deitada, eu me dou conta de que não tive a chance de checar o trabalho de Zhang Jing. Na hora em que terminei o meu, estava tão exausta que, de qualquer forma, provavelmente não conseguiria ajudá-la em muita coisa. Ainda teremos que concluir os registros pela manhã, e crio um lembrete mental para procurá-la e dar uma olhada em seu trabalho quando voltarmos ao ateliê. O sono toma conta depressa do que me resta de consciência, mas não é um descanso tranquilo.

Sonho que estou caminhando por um campo de orquídeas cor-de-rosa, igual ao que imaginei mais cedo. Elas se transformam em crisântemos, as pétalas tão inebriantemente exuberantes que sinto o impulso de correr os dedos pelo meio delas. Logo, percebo que não estou mais no campo de flores, e sim na trilha que contorna a encosta da montanha. Ela me leva até a estação de recebimento dos suprimentos, onde a multidão se reuniu pela manhã. Todos estão lá novamente, à espera de alguma notícia importante. Só que desta vez sou eu quem sobe no caixote, forçada a transmitir uma mensagem terrível ao meu povo. Minhas mãos se movem depressa ao formar as palavras, tão depressa que mal consigo registrar o que digo, embora saiba que tem a ver com um futuro sombrio de condições ainda piores e nenhuma esperança. Quando termino, crio coragem para encarar os rostos da multidão; o que vejo me deixa sem ar.

Todos me fitam com olhos vazios, de íris completamente brancas. E, mesmo que esteja vendo os rostos erguidos na minha direção, está claro para mim que nenhuma daquelas pessoas pode me enxergar. Todos à minha volta estão cegos. Apenas eu fiquei com todos os sentidos intactos. O desespero marca os rostos dos moradores do povoado, e todos abrem a boca ao mesmo tempo.

O que acontece em seguida é diferente de tudo o que já experimentei na vida. É uma sensação que quase lembra uma vibração, mas que tem algo a mais. Parece atingir uma parte do meu cérebro que eu nem sabia existir. Não tenho palavras, não tenho meios para descrever a experiência. As pessoas abrem mais suas bocas, e a sensação fica mais intensa, pulsando nas minhas orelhas. Minha cabeça começa a doer. E então, como se fossem um só, todos fecham a boca. A sensação cessa abruptamente, e tudo fica parado. Sinto algo repuxar dentro do peito, como se estivesse estendendo a mão para algo ou alguém muito distante.

E então, minha própria visão escurece.

O pânico toma conta de tudo, até que me dou conta de que simplesmente acordei e corro os olhos pelo dormitório das meninas. Ergo o corpo sobre a cama, tossindo, espreitando em volta e esperando que meus olhos se adaptem à escuridão. A luz fraca do luar tremula por trás das cortinas, e depois de um tempo, enfim consigo distinguir os contornos ao meu redor. Zhang Jing dorme tranquilamente na cama ao lado da minha, e, para além dela, as outras meninas também.

Mas alguma coisa está diferente. Algo desconhecido brinca sutilmente com meus sentidos enquanto vasculho o entorno e registro o que percebo no quarto escuro. É ela de novo: a mesma sensação do sonho, a tal coisa que quase se parece com uma vibração, sem ser isso exatamente. Só que agora é bem menos intensa. Não faz minha cabeça doer, e também é intermitente, fica indo e voltando. Quando pouso os olhos em Zhang Jing, reparo que a sensação que estou tendo parece estar sincronizada com sua respiração. Passo um tempo observando minha irmã, tentando compreender o que está acontecendo dentro de mim.

Não tenho respostas para aquilo, apenas o pensamento insistente de que deve ser fruto do meu estado de esgotamento. Por fim, acomodo-me à cama novamente e puxo a coberta por cima da cabeça para bloquear a luz da lua. A sensação enfraquece. Num impulso, pego o travesseiro e coloco-o também por cima da cabeça, tapando as orelhas, e a sensação se torna tão mais fraca que finalmente consigo ignorá-la e pegar no sono. Dessa vez, não sonho com nada.

 A manhã chega, e somos despertadas da maneira habitual: um servente segue até o corredor e gira a manivela ligada a um dispositivo que faz as cabeceiras das nossas camas tremerem. Porém, hoje, alguma coisa está diferente. Junto à trepidação de sempre, vem mais uma onda daquela sensação estranha, que me pega de surpresa. Ela continua comigo. O que estou captando agora, contudo, enquanto a estrutura da minha cama batuca contra a parede, é um pouco diferente. Desta vez, é algo pontual e curto se comparado ao fenômeno comprido e arrastado que percebi quando o povo aglomerado do sonho abriu as bocas ao mesmo tempo. Ajoelho-me, estudando o estrado de madeira que continua sacudindo, tentando compreender de que maneira está criando esse outro efeito. Zhang Jing toca meu braço, e reajo com um sobressalto.

 O que você está fazendo?, sinaliza.

 O que é isso?, pergunto de volta, gesticulando para a cama. Ela olha para mim com uma expressão confusa, e me dou conta de que os serventes pararam de girar a manivela. Trêmula, mexo na estrutura da cama para fazer com que ela bata contra a parede outra vez. Para minha surpresa, o fenômeno ressurge, agora numa versão reduzida, e meu olhar se volta imediatamente para Zhang Jing em busca de uma explicação. *O que é isso?*, repito.

 Isso o quê?, ela retruca, totalmente perplexa.

 Bato a madeira da cama com mais força contra a parede, fazendo o efeito se tornar mais intenso, mas Zhang Jing parece não ter notado nada. Sua expressão fica mais confusa ainda.

 Você não sentiu?, pergunto.

 Ela franze a testa. *A cama está quebrada?*

As outras meninas estão vestidas, e algumas já se encaminham para tomar o café da manhã. Zhang Jing e eu nos apressamos a acompanhá-las, inspecionando uma à outra com cuidado para ver se as túnicas estão ajeitadas e os cabelos bem presos no lugar. Ela nota que continuo perturbada e me pergunta se está tudo bem enquanto caminhamos para o refeitório, mas só o que consigo fazer é balançar a cabeça ao responder. Em parte, porque não tenho como explicar as coisas que estou sentindo, e também porque não demora muito para que me sinta embasbacada demais para conseguir dizer qualquer coisa.

Por todos os lugares, durante todas as atividades da manhã, as sensações estranhas continuam me perseguindo. São provocadas por todo tipo de coisa e surgem das mais variadas formas. Duas xícaras de porcelana batendo uma contra a outra. O deslizar da porta que se abre para os serventes entrarem. O mingau sendo jogado nas tigelas. Pés batendo no chão. Pessoas tossindo. No início, fico curiosa para ver qual sensação nova virá em seguida, fascinada ao perceber as cadeias de causa e efeito se desenrolando à minha volta. Mas logo a cabeça começa a doer outra vez, e me vejo perdida num mar de estímulos. Não dou conta de processar tudo aquilo, e o que acaba acontecendo é que, atipicamente, mal consigo comer. Tenho que me concentrar na noção condicionada da importância do alimento para chegar ao fim da tigela de mingau.

Depois que chegamos ao ateliê, menos sensações me atingem, mas elas continuam presentes enquanto terminamos os registros dos acontecimentos do dia anterior. Até mesmo o pincel de caligrafia cria um efeito ao tocar na tela, embora mal seja perceptível. Quando estou quase terminando o trabalho, uma sensação bem mais intensa e estridente me atinge; ela provoca um calafrio que me leva a erguer os olhos, alarmada. Não demoro a localizar sua origem: outro dos aprendizes deixou cair um pote de tinta de cerâmica, criando uma bagunça enorme de cacos e tinta no chão. Sou a única das pessoas presentes no salão, fora os colegas que trabalham imediatamente ao lado do tal aprendiz, que repara no acidente.

Cada vez mais agitada, lembro-me de como o impulso de ter coberto as orelhas com o travesseiro na noite anterior conseguiu reduzir os estímulos. Resolvo usar as palmas das mãos para fazer isso novamente, e, para minha surpresa, felizmente as coisas se acalmam outra vez. Porém, mesmo tomada pela onda bem-vinda de alívio, sinto o coração acelerar enquanto me dou conta das implicações por trás desse efeito. Essa coisa que está tomando conta de mim sempre que dois objetos se chocam um no outro, a maneira como meus ouvidos reagem... Isto quase se parece com a maneira como os escritos antigos do povoado descrevem...

...o som.

Imediatamente, balanço a cabeça por ter chegado sequer a cogitar essa ideia tão ridícula. É absurdo, impossível. Imaginar que estou criando asas não seria muito mais fantasioso que isso.

Está se sentindo mal?, sinalizam as mãos do ancião Chen para mim.

Percebo que continuo com as palmas pressionadas contra as orelhas, e rapidamente trato de baixá-las. *É só uma dor de cabeça,* minto. *Nada de mais.*

Seus olhos argutos fixam-se em mim por mais alguns momentos, depois se voltam para o trabalho à minha frente. Até eu mesma posso ver as imperfeições na tela. Meu estado de mortificação só aumenta quando ele toma o pincel na própria mão e começa a corrigir uma parte do meu descuido. Depois que termina, indica, *fique por aqui hoje e procure descansar.*

Sinto meus olhos se arregalarem de espanto. Sempre aprendemos que realizar as tarefas do dia é algo fundamental. Só a mais terrível das doenças é justificativa para que alguém fique de cama. Os mineradores, cujo trabalho mantém a todos nós vivos, jamais tiram folga.

O ancião Chen sorri. *Obviamente não está se sentindo bem hoje. Parece claro como água. É uma das artistas mais talentosas que conheci nos últimos anos. Prefiro perder um dia do seu trabalho do que me arriscar a ficar sem ele por causa de uma doença mais demorada. O pessoal da cozinha vai preparar um chá para a sua dor de cabeça. Passe o resto do dia descansando e aproveite a folga para estudar.*

Não tenho outra reação possível a não ser curvar o corpo em reverência diante da imensa generosidade do meu tutor. Estou constrangida por ter me destacado desta maneira, mas a sensação maior é de alívio por não precisar enfrentar o frenesi de atividade no povoado naquele momento.

Obrigada, mestre.

Quem sabe?, indaga ele. *Talvez eu mesmo decida dar uma caminhada para ficar de olho no seu posto de observação. Ou, se não fizer isso, sua irmã estará em alerta por lá também, e a entrada das minas não ficará descoberta.*

Minha irmã! Diante das palavras dele, um sobressalto de pânico sacode meu corpo. A presença do Mestre Chen sinaliza que os outros anciões também já devem ter chegado ao salão. Não consegui verificar o trabalho de Zhang Jing ontem à noite e tinha prometido a mim mesma que iria fazê-lo hoje pela manhã. Quando olho para o outro lado do salão, vejo as passadas da anciã Lian na direção da tela da minha irmã. Desesperada, começo a procurar por alguma distração, algo que possa atrasar a anciã e me dar a chance de salvar Zhang Jing como tenho feito. Talvez algum aprendiz exausto possa desmaiar de cansaço exatamente agora. Ou um dos serventes entre no salão trazendo notícias de outro roubo de comida.

Mas não acontece nada disso. A anciã para ao lado da minha irmã, e fico olhando para aquilo de onde estou, imóvel e sem poder ajudá-la. Para mim, essa é uma situação incomum e apavorante. Zhang Jing parece calma, mas posso ver o medo nos seus olhos. Penso que ela, assim como eu, já deve estar se preparando para o ataque de fúria da tutora, para o momento em que será, comigo, expulsa da escola por ter trapaceado. Mas não é isso que acontece também. A anciã Lian observa o trabalho da minha irmã por longos e torturantes momentos antes de, enfim, seguir adiante com a inspeção. Quase desmaio de tanto alívio.

As coisas seguem como de costume, e logo os aprendizes começam a carregar suas telas para a praça central do povoado. Movem-se depressa demais para que eu consiga ver direito a peça pintada por Zhang Jing, e fico rezando para que ontem tenha sido um de seus bons dias. Aceno para ela em despedida, então obedeço as instruções do ancião Chen e vou até a cozinha buscar meu chá. A presença de um aprendiz ou tutor é coisa rara por ali, e os serventes se agitam e fazem reverências diante de mim enquanto aguardo. As roupas deles estão manchadas de gordura e fuligem, e não são muito melhores do que as vestes dos mineradores. Uma das cozinheiras pousa com força uma chaleira de ferro sobre o balcão, e o efeito disso me faz encolher o corpo e trincar os dentes.

Por fim, uma das serventes mais velhas respeitosamente me traz uma caneca de chá medicinal. Embora esteja intimidada demais para manter qualquer contato visual, ela consegue gesticular as instruções de que devo tomar logo o chá e me deitar. Caso a dor de cabeça não passe dentro de seis horas, devo voltar para buscar mais um pouco. Agradeço e levo o chá comigo, mas não sigo na direção do dormitório.

Em vez disso, me encaminho para a biblioteca do colégio, bebericando goles cuidadosos do chá no trajeto. Ainda não consegui dissipar totalmente a desconfiança que tive mais cedo em relação ao som, mesmo sabendo com toda a minha mente racional que isso seria absurdo. Decido que essa provavelmente é a única oportunidade de descobrir por mim mesma o que está acontecendo, antes de ter que pedir ajuda a alguém. E sei que essa seria a pior alternativa. Se fosse tentar descrever para qualquer pessoa o que estou passando, logo seria chamada de louca.

Termino o chá ao entrar na biblioteca e, imediatamente, vou procurar a seção de obras mais antigas. Ela tem registros da época em que nosso povo ainda escutava. Já dera uma olhada nesses pergaminhos antes, e agora estou buscando uma autora em particular. Suas palavras me disseram pouca coisa quando as li no passado, mas, agora, talvez sejam a única esperança que me resta.

A escritora se chamava Feng Jie e tinha sido uma das últimas habitantes do povoado a perder a audição. Três dos seus pergaminhos estão no acervo da biblioteca, então levo-os até uma das mesas de estudo, satisfeita pela dor de cabeça ter perdido a força. Começo a ler o primeiro:

"Gostaria de poder escrever algo muito sábio, alguma conclusão sobre por que essa enorme tragédia se abateu sobre nós. Mas não existe explicação."

Fazendo uma pausa, reflito sobre aquelas palavras. Desde pequena, lembro-me da perda da audição sofrida pelo nosso povo sempre ser tratada como uma tragédia, mas jamais havia percebido as coisas dessa maneira. Nunca cheguei a me deter muito no assunto, na verdade, já que é difícil lamentar a perda de algo que nunca se teve.

Feng Jie prossegue:

"Aqueles mais sábios do que eu há muito vêm buscando os motivos para o sumiço de nossa audição, e suas elucubrações não chegaram a resposta alguma. Não tenho esperanças de conseguir o que eles não foram capazes de fazer. Em vez disso, minha intenção aqui é deixar o registro da memória do som, pois temo pelo que poderá acontecer às gerações futuras se não tiverem conhecimento algum sobre ele. As crianças nascidas hoje já não conseguem entender quando aqueles poucos que ainda são capazes de ouvir tentam lhes descrever como é essa sensação. A cada dia que passa, minha audição se deteriora mais e mais. Os sons se tornam cada vez mais fracos, cada vez mais distantes. Logo, aquilo que hoje é simplesmente quietude vai ter se transformado em silêncio completo.

"Portanto, quero descrever o som para aqueles que não tiverem acesso a ele, para que as palavras não se percam e para que aqueles que jamais ouvirão qualquer coisa possam ter uma compreensão o mais próxima possível do que é isso. E também, talvez, se a audição retornar um dia, este possa ser um guia para as pessoas que tenham se esquecido do vocabulário do som."

Hipnotizada pelo texto, sinto a respiração falhar. Foi isso que me fez vir atrás deste manuscrito: a lembrança que ficou guardada deste trecho depois da pesquisa que me levou a ele tanto tempo atrás. Naquela ocasião, essa ideia do som retornar tinha me parecido fantasiosa. Mas, agora...

Os escritos de Feng Jie seguem descrevendo em detalhes uma lista de sons. Ler essa parte é como tentar entender um idioma estrangeiro. Não consigo sequer acompanhar algumas das palavras que usa para definir outras.

"Quando um sino pequeno badala, o som é agudo e doce, claro e muitas vezes *staccato*. É um tilintar, quase como o murmurar de um riacho. Se é um sino maior, o som é profundo e retumbante. Ele ecoa na alma, gerando vibrações que se sentem pelo corpo inteiro.

"Um assovio é o som feito quando se sopra o ar pelos lábios franzidos. Tem um tom agudo e geralmente contínuo, a menos que vá soprando e interrompendo o fluxo de ar para formar uma melodia. O assovio é também um dos componentes básicos do canto dos pássaros, e a gama de assovios que são capazes de produzir é muito mais ampla que a dos humanos."

Minha mente se esforça muito para ir guardando todas essas palavras novas e compreender os significados de cada uma. *Badala. Agudo. Staccato. Tilintar. Murmurar. Retumbante. Ecoa. Assovio. Tom. Melodia. Canto.*

Os três pergaminhos estão escritos dessa mesma maneira, e absorvo o máximo possível de novos conceitos. Volto a pensar nas coisas que observei ao longo desta manhã tão curta. A armação da minha cama estava *batucando* na parede. A respiração de Zhang Jing era *quieta*. O pote se *espatifou* com força no salão de trabalho. E a chaleira de ferro no balcão... Ela *bateu* ou se *chocou* no balcão? Qual será a diferença?

À medida que a tarde transcorre, minha cabeça começa a doer outra vez, e essa dor não tem nada a ver com os sons, mas sim com a sobrecarga de informações dos pergaminhos, que já reli diversas vezes na esperança de decorar suas palavras. Contudo, alguns dos conceitos são tão complicados de entender que decorá-los seria inútil. Ainda assim, é reconfortante ver que existe toda essa terminologia. Ela é uma maneira de ajudar a calibrar esse sentido desconhecido no meio dos outros que já domino.

Algo me tira dos estudos com um sobressalto: um *som*, digo para mim mesma, tentando usar o vocabulário novo do jeito certo. Não me parece especialmente alto nem baixo, e me pergunto se *médio* seria um termo adequado para descrever volume. A palavra não aparece nos escritos de Feng Jie.

O som veio da porta da biblioteca se abrindo, e ergo os olhos a tempo de ver o ancião Chen entrando por ela. Rapidamente, trato de afastar os pergaminhos e me pôr de pé para reverenciá-lo. A ordem tinha sido a de que tirasse o dia para estudar, mas estou nervosa com a possibilidade de que me pergunte o que exatamente estava lendo.

Está se sentindo melhor?, ele indaga.

Estou, mestre. Obrigada por esse dia para descanso.

O rosto dele ganha uma expressão de diversão, e um som suave sobe da sua garganta. Pergunto-me qual dos termos usados por Feng Jie seria o mais adequado nesse caso. *Riso? Gargalhada? Risada?*

Mas você não está descansando muito, pelo que eu soube, brinca. *Os serventes disseram que passou a maior parte do dia aqui. Mesmo quando recebe um dia de folga, você continua trabalhando.*

Eu me diverti também, mestre, respondo, na esperança de conseguir esconder minhas motivações verdadeiras para estar ali. *Não fiquei o tempo todo lendo coisas sérias.*

Eu passava todo o meu tempo livre aqui também, quando tinha a sua idade, conta. Então saca um pergaminho, aparentemente ao acaso, que se abre para revelar ilustrações de criaturas fantásticas. Ele passa alguns instantes admirando os desenhos antes de devolver o manuscrito ao seu lugar. *Era esse tipo de coisa que eu adorava ler. Estava sempre metido numa aventura com algum animal mágico. Dragões, pixius, fênix.*

Algo que ele diz mexe com uma lembrança minha, e pergunto, com cautela, *Não existe uma história que fala dos pixius e da época em que os nossos ancestrais perderam a audição?*

Meu interesse, na verdade, não tem muito a ver com criaturas imaginárias, mas a intenção é conseguir tirar do ancião Chen alguma observação sobre os sons que acabe sendo útil. Ainda sorrindo para mim, ele assente com a cabeça.

Sim, há uma lenda sobre isso. Minha mãe costumava contá-la quando era pequeno. A história diz que, há muitos séculos, os pixius andavam pelo nosso povoado. Um dia, decidiram que iriam descansar e levaram embora os sons da nossa montanha para poderem dormir em paz.

Esse me parece um motivo tolo demais para que um povo inteiro perdesse a audição, mas não é mais estranho do que a maior parte das outras hipóteses. Existem as mais variadas histórias sobre por que deixamos de ouvir, e a maioria fala em algum tipo de retribuição divina. Tenho esperança de que o ancião Chen comente mais alguma coisa sobre o desaparecimento do som, mas, à medida que se volta para seus próprios pensamentos, percebo que, na verdade, está mais focado nos *pixius* que nos sons.

Sempre tive vontade de pintar pixius, comenta. Eram como leões com asas. Consegue imaginar algo assim? Meu mestre na época certamente me repreenderia por estar com a cabeça nas nuvens.

Ao ver o meu ar de surpresa diante dessa confissão, ele ri outra vez. *Sim, você não é a única que se perde em devaneios por aqui*, confessa. *Você se parece comigo quando eu tinha a sua idade.* Ele faz uma pausa, e o traço de humor some da sua expressão. *E é por isso que tenho que pedir para que venha comigo agora.*

Ele dá meia-volta, e me apresso em segui-lo, sentindo o coração acelerar. Será que meu tutor descobriu o que está acontecendo comigo? Alguém teria me denunciado? Fico aterrorizada por esse pensamento enquanto caminho atrás dele pela escola, mas uma parte de mim se sente quase aliviada com a possibilidade de me ver livre do fardo desse segredo. Afinal, apesar de estarem cheios de informações sobre o mundo dos ouvintes, os escritos de Feng Jie não traziam informação alguma sobre como ou por que a audição poderia voltar ao povoado depois de ter sumido durante tantas gerações. Até onde sei, ninguém jamais escreveu nada a esse respeito, pois isso simplesmente nunca aconteceu.

O ancião Chen me faz entrar numa salinha que, em geral, é reservada apenas para os anciões. Ao entrar, deparo-me com Zhang Jing parada à frente da anciã Lian, os outros tutores sentados diante das duas. Basta um olhar na direção da minha irmã para eu me dar conta de que o assunto ali não tem nada a ver comigo.

A anciã Lian reage com surpresa à nossa chegada. *O que Fei está fazendo aqui?*

Achei apropriado que estivesse presente, responde o ancião Chen.

Isto não tem nada a ver com ela, Lian insiste.

Sou a única família que ela ainda tem, intervenho depressa, mesmo sabendo que estou sendo impertinente. *Se está acontecendo algum problema, preciso saber.*

Um brilho vitorioso se acende nos olhos da anciã Lian. *Você já está ciente há um tempo de que sua irmã está ficando cega, não está?*

Não esboço qualquer resposta.

Não há lugar para a cegueira entre os artistas, declara Lian, voltando-se para encarar Zhang Jing. *Você acaba de perder seu posto de aprendiz. Pegue suas coisas e vá embora.*

Zhang Jing não consegue reagir. A palidez que toma conta de seu rosto é tanta que tenho medo de que vá desmaiar. Meu primeiro impulso é o de consolá-la, mas, em vez disso, dou um passo corajoso na direção da anciã. *Ela ainda não está cega!* Reparo que outros tutores estão segurando telas nas mãos: amostras dos trabalhos passados de Zhang Jing. *Olhe só para essas pinturas. Ela continua habilidosa. Uma pessoa cega não teria sido capaz de fazer isso.*

Falta precisão aos traços, retruca Lian. *Estão falhos. Sabemos que tem tentado acobertá-la. Precisamos que os registros fiquem perfeitos, e, para isso, é preciso ter olhos perfeitos.*

Pode ser que ela melhore, insisto. A anciã Lian solta um risinho descrente, e o som me desagrada; é brusco e feio.

Ninguém melhora da visão, rebate. *Todos sabem disso. Devia sentir-se grata por ela ainda enxergar bem o bastante para trabalhar nas minas. Pelo menos vai poder contribuir dessa maneira. É melhor do que virar pedinte.*

A imagem dos mendigos no centro do povoado volta à minha cabeça, e praticamente consigo enxergar Zhang Jing no meio deles. Sinto o estômago revirar. Porém, se Zhang Jing for para as minas, seu destino não terá sido tão melhor assim. Penso em Li Wei e no pai, em como é arriscado trabalhar como minerador com a visão prejudicada. E penso em como, mesmo quando estão com a saúde perfeita, os mineradores já recebem rações mais limitadas do que as nossas. Foi isso, afinal, que levou o menino servente a roubar comida para sua família.

Não a mandem embora, peço de repente, dirigindo-me a todos os tutores. *Temos uma vaga aberta entre os serventes, não é? Depois do caso do roubo de ontem? Deixem que Zhang Jing fique com ela. Por favor. Sua visão será mais do que suficiente para fazer aquelas tarefas.*

Na realidade, não sei se isso é mesmo verdade. Nunca parei para pensar muito nas tarefas dos serventes. Nunca precisei fazer nada daquilo. Contudo, tem que haver um destino melhor que trabalhar nas minas ou ter que mendigar.

O choque que percebo no olhar de Zhang Jing me diz que provavelmente discorda disso, mas gesticulo com discrição para que não se manifeste enquanto os outros deliberam a respeito.

Os tutores se entreolham, e é o ancião Chen quem finalmente se pronuncia. *É verdade que perdemos um dos encarregados da limpeza ontem. Zhang Jing precisa de um posto de trabalho, e uma vaga acabou de se abrir. É bom que seja assim. Parece um sinal de equilíbrio, não?*

A anciã Lian reage com uma expressão cética por um instante, depois dá de ombros. *Ela tem minha permissão.* Por trás da sisudez exterior, capto uma ponta de arrependimento no seu olhar. Talvez, a decisão inicial de expulsar Zhang Jing tenha nascido mais da necessidade que de um impulso cruel de sua parte. A tutora está com pena do que aconteceu à minha irmã, e isso, de alguma forma, só deixa as coisas piores.

O impacto da minha sugestão só agora me atinge por completo. Minha irmã, entre os serventes? E, pior que isso, como encarregada da limpeza? Estamos há tanto tempo entre os aprendizes que não me admiro mais com o estilo de vida que temos. A rotina é dura, mas também traz um certo prestígio. É um orgulho saber que nosso ofício mantém a ordem no povoado e que daqui a centenas de anos nossos descendentes vão olhar para as nossas criações e aprender com elas. A arte continuará depois que tivermos desaparecido. Todos os outros nos tratam com uma deferência muito justificável, como vi os serventes fazerem na cozinha hoje mais cedo. De repente, começo a imaginar Zhang Jing afobada como eles, dobrando o corpo em reverências e evitando o contato visual com outros artistas. E, pior que isso, imagino minha irmã tendo que esfregar o chão ou realizar outras tarefas degradantes.

Posso ver o desespero no rosto de Zhang Jing, mas, ainda assim, ela não demora a dar a resposta mais adequada para o momento: seu corpo curva-se três vezes na direção do ancião Chen. *Obrigada, mestre,* sinaliza. *Essa é uma grande honra. Cumprirei minhas novas tarefas com a mesma dignidade com que realizava as anteriores.*

Sinto meu coração afundar. Grande honra? Não há honra alguma nessa decisão, embora, ao menos, eu vá poder dormir sossegada sabendo que minha irmã tem um teto sobre sua cabeça e que não vai lhe faltar comida.

O ancião Chen nos dispensa com um leve abanar da mão, e, depois de fazer mais algumas reverências, saímos para o corredor e nos dirigimos de volta ao dormitório feminino.

Não se preocupe, digo para Zhang Jing. *Assim que sua visão voltar, eles vão lhe devolver seu posto de aprendiz.*

Ela para de caminhar e balança tristemente a cabeça. *Fei, ambas sabemos que isso não vai acontecer. O que tenho que fazer agora é aceitar meu terrível destino.*

Terrível? Mas você reagiu com gratidão lá dentro.

É claro, retruca. *Precisava mostrar que sou grata para preservar sua honra, depois do apelo que fez por mim. Porém, teria sido melhor partir com a dignidade intacta para trabalhar nas minas do que ter que viver à sombra do meu posto anterior.* Nessa hora, como que para reforçar suas palavras, um servente aparece com uma vassoura para limpar a poeira trazida para dentro pelos pés dos aprendizes. O barulho que as cerdas fazem no chão é interessante, mas minha tristeza e revolta são grandes demais para que eu preste atenção a ele. Posso entender que Zhang Jing esteja desapontada, mas como é capaz de afirmar que preferiria ter sido mandada para a rua? *Aqui é um bom lugar para você*, insisto. *Vai ficar em segurança. Alimentada. Protegida.*

Isso provavelmente deve ter seu valor, devolve Zhang Jing. *Pelo menos agora não vou mais precisar mentir e ainda serei capaz de dar conta das tarefas de servente por um bom tempo, mesmo se a minha visão piorar. Então, terei que encontrar algum outro lugar.*

Não diga isso, protesto, incapaz de digerir a ideia. *Tudo vai ficar bem, desde que possamos continuar juntas.*

Eu espero que sim, ela responde, antes de me puxar para um abraço.

Quando chegamos ao dormitório, encontramos uma servente à nossa espera. *Vim lhe mostrar seu novo quarto*, explica para Zhang Jing. *Agora vai ficar com os serventes.*

A calma que Zhang Jing vinha demonstrando até aqui se transforma em constrangimento, e seu rosto fica vermelho. As outras garotas param, boquiabertas, ao saberem da notícia, e preciso me controlar para não sair distribuindo socos e pontapés furiosos. Não havia considerado isso quando fiz o apelo em nome de minha irmã. Além do baque de ter perdido seu posto, Zhang Jing agora seria levada para longe de mim. Quem vai tomar conta dela quando eu não estiver ao seu lado? Desde a morte dos nossos pais, sempre fomos inseparáveis. Como vou continuar sem ela, principalmente nesse momento tão novo e assustador? Como vou lidar com essa avalanche de sons que está caindo por cima de mim sem ter o apoio da minha irmã?

Zhang Jing mantém a cabeça erguida, reunindo cada fiapo de orgulho que lhe resta para recolher seus poucos pertences e ignorar as conversas que eclodem disfarçadamente pelo dormitório à medida que nossas companheiras se inteiram dos acontecimentos. Tenho vontade de dizer a todas que será um arranjo temporário... mas não consigo falar ou fazer nada quando vejo a servente acompanhar minha irmã para fora. Zhang Jing lança um último sorriso doce na minha direção antes de sair porta afora, e, pela primeira vez na vida, sinto-me verdadeiramente sozinha.

CAPÍTULO 4

Esta noite, sonho que estou numa casa com crisântemos entalhados nas paredes, como os que foram feitos no toco de árvore da entrada da mina. É uma casa linda e sofisticada, mas nada prática. Enquanto admiro sua exuberância, novamente não consigo escapar da sensação de estar sendo chamada por algo. É como se houvesse um fio preso ao meu peito, puxando-me na direção de outra pessoa. A sensação é estranha, mas, pelo menos, esse é um sonho silencioso, um descanso bem-vindo depois do bombardeio de ruídos que me atormentou o dia todo.

Uma nova saraivada de sons me tira do sono, com uma sucessão de barulhos curtos, que acontecem simultaneamente e sem parar, numa cadência acelerada. Sento-me na cama, tentando imaginar de onde pode estar vindo esse novo estímulo. A luz preguiçosa do início da manhã entra pelas cortinas, e do céu lá fora vem a resposta que procuro. É o barulho da chuva batendo no prédio.

Um nó se aperta no meu estômago durante as tarefas matinais. Quero ver Zhang Jing, mas também estou com medo do momento em que isso vai acontecer. Sua ausência é como a pontada de dor de uma ferida que não se fecha, mas também tenho receio de me deparar com ela já desempenhando sua nova função. Seja qual tenha sido sua incumbência agora pela manhã, entretanto, nossos caminhos seguem sem se cruzar. Cuido da minha pintura e então vou tomar café com os outros, antes de fazermos o trajeto habitual até o centro do povoado a fim de nos dirigirmos aos nossos postos de observação.

A chuva para quando chego à entrada da mina, o que vejo como uma pequena bênção. O tempo continua úmido e desagradável, e eu sinto o coração pesar de saudade da minha irmã quando me sento no toco de árvore e passo o dedo pelo entalhe dos crisântemos, pensando no sonho que tive. A dor de cabeça também está de volta, depois de todos os barulhos novos com que precisei lidar ao longo da manhã. Quando fui até a biblioteca, minha intenção era pesquisar informações sobre o que poderia ter trazido a audição de volta. Contudo, agora eu me pergunto se haveria uma maneira de fazer com que fosse embora outra vez. Não consigo entender o que os nossos ancestrais viam de tão especial na capacidade de ouvir nem por que lamentaram tanto sua perda. É muito atordoamento todo o tempo, fazendo com que seja impossível concentrar-se em qualquer coisa. Que vantagem esse monte de estímulos extras poderia trazer para a vida de qualquer pessoa?

E o que me deixa ainda mais confusa: por que isso está acontecendo justo comigo? Os relatos dos antigos contam que as pessoas começaram a perder a audição em grupos. Se agora a capacidade de ouvir está voltando para nós, não seria de esperar que isso acontecesse com mais de uma pessoa de cada vez? Ontem, antes de ir me deitar, fiz questão de verificar todos os registros no salão de trabalho e cheguei até a perguntar a alguns dos outros aprendizes se alguma coisa de diferente havia acontecido, ou se haviam registrado alguma conversa incomum no povoado. Fingi que era tudo curiosidade por ter ficado longe do meu posto de observação por um dia inteiro, mas, lá no fundo, tinha a esperança secreta de que houvesse mais alguém passando pelo mesmo que eu, alguém com quem fosse possível conversar e entender melhor isso tudo.

Ainda não sei como devo agir. Será que devo me abrir com os tutores? Será que vão achar que enlouqueci? Algumas vezes, eu mesma me pergunto se não estou maluca. É verdade que tudo o que vem acontecendo comigo se encaixa nas informações que consegui reunir sobre os sons e a capacidade de escutar, mas será que não estou apenas imaginando que tenho experimentado essas coisas todas? Será que alguma história antiga que ouvi não pode ter ficado guardada no fundo da minha memória e, agora, está se manifestando dessa maneira? Esta explicação me parece mais plausível do que a ideia de que eu, de repente, possa ter me tornado a única beneficiada por uma volta milagrosa da audição.

Minha espiral sombria de preocupações é interrompida quando escuto o que já aprendi a reconhecer como sendo o som de passos e da movimentação de pessoas. Ergo o rosto, tentando determinar de onde vem o barulho, e percebo que a origem é a entrada da mina. Pondo-me de pé, corro a tempo de ver um grupo de trabalhadores emergindo da entrada do túnel, trazendo algo — ou melhor, alguém — no meio deles. Recuo para dar espaço para todos passarem, e fico olhando horrorizada quando o grupo pousa o corpo de Bao no chão. Alguém gesticula pedindo água, mas um homem balança a cabeça e sinaliza: *É tarde demais.* Os olhos de Bao estão fechados, e há uma mancha de sangue em sua têmpora — é sangue recente e não algum resquício do ferimento de ontem. Ele não se mexe.

A tristeza incha dentro de mim, e eu luto contra ela, sabendo que tenho um trabalho a fazer. Chamo uma das mineradoras com um tapinha, e pergunto, *O que aconteceu?*

Quando percebe quem sou e qual é a minha posição, ela faz uma reverência antes de responder. *Uma das partes da parede da mina estava se soltando. O contramestre pôs um cartaz avisando a todos que não se aproximassem dali, mas Bao não viu o alerta.*

Alguém vem abrindo caminho em meio a aglomeração, e sinto a respiração falhar quando vejo que é Li Wei. Ele para um instante a fim de enxugar o suor da testa e, sôfrego, olha ao redor; os olhos escuros argutos e preocupados. Quando avista a figura do pai, Li Wei corre para ele e se ajoelha ao lado do velho. A mesma intensidade que ontem vi no seu ardor e indignação está hoje no carinho e cuidado de Li Wei com o pai. Sinto a garganta fechar ao vê-lo tocar delicadamente o rosto de Bao, à espera de alguma reação. Um impulso para confortar Li Wei toma conta de mim, mas fico parada onde estou. A resignação toma conta de sua expressão quando ele se dá conta do que o restante de nós já havia percebido: Bao se foi. A resignação logo se transforma numa mistura de raiva e tristeza. Li Wei cerra os punhos e abre a boca.

O som que sai dela não se parece com nada que eu tivesse ouvido até agora. A verdade é que não tinha ouvido muitos sons vindos de humanos. Não temos a necessidade de produzi-los. Já faz séculos que paramos de usar nossas bocas e vozes como instrumentos de comunicação. Já havia sentido as vibrações produzidas por mim mesma quando soluçava ou quando soltava um grito de dor, embora obviamente não pudesse ter ideia do som que produziam.

Agora escuto, e minha pele se arrepia com o som que vem de Li Wei. Um fragmento do texto de Feng Jie volta à minha lembrança:

"Um grito é o som que fazemos em reação a um sentimento muito intenso. Um grito de medo, ou de quem toma um susto, geralmente é um som agudo. Ele pode ser curto ou mais demorado. O grito também pode ser uma reação de prazer ou diversão, embora, nesse caso, pareça-se mais com um guincho. E o grito de dor ou de raiva...

Bem, esse é inteiramente diferente. Ele vem de um lugar mais obscuro, das profundezas da nossa alma, e, quando gritamos nesses momentos em que estamos tristes ou com muita raiva, existe uma constatação terrível que acompanha esse ato: a de que estamos dando voz a uma emoção que é simplesmente grande demais para caber no nosso coração."

Quando ouço Li Wei gritar, constato que Feng Jie tinha razão. É a voz do coração dele que está ali. Uma maneira de expressar seu sentimento pela perda do pai, que é, ao mesmo tempo, muito primitiva e infinitamente mais eloquente do que qualquer palavra seria capaz de ser. É um som terrível e belo, saído diretamente da alma para tocar alguma coisa escondida no fundo da minha. É o som que meu coração fez quando meus pais morreram, embora não o conhecesse até agora.

Li Wei tenta se recompor, olhando para o grupo reunido ao redor. *Isto não deveria ter acontecido!*, sinaliza. *Ele não deveria estar trabalhando naquele lugar, com a visão falha como estava. Muitos aqui sabiam o que estava acontecendo. O contramestre sabia. Porém, todos fingiram que não era nada. Quantos outros aqui estão passando pela mesma coisa? Quantos estão escondendo problemas de visão para poderem continuar trabalhando?*

Ninguém responde a essa pergunta, até que, por fim, um homem corajosamente se pronuncia, *Nós temos que trabalhar, do contrário não recebemos comida.*

Só é assim porque permitem que seja!, protesta Li Wei. *Vocês perpetuam esse sistema quando continuam aceitando fazer parte dele! Enquanto continuarem enviando minérios encosta abaixo sem questionar, nada vai mudar.*

Enquanto continuarmos mandando os minérios, meus filhos terão o que comer no jantar, retruca uma mulher. *Se não chegam os carregamentos de comida, eles passam fome. Sou capaz de trabalhar até esfolar os dedos para impedir que isso aconteça.* Vários outros mineradores assentem, concordando com ela.

Mas precisa haver algum outro jeito, protesta Li Wei. *Pelo menos, quem está perdendo a visão não deveria ter que voltar para trabalhar. Não voltem para as minas, arriscando as próprias vidas e as vidas dos outros. Não queiram terminar como ele.* As lágrimas transbordam enquanto as mãos agarram a manga das vestes do pai.

Os outros mineradores se mexem desconfortavelmente em seus lugares, mas ninguém se pronuncia a favor dele. Por fim, um dos homens dá tapinhas solidários no ombro de Li Wei, depois simplesmente diz: *Temos que voltar ao trabalho. O sacerdote já está vindo para cuidar dos preparativos. Sinto muito pela sua perda.*

Outros fazem gestos similares de condolências, antes de arrastarem os pés de volta para a entrada da mina. Não muito depois disso, os acólitos do sacerdote chegam e cobrem respeitosamente o corpo de Bao antes de carregá-lo para iniciarem os preparativos. Eles dizem a Li Wei que poderá ver o pai no final da tarde e que o funeral deverá acontecer em seguida. Ele não esboça resposta alguma enquanto levam seu pai para longe.

Logo, ficamos a sós. Li Wei soca o chão lamacento e deixa sair outro grito de frustração. Mais uma vez, fico espantada, tomada pela força avassaladora e pela emoção que a voz humana é capaz de transmitir. Pela primeira vez desde que estou vivendo este fenômeno, começo a compreender o poder que talvez pudesse ter e por que nossos ancestrais lamentaram a perda da audição. Todos os sons ao meu redor — o tamborilar da chuva que retorna, o vento soprando as folhas — tudo de repente ganha um sentido renovado. Agora, vejo que, mais do que interferir no mundo, os sons o aprimoram. Seu alcance e potencial são imensos. É como ter uma cor inteiramente nova para usar nas pinturas.

Li Wei volta a ficar de pé e repara que ainda estou ali. Seus olhos escuros procuram os meus. O contraste é gritante entre a emoção do seu rosto e a imponência passada pela altura e o porte aprumado. Todo o seu ser exala tristeza, e sei que deveria dizer alguma coisa, ao menos oferecer minhas condolências. Contudo, ainda estou em choque, tomada pelo efeito que o grito de dor provocou em mim. A voz de Li Wei foi a primeira voz humana que escutei depois das que me vieram naquele primeiro sonho, e o impacto que teve foi aterrador. Só o que consigo fazer é ficar ali, sem me mexer.

Li Wei bufa de desprezo e sai num rompante. Sua partida abrupta me tira do transe, e me dou conta de que minha atitude deve ter parecido fria e grosseira, fazendo-me sentir péssima. Abandonar o posto de observação constitui uma falta gravíssima, mas não posso deixar que vá embora desse jeito, imaginando que eu possa ter reagido com indiferença à morte do seu pai. Depois de um instante muito breve de hesitação, deixo a mina para trás e corro atrás de Li Wei. Quando consigo alcançá-lo, na trilha perto da encosta, toco de leve em seu ombro, e ele se vira com uma fúria que me faz recuar alguns passos.

O que você quer?, pergunta, e sei que a raiva é uma tentativa de disfarçar sua tristeza.

Li Wei, sinto muito pelo seu pai. Sinto muito mesmo, eu digo. *Sei como deve estar se sentindo.*

Duvido muito que saiba, desdenha.

Sabe que é verdade, reajo. *Lembra-se de quando perdi os meus pais.*

Eu lembro. Um toque de compaixão verdadeira passa pelo olhar dele, mas logo a fúria está de volta. *Eles morreram com a febre, como* aconteceu com minha mãe. Mas aquilo foi diferente. Ninguém poderia ter impedido o que aconteceu. Não como seria possível fazer pelo meu pai. Ele não tinha que estar trabalhando com a visão fraca! Era uma agonia vê-lo entrando por aquele túnel todos os dias. Uma armadilha mortal, dia após dia. Eu sabia que seria só uma questão de tempo, mas ele se recusava a parar de trabalhar e ter que viver como pedinte.

Também entendo essa parte, digo a ele. *Zhang Jing... Ela está ficando cega*. Faço uma pausa, atingida pelo impacto completo de enfim admitir isso para alguém. *Os tutores descobriram, e agora ela não vai mais ser aprendiz. Tivemos que agir e tomar uma decisão difícil para salvá-la do destino de pedinte.*

Li Wei agora está muito quieto, me encarando com um interesse renovado. *O que foi que fizeram?*

Respiro bem fundo, ainda sentindo dificuldade para me conformar com o que aconteceu a Zhang Jing. *Ela vai trabalhar com os serventes do Paço do Pavão.*

Ele arregala um olhar confuso na minha direção e, em seguida, lança os braços para o alto, num gesto de descrença. *E essa foi a decisão difícil? Passá-la para um trabalho seguro e confortável, onde receberá alimento e não terá que correr nenhum risco? Você chegou mesmo a ponderar sobre o assunto e ainda assim continua achando que tem qualquer coisa em comum comigo e com os outros mineradores?*

Sei que suas palavras duras são fruto da dor da perda, e tento reagir calmamente. *Estou querendo dizer que sei o que é sentir medo dessa maneira por alguém que você ama e ter a vida virada de pernas para o ar. Você não é o único que está passando por isso.* O impulso anterior volta outra vez: a vontade de me aproximar e envolvê-lo num abraço, de consolar Li Wei como eu teria feito antigamente. Mas não posso fazer isso aqui, onde existe a chance de sermos vistos. E não depois da distância enorme que se instalou entre nós.

Ele continua abalado, mas se esforça para se acalmar. *Sua vida mudou, mas não diria que foi virada de pernas para o ar; ao menos ainda não,* diz. *E é isso o que parece que ninguém consegue enxergar, Fei. Todo mundo sabe que as coisas estão mal, mas as pessoas parecem achar que, se tocarmos o barco adiante, como sempre fizemos, vai ficar tudo bem. Ao contrário, estamos seguindo para a escuridão e a ruína. Será que não percebe?*

Começo a responder, mas um som que nunca ouvi antes chama minha atenção. É algo extraordinário, e sinto uma vontade desesperada de ouvi-lo mais uma vez. Sem conseguir me conter, viro imediatamente a cabeça na direção de onde se originou, e meu olhar capta um relance de azul. É um melro, igualzinho ao que vi no outro dia. Empoleirado num galho de árvore, ele abre o bico para produzir o som maravilhoso que ouvi... Uma melodia? Fico torcendo para que o pássaro cante outra vez, mas ele levanta voo e some de vista.

Acompanho-o com o olhar, hipnotizada, antes de voltar a encarar Li Wei com um ar constrangido. Ele me olha, compreensivelmente confuso, e depois balança a cabeça. *Dá para ver que esse assunto não interessa muito a você.*

Não, espere aí. Interessa, sim, sinalizo.

Porém, ele já me deu as costas. Estendo a mão para lhe pegar o braço, e, quando as pontas dos meus dedos tocam sua pele nua, os músculos de Li Wei se retesam, e ele olha na minha direção. Uma parte do que se passa no meu coração deve ter subido até os olhos, porque a expressão no rosto dele fica mais suave. Minha mão continua no braço dele, e sou tomada pela consciência atordoante de que apenas poucos centímetros separam nossos corpos. De repente, me vem também a constatação de que, por mais que tenhamos passado muitas horas de mãos dadas ou sonhando com o futuro, eu e Li Wei nunca chegamos a nos beijar. O que houve entre nós sempre foi essa fagulha, uma química que os dois relutaram em admitir que existia até o dia em que soubemos que teríamos que nos separar.

Trato de afastar depressa a mão e recuar, torcendo para que meus pensamentos não tenham transparecido de maneira tão óbvia. *Qual é o seu plano, então?*, pergunto. *O que acha que temos que fazer para escapar da escuridão e da ruína?*

Li Wei me encara por mais alguns momentos, e sinto o fôlego faltar enquanto o olhar dele me envolve. *Temos que começar acabando com esse sistema da tirolesa*, sugere, por fim. *É o que está nos escravizando, e foi o que nos deixou nesta situação miserável.*

Não consigo disfarçar o choque e, por um momento, nosso passado juntos fica esquecido. *E como seria possível acabar com esse sistema?*

Falando com o guardião, responde, apontando para a borda da encosta. *Chegando até o fundo dessa história. Ou ele será um homem razoável que vai compreender nosso apelo, ou um tirano que precisará ser derrubado.*

Ele não é a primeira pessoa que vejo querendo falar com o guardião dos cabos, mas, quando sustento o olhar de Li Wei, percebo que, talvez, seja o único que realmente tem a intenção de fazer isso de fato. Essa constatação me enche de medo. Posso ter me afastado voluntariamente de Li Wei depois que me tornei aprendiz no Paço do Pavão, mas, pelo menos, até hoje sabia que ele continuava vivo e em segurança em nosso povoado, e não prestes a se lançar numa missão tão impossivelmente perigosa.

Como faria isso?, insisto. *Descendo a montanha?*

Exatamente, afirma ele, cruzando os braços com um ar de desafio.

Mas isso é suicídio! A descida é arriscada demais para ser feita a pé. Há séculos ninguém nem tenta fazer isso! Não depois que nossos ancestrais deixaram de ouvir as pedras caindo, e...

Interrompo meu protesto, deixando as mãos caírem dos lados do corpo. As implicações do que acabei de dizer me atingem como um tapa, fazendo minha cabeça girar. Desde que me entendo por gente, o povoado simplesmente aceita com resignação a ideia de que ninguém pode descer pela encosta. Seria arriscado demais, tanto pela instabilidade do terreno quanto pela dificuldade extra de não conseguirmos ouvir a movimentação das pedras. Os outros repetem isso sem parar. Até eu mesma já fiz isso, reproduzindo a frase como se fosse uma trágica verdade. Porém... ali parada, percebo que ela não procede mais. Agora, existe alguém que pode ouvir as pedras caindo: eu. Mas o que isso quer dizer, na verdade? E será que vai ser suficiente para realmente fazer alguma diferença?

Sem saber o que se passa na minha cabeça, Li Wei imagina que estou apenas amedrontada e assustada demais por causa das implicações da sua proposta.

É por isso que as coisas nunca mudam, ele declara enfaticamente. *Todos ficam apegados à maneira como as coisas sempre foram, e essa maneira está nos matando. Se vamos morrer de uma forma ou de outra, quero rumar para a morte me esforçando para ter feito alguma diferença: tentando salvar a mim mesmo e aos outros. Somente viver um dia depois do outro já não basta. Tem que haver algo mais nesta vida, algo mais que se possa esperar.*

Não esboço resposta, e, mais uma vez, ele interpreta isso como sinal de desaprovação e medo. Geralmente, sou rápida nas minhas respostas, mas aconteceram coisas demais nestes últimos dias. Mesmo que conseguisse confiar o bastante em Li Wei para explicar a ele como estou me sentindo, não sei se seria capaz de me expressar corretamente. É tudo tão esquisito e tão novo... Então, só o que faço é continuar parada no mesmo lugar, congelada.

Um grupo de mineradores vem andando pelo caminho, e Li Wei retesa o corpo antes de curvá-lo numa reverência a mim, feita só por causa da presença deles. *Obrigado pelas condolências, aprendiz,* sinaliza ele, como esperado, e então dá meia-volta e me deixa sozinha.

CAPÍTULO 5

Pelo resto do dia, ajo como se estivesse dentro de um sonho. Faço tudo o que tem que ser feito. Retorno para ocupar meu posto até terminar o turno de trabalho dos mineradores, depois levo minhas anotações de volta à escola para pintar os registros a partir delas. Aos olhos de um observador externo, tudo está como sempre foi. Entretanto, dentro de mim, as coisas parecem todas mudadas. Meu mundo se modificou completamente, e não sei como lidar com ele.

Minha irmã não está mais ao meu lado. Até agora, jamais me dera conta do quanto subestimava a presença dela. Tudo o que faço agora parece incompleto. Na hora do jantar, outro aprendiz se senta ao meu lado, ocupando o lugar de Zhang Jing. No dormitório, a cama dela ainda está vazia e sem as cobertas. Mas é no salão de trabalho que a ausência se faz mais dolorida. Enquanto cumpro o dever de pintar minha parte do registro do dia, percebo-me olhando sem parar o lugar onde ela costumava trabalhar. E, a cada vez que meus olhos batem no vazio, sinto uma nova onda de dor.

É um alívio quando os tutores chegam para nos dispensar mais cedo das tarefas noturnas; até que eu me dou conta de que isso foi feito para que quem quisesse comparecer ao funeral de Bao tivesse tempo de ir até o povoado. Não consigo me decidir. Tenho um imenso respeito pelo pai de Li Wei, mas o mistério de minha nova condição me pesa sobre os ombros. Alguns dos alunos decidem continuar trabalhando. Ponho minha tela de lado, ávida por deixar o salão e todas as lembranças guardadas ali. Tenho esperanças de conseguir escapar outra vez para a biblioteca e tentar descobrir por que estou sendo bombardeada pelos sons, e por que isso está acontecendo apenas comigo. Verifiquei novamente os registros: até o momento, sou mesmo a única que parece passar por esse fenômeno.

Porém, quando chego ao corredor com os outros que decidiram parar por hoje, avisto Zhang Jing varrendo o chão. É a primeira vez em que a vejo na nova função, e meu coração quase para de bater. Está usando o uniforme desbotado dos serventes e mantém os olhos respeitosamente baixos quando outras pessoas cruzam seu caminho. Fico tensa, esperando para ver se alguém vai dizer alguma coisa ou fazer comentários sobre sua nova posição. Mas ninguém fala nada. Na verdade, é como se ninguém sequer reparasse na existência dela. De certa forma, isso é pior do que qualquer comentário pejorativo que pudesse ser feito. Ela se tornou invisível aos olhos dos outros. Mais que isso: ela já não é nada para eles.

Paro à sua frente depois que todos passam, e Zhang Li sinaliza depressa: *Por favor, Fei. Não. Isso só vai piorar ainda mais as coisas.*

Hesito diante da insinuação de que fora eu quem a colocou nessa posição. *Você está a salvo*, digo a ela. *É isso que importa. Só queria que ficasse bem.*

Ela desvia os olhos por um instante e suspira profundamente antes de responder. *Vou ficar bem por hoje. E amanhã, e no dia seguinte também. Mas, depois, quem poderá garantir? De qualquer maneira, é inútil pensar tão para a frente assim. Prefiro me concentrar em viver um dia de cada vez e torcer para que a minha visão dure um pouco mais.*

Outro aprendiz surge no corredor justo nesse momento. Ele inclina educadamente a cabeça para mim e então hesita, reconhecendo Zhang Jing. O rapaz deixa o queixo cair por um instante, ao vê-la vestida como servente, e depois parece constrangido por ter sido flagrado com aquela expressão no rosto. Desviando depressa o olhar, segue seu caminho. Ao encarar Zhang Jing, vejo a expressão mortificada em seu rosto.

É melhor você ir embora antes que mais gente a veja, sugere. *Não devemos chamar mais atenção para nenhuma de nós duas. Sua posição ainda é fonte de enorme prestígio para nossa família.*

Sinto muito, falo para ela, sentindo as lágrimas nos olhos. *Não queria que nada disso estivesse acontecendo.*

Nenhuma de nós queria, responde secamente. *Temos que tirar o melhor possível de uma situação ruim como esta. Sei que fez tudo o que pôde por mim.*

Ela pega a vassoura e continua seu trabalho corredor afora, deixando-me com uma sensação péssima. Será que fiz mesmo tudo o que podia? Não haveria algo mais que pudesse fazer para ajudá-la? As palavras de Zhang Jing trazem de volta o que Li Wei me dissera antes de virar as costas e se afastar: "Viver um dia depois do outro já não basta. Tem que haver algo mais nesta vida, algo mais que se possa esperar."

Sinto um nó tomar conta da minha garganta quando sou atingida pelo impacto do que ele realmente quis dizer com isso. Minha irmã se resignou a torcer apenas por sua sobrevivência imediata, esperando que a cegueira demorasse mais um dia a se instalar, alongando o tempo que lhe restava antes de ter que se juntar aos pedintes. Isso é uma forma de existência terrivelmente sombria; sequer pode ser chamada de vida.

Quando Zhang Jing desaparece pela curva do corredor, subitamente me pego caminhando na direção da porta mais próxima. Os planos de ir à biblioteca são esquecidos, e, em vez disso, junto-me ao grupo que caminha na direção do povoado para o funeral vespertino de Bao.

Não sei dizer por que estou indo para lá. Primeiramente, fico achando que o encontro com minha irmã me fizera compreender de verdade a tragédia que acometeu aquele homem. Porém, quando chego perto da multidão reunida para a cerimônia, compreendo o que verdadeiramente tinha me atraído até ali.

Li Wei.

Pela primeira vez em um bom tempo, não é minha lembrança cintilante de infância que vem à mente no instante em que pouso o olhar sobre ele. A atração inescapável que nos une e o remorso recorrente por ter escolhido me unir aos artistas ainda ardem dentro de mim, mas eles também parecem momentaneamente ofuscados. O que me puxa em sua direção agora é a sensação de perda e a revolta pela situação em que se encontra nosso povo. Esses sentimentos de Li Wei ressoam com a dor que sinto por Zhang Jing, e, mesmo sem ter certeza de que vai querer falar comigo, sei que preciso ao menos tentar.

Ele está parado à frente do grupo, as costas eretas e o rosto marcado pelo orgulho e um ar quase de distanciamento. Como de costume, porém, são os olhos que entregam o que se passa além da carapaça de rapaz durão. Posso ver a emoção que transborda deles, e sinto o coração doer em resposta. Conheço Li Wei o suficiente para saber que está usando todo o autocontrole para continuar aparentando calma diante dos outros. Minha vontade é de correr e enlaçar suas mãos às minhas, dizer que é natural se sentir triste pela perda e demonstrar seu luto.

Ele veste uma camisa branca, sem dúvida emprestada do centro comunitário. Segundo os escritos que temos, antigamente todos os moradores do povoado se vestiam de branco nos funerais. Depois que o comércio com a cidade abaixo da montanha foi ficando restrito, entretanto, nossas roupas passaram a ser racionadas. Agora, só há vestes brancas para os familiares mais próximos do falecido, e ficam armazenadas sob vigilância num centro comunitário. Mesmo com a conotação triste que a cor carrega, não posso deixar de reparar em como Li Wei está lindo depois que pôde se limpar e trocar as roupas de trabalho enlameadas que sempre usa. Essa não é uma imagem que eu tenha a chance de ver com muita frequência. Parece quase majestoso arrumado assim, como alguém que seria capaz de assumir um posto de liderança e mobilizar as pessoas em vez de se esfalfar dia após dia dentro da mina escura.

O sacerdote faz uma reverência diante do altar fúnebre, já arrumado com a lanterna sagrada, as duas velas e as cinco taças. Os assistentes trazem o incenso, que ele deposita entre as luzes antes de acender com um gesto cerimonioso. Logo, a fumaça aromática do sândalo chega flutuando até onde estou. O sacerdote faz os gestos e danças conhecidas, e, embora observe tudo com um ar respeitoso, sinto meu pensamento vagar para longe. A cegueira trouxe um aumento no número de funerais, e todos já estamos mais que familiarizados com o ritual.

Minha atenção volta a pousar em Li Wei, e penso nas palavras dele e nas coisas em que acredita. Será que está mesmo convicto do que me disse? Vai mesmo tentar sair do povoado e descer a montanha? Talvez só tenha falado isso por causa da raiva... Mas, quando o observo com mais atenção, algo me mostra que suas palavras não foram fruto de um impulso. Não seria surpresa se já estivesse planejando a jornada há um bom tempo. Li Wei precisava apenas de uma motivação forte o suficiente para encorajá-lo a ir adiante com o projeto — a morte do pai serviu como estopim.

Meus pensamentos são interrompidos brusca e repentinamente por um som que quase me faz quicar de susto. Em poucos dias, aprendi a ignorar diversos ruídos de fundo que no começo me atordoavam; um sinal tanto de minha força interna quanto de minha capacidade de adaptação. Agora, tão pouco tempo depois, já me pego ignorando os sons mais comuns e me concentrando só naqueles que me afetam diretamente, ou que sejam especialmente notáveis.

Esse me dói nos dentes, e começo na mesma hora a procurar de onde pode ter vindo. Perto do lugar onde está o sacerdote, um dos seus assistentes acabara de macetar o gongo cerimonial. Meus olhos se arregalam quando percebo que aquele barulho descomunal foi provocado por um gesto que já vi ser repetido inúmeras vezes em funerais e outros ritos do povoado. Nunca havia imaginado que isso pudesse resultar em um som. Olho ao redor, desesperada para ver se alguém mais teve alguma reação perceptível. Porém, todos continuam observando respeitosamente o sacerdote — bem, todos menos a mulher idosa ao meu lado, que reparou quando eu me encolhi de susto.

A senhora sabe por que batem o gongo?, pergunto.

A mulher faz uma reverência, reconhecendo a minha posição, depois responde: *É para assustar os maus espíritos que possam atrapalhar a jornada do falecido.* Faz uma pausa. *Pelo menos, era isso que minha avó costumava dizer. Não sei por que o gesto da batida iria assustá-los. Vai ver que o gongo tem propriedades mágicas.*

Agradeço pela explicação e volto minha atenção para a cerimônia. Apesar da gravidade do momento, quase tenho vontade de sorrir. Não sei se acredito nesse tipo de superstição, mas agora certamente consigo entender por que nossos ancestrais acharam que o gongo era capaz de espantar os maus espíritos! Durante todo esse tempo, jamais conseguira atinar para seu verdadeiro propósito. Ninguém o fizera. Por gerações, nossos sacerdotes continuaram usando o gongo movidos pela força do hábito, até muito depois de existir alguém que fosse capaz de escutá-lo. Fico me perguntando quantas outras coisas teriam se perdido para nós depois que os sons deixaram a montanha.

E por que, indago a mim mesma pela centésima vez, eu tinha sido a única a recuperar a capacidade de ouvi-los?

Depois que o funeral termina, Li Wei é rodeado por gente que quer lhe oferecer as condolências. Diversas pessoas no grupo são garotas da nossa idade, e, embora todas tragam nos rostos um ar de tristeza genuína pela perda que ele sofreu, uma parte de mim questiona a verdadeira motivação delas. Não é possível que eu seja a única moça a sentir as pernas bambas quando ele está por perto, e não tenho nenhuma informação do que Li Wei tem feito com seu tempo livre depois que eu me juntei aos artistas. Seria razoável imaginar que tivesse resolvido dedicar sua atenção a outra pessoa. O pensamento me perturba mais do que deveria, considerando o compromisso que já está firmado entre mim e Sheng. Quando a última das meninas desaparece de vista, decido segui-lo enquanto caminha sozinho para longe da praça central. Passo então por um grupo de pedintes, que, em sua triste situação, me fazem lembrar de Zhang Jing. Aquilo renova minha obstinação, e dou um tapinha no ombro de Li Wei no momento em que envereda pela trilha que leva a um grupo de casinhas. Ele se vira, parecendo surpreso ao me ver ali; e possivelmente um pouco exasperado, a julgar pela maneira como encerramos nosso último encontro.

O que você quer?, indaga, e a reação brusca quase me faz recuar.

Reunindo a coragem que me resta, curvo o corpo numa reverência e lhe transmito as condolências apropriadas a uma situação como esta. *Sinto muito pela perda do seu pai. Que o espírito dele possa desfrutar da vida eterna.*

Obrigado, Li Wei responde, mas há no seu rosto uma clara desconfiança de que nossa conversa não terminará ali.

Certifico-me de que não há mais ninguém em volta antes de deixar as formalidades de lado. *Você continua decidido a descer a montanha?*

A expressão no rosto dele endurece. *Sim. Por quê? Pretende me denunciar? Pedir que me detenham?*

Não. Ele mantém o olhar interrogativo fixo no meu rosto, e respiro fundo, reunindo forças. *Eu... eu quero ir com você.*

As palavras voam das minhas mãos antes que eu seja capaz de detê--las. A ideia estava tomando forma em algum lugar do meu pensamento desde o início da noite, mas, até esse momento, não tinha percebido conscientemente que era o que faria. A lembrança do tormento de Zhang Jing fez com que eu compreendesse que as coisas realmente não vão mudar nunca... A menos que alguém faça algo para que isso aconteça.

Li Wei me encara, incrédulo, então solta um riso rascante.

Você? A aprendiz mimada e prestigiada? Você não é mais a garotinha corajosa que era. Pare de desperdiçar o meu tempo. Tenho mais o que fazer. Ele balança a cabeça e começa a se afastar, mas agarro a manga da sua túnica. Tomada pela lembrança do efeito que tocá-lo teve sobre mim da última vez, porém, trato de afrouxar os dedos na mesma hora e voltar a manter uma distância respeitosa.

Garotinha corajosa?, repito, confusa.

Li Wei hesita. *A que escalou as paredes podres do galpão, mesmo sabendo que era perigoso, só para provar que era capaz. Achava você tão corajosa naquela época. Corajosa, ousada e linda. E acreditei nisso por anos a fio, até que... Bem, até que você mudou.*

Meu coração afunda ao notar a muralha de mal-entendidos que se ergueu entre nós. *Não mudei*, protesto. *Olha, andei pensando nas coisas que disse, sobre como não basta só ir levando a vida um dia após o outro, como estamos fazendo. Vi minha irmã... e ela está agindo exatamente assim. Infeliz com a vida, mas convencida de que acabou. Não posso deixar que continue desse jeito, sem esperança em mais nada. Então decidi ajudar você. Quero ir falar com o guardião dos cabos também e ver se há algum jeito de mudar as coisas.*

As palavras escapam em um fluxo confuso, sem qualquer vestígio da eloquência que eu havia imaginado. Li Wei passa uns bons momentos apenas me observando. As nuvens carregadas de mais cedo foram embora. Agora que o sol se pôs e a lua ainda não terminou de subir, há tochas iluminando as trilhas do povoado com suas luzes e sombras bruxuleantes, mas posso enxergar bem o suficiente para notar que ele está tentando avaliar se minhas palavras foram mesmo sinceras. A menos que esteja enganada, chego a ver até um relance de esperança passar pelos seus olhos, como se Li Wei também imaginasse se existe algum jeito de consertar nosso passado.

Por fim, ele balança de novo a cabeça. *Não. É muito perigoso, Fei. Você não daria conta. Já vou ter trabalho demais só para cuidar de me manter vivo. Não posso passar o tempo todo preocupado com você.*

Não vou dar trabalho!, insisto. *E posso ajudar você.*

Agora a expressão no rosto dele ganha um ar de diversão. *Ajudar como? Pretende conquistar a benevolência do guardião dos cabos fazendo um desenho para ele?*

Suspiro, irritada. *Bata as mãos,* ordeno.

Ele me encara, compreensivelmente confuso. Volto a gesticular, impaciente, e, dando de ombros, Li Wei bate palmas três vezes. Os sons são curtos e altos.

Agora faça isso outra vez, sinalizo, antes de me virar de costas. Depois de esperar um pouco, não escuto nada. Passados vários segundos, viro de volta e lanço um olhar irritadiço. *Você não bateu.*

Ele aparenta um pouco de surpresa, mas dá de ombros. *Qual o motivo disso tudo?*

Só faça o que estou pedindo, insisto. Viro de costas e, dessa vez, ele obedece, então torno a encará-lo. *Você bateu três vezes.*

Sua expressão fica compreensivelmente intrigada depois dessa demonstração, mas ele ainda não captou exatamente nada de atípico que possa estar acontecendo. *E daí? Também tinha batido três palmas antes.*

Então bata um número diferente de vezes, e lhe direi quantas foram. Ao notar seu espanto, acrescento: *Pode bater.*

Ele bate quatro palmas, e digo o número. Depois duas. Então, sete. Na última vez, ele não bate vez nenhuma, e, quando eu me viro, seus olhos estão a ponto de explodir de tão arregalados.

Você não bateu desta vez.

Como está fazendo isso?

Respiro fundo, reunindo coragem para contar a ele aquilo em que ainda mal consegui acreditar. *Posso ouvir os sons, os que são provocados pelas suas palmas. Não sei como, mas, de alguma forma, minha audição voltou. Posso ouvir isso e também todas as outras coisas.*

A ideia parece tão absurda, tão distante da nossa experiência cotidiana que Li Wei não consegue nem começar a levá-la a sério. Ele me olha como se fôssemos crianças novamente, no meio de alguma brincadeira. *Tem algum truque aí. Vai, Fei, conte para mim como faz para adivinhar.*

Não tem truque!, insisto. *Já estou assim há quase dois dias e ainda não consegui entender. Por isso estava com a cabeça tão distante quando seu pai faleceu. Li Wei... você é a primeira pessoa para quem estou contando isso. Precisa acreditar em mim.*

Ele me observa atentamente. *Isso é impossível,* constata, embora a expressão do seu rosto não passe tanta convicção assim. *A audição não existe mais em nosso povoado.*

Para mim, existe, retruco.

Por que só para você, então?

Eu também queria saber... Você não imagina como tem sido para mim. O fardo de um segredo assim está pesando, e Li Wei começa a se dar conta disso. A expressão no seu rosto se desmancha, ganhando uma ternura que não vejo nele há muito. Por força do hábito, ele estende os braços, querendo me confortar como fazia quando éramos crianças.

Quase o deixo fazer isso, mas a importância de tudo o que está em jogo me dá forças para deixar meus próprios desejos de lado. Recuando um passo, tento parecer durona. *Olhe aqui, acreditando ou não, o fato é que posso ajudar você na jornada. Talvez possa me comunicar com o guardião dos cabos, e certamente serei útil para outras coisas também.* Cato uma pedrinha da trilha e a entrego na mão de Li Wei. *Jogue numa das árvores.* Virando de costas novamente, aguardo. Depois de uma pausa, escuto um som brusco vindo do meu lado esquerdo. Quando volto a encará-lo, aponto naquela direção. *Lá. Você jogou a pedra para lá.*

É impossível, repete, mas vejo em seu rosto que, apesar do que a razão possa estar lhe dizendo, Li Wei teve a audácia de acreditar no meu relato. *Como? Como isso aconteceu? Fei, você deve ter alguma ideia a respeito!*

Não tenho nenhuma, respondo. *Não mesmo. Mas parece que minha audição voltou para ficar e, se posso escutar, isso terá que ter alguma utilidade. Se ouvi para que lado atirou a pedra agora, vou ouvir também quando vierem pedras caindo em nosso trajeto de descida.*

A respiração dele falha quando a compreensão enfim brota, e, pela primeira vez desde que nos conhecemos, Li Wei fica sem palavras. Até que, por fim, ergue as mãos para sinalizar. *Pode ser... Talvez você seja mesmo útil nessa jornada, afinal.*

CAPÍTULO 6

Quando volto ao dormitório essa noite, tenho a certeza de que todos vão reparar no meu nervosismo e empolgação, mas, da mesma forma que a capacidade de ouvir, a tempestade emocional que se formou no meu peito só fica aparente para mim mesma. Os outros aprendizes que compareceram ao funeral já voltaram, e todos estão se preparando para dormir. Tenho a certeza de que, se Zhang Jing estivesse aqui, notaria algo diferente; mas minha irmã está do outro lado da escola, junto aos outros serventes.

Troco de roupa e me posiciono obedientemente debaixo das cobertas, como as outras garotas que ocupam o mesmo quarto. A escuridão nos encobre, violada apenas pelos relances de luar que se esgueiram por entre as bordas das cortinas. Não demora até que minhas companheiras peguem no sono e o quarto se encha do barulho suave que aprendi a reconhecer como sendo o da respiração. Algumas vezes, ele me provoca um efeito estranhamente calmante, mas, neste momento, estou ansiosa demais para me concentrar no som. Tenho algumas horas de espera pela frente até entrar em ação, e minha cabeça não para de pensar em todas as coisas que podem dar errado na jornada que enfrentarei ao lado de Li Wei.

Levamos um tempo até conseguirmos definir o plano. Nenhum de nós soube dizer ao certo se alguém vai tentar nos deter quando estivermos de partida. Não é que seja proibido descer a montanha, mas ninguém jamais tentou fazer isso. E ambos somos pessoas de valor para o povoado, por motivos diferentes: sou importante pelo talento artístico que possuo, e ele, pela necessidade premente de mais minério das minas. Existe a possibilidade de alguém tentar impedir a nossa descida só para garantir que continuemos com nosso trabalho. Partir em plena escuridão será nossa melhor chance de conseguirmos escapar.

Isso deve aumentar ainda mais o perigo da jornada, porém, esta noite a lua cheia está bem radiante. Vamos começar o trajeto iluminados por ela e, quando o sol nascer, já estaremos longe o suficiente para não sermos mais detidos por ninguém. A essa hora, a maior parte dos moradores estará acordando e se preparando para o dia, ou caminhando até o centro do vilarejo para ler os registros. Minha ausência será notada antes da de Li Wei, mas não acho provável que os tutores imaginem para onde terei ido.

As horas se arrastam enquanto espero na cama, analisando nosso plano e como devo agir. Sei que um pouco de descanso seria útil para mim, mas não posso me arriscar a pegar no sono e acabar perdendo a hora. Acompanho a posição da lua lá fora, até que finalmente chega o momento de começar. Esgueiro-me para fora da cama e do quarto, caminhando na direção da ala ocupada pelos serventes. Meus olhos vasculham todos os lados em busca de sinais de atividade, mas logo me dou conta de que os ouvidos serão melhores para isso. Escuto o som de passos e avisto um servente do turno da noite caminhando por um corredor adjacente, na minha direção, então me recolho debaixo da moldura de uma porta, escondida no meio das sombras, até que se afaste. O servente reprime um bocejo ao passar por mim, sem imaginar que possa existir mais alguém acordado por perto.

Não conheço bem as dependências dos serventes. Temos mais cômodos do que necessário no Paço do Pavão, e preciso fazer algumas tentativas até encontrar a lavanderia. Tiro a camisola e visto um conjunto limpo de roupas de aprendiz destinadas aos garotos. São no mesmo tom de azul das que costumo usar, só que, em vez da saia comprida das meninas, o conjunto tem uma calça com uma camisa transpassada. Estar vestida dessa maneira parece um pouco esquisito no começo, mas sei que a calça será infinitamente mais prática do que a saia durante a descida. Pego também uma trouxa pequena, onde guardo um conjunto extra de roupas.

Em seguida, entro na cozinha. Lá também há uma servente fazendo a vigília, e, chegando mais perto, reconheço a temida chefe dos cozinheiros. Ela ocupa uma cadeira perto da porta dos fundos, costurando à luz de um pequeno lampião para não pegar no sono. Não sei bem se está ali por conta do recente roubo ou se essa precaução sempre existiu. Só o que sei é que, se me flagrar aqui, o prestígio do meu posto não bastará para conter sua fúria. No momento, sua concentração está toda voltada para a costura, e a posição em que está me permite certa liberdade de movimentos fora do seu campo de visão.

Ela não vê quando me esgueiro pela porta que leva ao restante da escola, e rastejo cozinha adentro, atenta a todos os movimentos e com os ouvidos em alerta para qualquer indício de ruído. Por diversas vezes, ela muda de posição e me obriga a agachar ou buscar proteção em outro lugar do cômodo. Encontro uma mesa onde o almoço do dia seguinte está meticulosamente arrumado. É o tipo de comida feita para ser embrulhada e armazenada facilmente — ideal para a jornada que estou prestes a iniciar.

Mas, ainda assim, meus dedos hesitam quando vou pegá-la. Roubar comida é um crime grave. Todos aqui passam fome, e detesto pensar que estarei privando outra pessoa de uma refeição. Conforto-me um pouco em saber que um dos pacotes que estou levando seria meu próprio almoço de amanhã. Não sabemos o que vamos encontrar ao pé da montanha. Talvez, chegando lá, haja uma terra de fartura. Ou talvez a cidade nos mande quantidades tão escassas simplesmente porque para eles também tudo esteja faltando. Após deliberar bastante, pego três outros pacotes, ficando com duas refeições para mim e duas para Li Wei. Quando chegarem ao fim, teremos que arranjar alimento por conta própria.

Um som comprido e persistente chama a minha atenção, e encolho o corpo nas sombras enquanto procuro sua origem. É uma das portas da ala dos serventes sendo aberta. O sujeito que eu tinha visto mais cedo entra na cozinha, na direção da chefe. Trocam gestos que consigo ver apenas em parte, mas me parece ser uma conversa de rotina, confirmando que tudo está bem. Enquanto a interação acontece, aproveito a chance e corro para fora da cozinha.

Estou prestes a enveredar pelo corredor que leva a uma saída lateral do prédio quando reparo em outro caminho. Enquanto procurava pela lavanderia e pela cozinha, fui descobrindo a maior parte dos locais de trabalho dos serventes, o que me faz concluir que essa passagem que não tinha visto ainda só pode ser a que leva aos dormitórios. Sei que preciso ser rápida, mas não consigo desistir da ideia de ver Zhang Jing pela última vez antes de partir. Num instante, a decisão está tomada, e sigo pelo corredor espiando cuidadosamente quarto por quarto. Muitas das portas fazem o mesmo barulho que a da cozinha ao ser abertas e fico grata por ninguém mais poder ouvi-lo. Se algum dia tiver outra oportunidade de ler os escritos de Feng Jie, quero descobrir qual é o nome desse som.

Por fim, encontro o lugar onde dormem as serventes do sexo feminino. É um quarto menor que o meu, porém, com mais ocupantes apinhadas dentro dele. Zhang Jing está dormindo na outra extremidade do cômodo, numa cama encostada contra a parede. Debruço-me sobre ela, sentindo uma dor no coração ao contemplar os traços do seu rosto tão querido. Com uma pontada mais forte, de repente me pergunto se esse não será nosso último encontro. Li Wei e eu não temos a menor ideia do que vamos encontrar lá embaixo. Sequer sabemos se vamos chegar até lá. Como vão ficar as coisas se eu morrer? Quem vai tomar conta de Zhang Jing, principalmente se ela perder a visão de vez?

O medo é tão forte que quase me faz desistir de tudo; até que lembro a mim mesma que, embora os riscos existam, há também a chance de que consiga mudar completamente as coisas, não só para Zhang Jing, mas para todos os moradores do povoado. Seja o que for que esteja à nossa espera lá embaixo — mais comida, respostas sobre a chegada da cegueira —, essa descoberta trará consigo a possibilidade de melhorar o mundo daqueles que conhecemos e amamos. Li Wei está decidido a ir de qualquer maneira, e precisará de toda a ajuda que puder conseguir. Sou uma parte dessa ajuda.

Afasto o cabelo de Zhang Jing do seu rosto, com um toque mais leve que o de uma pluma. Ela mexe de leve o corpo, mas continua dormindo tranquila, com a bochecha apoiada no travesseiro e a mão por baixo dele, como sempre dormiu desde pequena. Corro os olhos pelo quarto. Junto de uma tigela de água sobre uma mesa, vejo pedaços de papel e um pote de tinta numa prateleira. Vou até eles e, à luz do luar, escrevo um bilhete curto: *Voltarei trazendo ajuda. Confie em mim.*

Escondo o recado debaixo do travesseiro de Zhang Jing, perto de sua mão. Ela vai sentir o bilhete quando acordar, e espero que confie na decisão que tomei. Não tenho dúvida de que meu sumiço vai acabar sendo ligado ao roubo da comida, e detesto imaginar que possa apostar no pior de mim; sobretudo depois de ter me dito que minha condição de aprendiz dá prestígio à nossa família. Sabendo que estou me arriscando a jogar isso tudo fora, beijo de leve a testa de minha irmã.

Lanço um último olhar carinhoso para ela, então deixo o quarto para trás. O servente que faz a vigilância já voltou à sua ronda, mas me esquivo dele, serpenteando pelos corredores até encontrar uma porta lateral. Embora não espere me deparar com muita gente na rua a esta hora da noite, essa é menos exposta do que a saída principal do prédio, e permite uma escapada mais discreta. Caminhando sempre encoberta pelas sombras, sigo pelas trilhas e caminhos até chegar ao ponto nos arredores do povoado onde Li Wei e eu combinamos de nos encontrar: o local de onde os nossos ancestrais iniciavam suas escaladas, bem acima da estação onde o sistema de cabos termina. E, lá, encontro-o já à minha espera.

Está atrasada, gesticula sob a luz do luar. *Já julgava que podia ter mudado de ideia, ou que estivesse com medo dos espíritos desgarrados que vagam pela noite.*

Parei de acreditar nesses espíritos depois que parei de acreditar nos pixius, respondo, com ar de superioridade. *Precisava me despedir de Zhang Jing.*

O choque toma conta do rosto dele. *Você contou a ela?*

Não, não. Só fui ver como estava enquanto dormia. Ninguém ficou sabendo. Dou uns tapinhas na sacola que trouxe da lavanderia. *E também encontrei comida, como tinha prometido. Você trouxe as coisas que precisava pegar?*

Li Wei aponta para um monte de apetrechos reunidos aos seus pés. Uma parte das coisas, como as cordas, se parece com equipamentos fáceis de encontrar entre os mineradores. Outros itens, como anéis de metal, espetos e ferramentas tipo martelos, jamais vi na vida.

Algumas das coisas eu trouxe das minas, confirma. *O resto, peguei no armazém público. Isto está guardado há séculos, mas consegui encontrar alguns itens ainda em bom estado.* Uma sombra cai sobre o rosto dele. *Precisei roubar isso tudo.*

Eu sei, tento reconfortá-lo. *Também tive que roubar a comida.*

Ele espanta o ar consternado para longe e força um sorriso. *Nada disso vai fazer diferença quando voltarmos trazendo mais suprimentos, não é mesmo?*

É isso aí, corroboro, tentando sorrir de volta. Não me dou ao trabalho de exprimir em palavras aquilo que Li Wei já sabe: não existe qualquer garantia de que vamos voltar, muito menos trazendo os tais suprimentos. *Sabe usar essas coisas?*

Boa parte funciona como as ferramentas que usamos nas minas, explica. *Pesquisei sobre as que não conhecia, e andei perguntando às pessoas sobre elas também.* Ele ergue os olhos de relance para o céu, onde a lua cheia já começou a descer para o poente, ainda brilhante. Do lado oposto, entretanto, já posso ver o leve arroxeado no lugar onde o sol se prepara para ganhar o dia. *Está pronta para partir?*

Mais do que pronta.

Ele me passa instruções rápidas sobre o uso dos equipamentos, então me dá um susto ao usar parte da corda para amarrar os nossos corpos um ao outro. Percebendo meu espanto, Li Wei ri.

Está nervosa por ficarmos juntinhos assim?, pergunta, dando um puxão de leve na corda.

Cruzo os braços, decidida a não morder essa isca tão capciosa; mesmo havendo um fundo de verdade nela. Afinal, sejam quais forem os sentimentos que nutro por ele, preciso manter o foco no quadro mais amplo: Zhang Jing e o futuro do nosso povoado.

Nem pense nessas coisas, alerto.

Um sorriso discreto passeia nos lábios dele. *E que coisas exatamente seriam essas, minha cara aprendiz?*

Você sabe muito bem. O fato de estarmos fazendo isso juntos não significa que algo tenha mudado. Continuo afirmando o que disse dois anos atrás: minha vida tomou outro rumo. Não podemos ficar juntos.

Cruzo os braços com um ar de superioridade, torcendo para ter falado de maneira convincente e para não estar deixando transparecer o quanto nossa proximidade e faz meu pulso acelerar.

Li Wei me examina com o olhar, tentando avaliar se estou dizendo a verdade. *Muito bem*, diz. *Se é isso mesmo que pensa, longe de mim querer mudar as coisas.* Ele dá um puxão para testar a corda ao redor da minha cintura. *Ótimo. É uma corda antiga, mas deve aguentar. Não posso me arriscar a perder você por causa de algum escorregão ou queda*, explica. *Desse jeito, terei como ajudá-la.*

Ou vai cair comigo, observo.

Então é melhor que você não caia, retruca ele.

As cordas e anéis se transformam numa teia confusa aos meus olhos, mas Li Wei sabe o que está fazendo, e sabe como aquilo vai funcionar para nos manter em segurança. Ele prende nossas cordas de escalada no alto da escarpa e me entrega um par de luvas de minerador. Embora estejamos amarrados frouxamente um ao outro, cada um de nós tem a própria corda de descida, e a força com que me agarro à minha vem tanto do medo quanto da necessidade de fazer aquilo. Li Wei dá o primeiro salto, lançando o corpo pela borda da montanha. Uma vala se abre no meu estômago quando o vejo cair, mas logo a corda em suas mãos se retesa e os pés se plantam na encosta rochosa, firmando a posição. Estável e em segurança, ergue os olhos despreocupadamente para o lugar onde estou, como se o que acabou de fazer fosse algo perfeitamente corriqueiro. Ou mesmo fácil, até. Tenho certeza de que minha expressão neste momento é de puro pavor, mas Li Wei não vai facilitar as coisas. O ar de desafio no olhar dele me incita, e, antes que tenha a chance de pensar duas vezes, salto encosta abaixo também.

Faço exatamente como ele fez. Caio apenas um pouco abaixo do ponto de partida, mas esse primeiro salto parece ter avançado cem quilômetros. O ar ruge ao passar por mim, e, por alguns segundos apavorantes, a sensação é de que estou flutuando no vazio, sem nada que possa me salvar. Até que meus pés batem na lateral da montanha com um baque de trincar os dentes. A corda acima do meu corpo aguenta o tranco, e agarro-me com força a ela, grata pela segurança que oferece... Embora perfeitamente consciente de que essa segurança é uma garantia bem tênue. Basta um rasgo, um escorregão, e não vai haver mais nada que me salve da queda.

Li Wei assente para mim num sinal de aprovação, e, com isso, tem início a nossa jornada.

Já fiz escaladas e lidei com cordas antes, especialmente quando era mais nova. Tenho a força necessária para tanto, mas já faz um bom tempo que não pratico essa atividade. Minhas mãos, mais habituadas às tarefas delicadas do desenho e da pintura, estão destreinadas e logo começam a doer por causa do esforço. Recuso-me a deixar que Li Wei perceba minha dor, entretanto, e sigo o ritmo dele à medida que descemos pela escarpa rochosa sob a luz da lua.

Depois de uns poucos minutos de descida, escuto o som de pedras batendo ao longe e me dou conta de que o rapel exige que as duas mãos fiquem segurando a corda. Não tenho como sinalizar para Li Wei que acabamos de desencadear nossa primeira avalanche. Em pânico, mexo o quadril de forma que consiga repuxar a corda que liga os nossos corpos. Ele olha na minha direção, e eu inclino a cabeça para o lado oposto. Entendendo a mensagem, Li Wei trata de descer depressa e se balançar na outra direção, abrindo espaço para que eu ocupe o seu lugar anterior justo no instante em que uma cascata de pedras cai por cima de onde eu me pendurava antes.

Quando terminam de cair, tudo fica tranquilo. Permaneço congelada na mesma posição: os pés plantados na encosta e as mãos agarradas com força à corda; o coração continua disparado depois dessa escapada por um triz, e uma onda de desespero me atinge quando fecho os olhos com força. A descida mal começou, e já tivemos um deslizamento. Como vamos conseguir chegar até lá embaixo desse jeito?

Um puxão na corda de ligação me faz abrir novamente os olhos. Procuro Li Wei com o olhar; seu rosto é pura força e calma quando me encara. Embora não possa fazer os sinais, a convicção da sua expressão me informa o que gostaria de dizer: *Vamos conseguir. Preciso de você. Continua sendo a garotinha corajosa que subiu naquele galpão.*

Respiro bem fundo e tento me forçar a ficar calma. Ele precisa de mim. Zhang Jing também. Depois de mais alguns segundos tensos, aceno ligeiramente com a cabeça para mostrar que estou pronta para prosseguir. Ele sorri, encorajando-me e abrindo um daqueles sorrisos raros e maravilhosos que têm o poder de transformar seu rosto por completo, então seguimos em nossa descida.

É uma tarefa lenta e penosa. Precisamos ter cuidado a cada movimento e logo mais pedras voltam a cair. De algumas, conseguimos nos esquivar. Em outros casos, vemos que é melhor simplesmente ficar imóveis e bem agarrados à encosta, esperando que a avalanche termine. Combinamos um esquema de puxões na corda de ligação e gestos de cabeça para nos ajudar a decidir o que fazer em cada ocasião.

Quando fazemos a primeira pausa de fato, não sei bem quanto tempo se passou. Contudo, a lua já se pôs, e agora o sol ilumina o caminho. Encontramos uma rocha relativamente plana, que se destaca da encosta e conduz a uma leve reentrância escavada na montanha. Li Wei testa essa língua de pedra e decide que é firme o suficiente para podermos sentar e descansar enquanto ele enrola o excesso da corda e se prepara para o restante da descida. Deixo sair o ar que estava preso no peito e alongo as pernas, surpresa ao constatar como meus músculos estavam tensos até agora. O topo da montanha, de onde partimos, parece impossivelmente longínquo. Ao olhar para baixo, porém, o final da descida está ainda mais distante, oculto pela neblina. Por um instante, sinto-me zonza ao pensar na posição que ocupo ali, suspensa entre o céu e a terra. As mãos de Li Wei gesticulam na periferia do meu campo de visão.

Não faça isso, diz.

O quê?

O gesto dele abarca o entorno. *Isso. Olhar para cima e para baixo. Vai ficar tonta.*

Você fala como um escalador experiente, provoco. *Como quem faz isso todos os dias.*

Já fiz coisas parecidas nas minas, embora nada tão grandioso. Depois de um instante, ele me concede um sorriso contrariado. *Você está se saindo bem.*

Melhor do que esperava?, pergunto.

Ele me encara e seus olhos se demoram um pouco mais do que o necessário. *Não. Eu sabia que era capaz.*

Concordo com a cabeça e corro os olhos em volta, tentando obedecer a instrução de não me concentrar no ponto de partida nem no destino da jornada. Aqui, no nosso pequeno posto de observação, fico impressionada com a quietude de tudo. No povoado, durante o dia, sempre havia uma abundância de sons. Aqui, há muito pouco o que ouvir, e saboreio essa pausa breve. Será isso o silêncio? Não, concluo, lembrando-me dos relatos que li. Silêncio é ausência completa de som — como era minha vida antes disso tudo. Isto é só quietude, porque alguns barulhos ainda conseguem chegar até mim. O som dos meus pés se mexendo na rocha. O suave farfalhar do vento passando por nós.

Como é a sensação?, Li Wei indaga, e uma expressão formal toma seu rosto mais uma vez. *De conseguir ouvir?*

Balanço a cabeça. *É difícil demais para explicar.*

Por quê?

Até para tentar descrever... Bem, isso teria que ser com palavras que não iria entender. Parece outra língua.

Então use as palavras que já conheço, sugere ele.

Pondero por muito tempo antes de dar a resposta. *Imagine que tudo o que já viu, sua vida toda, sempre tivesse sido em tons de cinza. Aí, um dia você pisca os olhos, e, de repente, passa a enxergar o mundo como é, com todas as cores: azul, vermelho, amarelo... Como iria reagir? Como iria lidar com o fato de literalmente não ter palavras para descrever essa experiência nova?*

Algumas coisas não precisam de palavras, constata após uma pausa, e fico me perguntando se ainda estará se referindo aos sons.

Tudo precisa de uma palavra, insisto. *Temos que saber como descrever o mundo; caso contrário, caímos na ignorância.*

Você fala como alguém que passa os dias organizando e catalogando tudo. Às vezes, só sentir já basta. Não precisar rotular e falar sobre todas as coisas ao seu redor.

Falou o bárbaro de plantão, desdenho, revirando os olhos.

Ele ri da minha observação, com um quê de afeto que me faz sorrir. Dividimos um dos pacotes de almoço e recomeçamos nossa descida. Acontecem mais alguns sustos por conta de pedras menores deslizando pela encosta. Consigo alertá-lo a tempo com puxões na corda, mas o sistema que criamos é pouco prático e não muito ágil. Algumas vezes, quando ele pigarreia ou tosse, minha atenção é atraída imediatamente pelo som. Isso me faz criar uma admiração renovada pela forma de comunicação usando a boca que os nossos ancestrais usavam: a fala. Esse conceito sempre me pareceu estranho quando lia a respeito, mas agora, compreendo como tudo seria bem mais simples se existisse um som que pudesse fazer para alertar Li Wei sobre cada nova avalanche que se aproximasse.

A manhã se transforma em tarde, e avistamos um imenso platô se projetando da beirada da encosta com a promessa de uma nova pausa no caminho. Além dele, já consigo avistar o chão ao pé da montanha. Uma onda de esperança me diz que talvez consigamos mesmo chegar até o final. É então que começo a escutar o som que indica uma nova avalanche. Olho para cima e o que vejo não são as pedras pequenas das outras vezes. Rochedos maiores vêm rolando na nossa direção. As vibrações que a movimentação produz na encosta são sentidas até mesmo por Li Wei, embora demore um pouco até perceber de onde estão surgindo.

Não tenho tempo para puxar e apontar. Agarrada à minha corda, empurro os pés contra a rocha da encosta e me balanço na direção de onde ele está, empurrando-o para longe da montanha. Por um momento aterrorizante, ficamos ambos suspensos no ar, presos apenas pelas mãos que agarram as cordas. Uma torrente de rochas desliza logo ao lado de onde estamos, errando-nos por um triz. O som que produz é suave no início, mas logo se transforma num rugido à medida que cada vez mais pedras vão caindo. Uma delas bate na minha cabeça e me encolho de dor. O impulso de usar as mãos para me proteger é imenso, mas soltar a corda seria mergulhar para a morte certa. Mexemos os pés freneticamente buscando algum apoio, tentando sair do caminho da cascata de pedras cada vez mais forte.

Li Wei se balança com força e quase consegue parar numa outra protuberância da encosta, mas o peso extra do meu corpo amarrado à corda o impede. Uma segunda tentativa também não dá em nada. Tenta outra vez, com mais força ainda, e agora finalmente consegue cair na beirada da rocha. Com os pés numa superfície firme, ele me puxa para junto de si pela nossa corda de ligação. Meus pés se encostam na língua de pedra, e então ele me toma nos braços, fazendo-nos agachar bem junto da montanha enquanto os pedregulhos despencam logo ao nosso lado. As pedras que caem vão desencadeando novos deslizamentos à sua passagem, numa cena ao mesmo tempo espetacular e aterrorizante.

Quando tudo termina, ambos estamos trêmulos, em estado de choque por constatar como ficamos perto de ser tragados pela força da torrente. Permito-me ficar ali por mais alguns instantes antes de interromper, ainda relutante, o contato entre nós dois. Ele gesticula, apontando para o meu rosto.

Está sangrando, alerta.

Recordo-me vagamente da pedra que me atingiu e só então noto a sensação aguda de dor. Toco de leve o lado do rosto com as pontas dos dedos, e vejo o sangue espalhado neles quando afasto a mão. Repito o gesto e vejo menos sangue. *Não é nada*, digo. *Já está parando.*

Vamos, deixe-me limpar. Ele puxa a manga da camisa por cima da mão e a estende na minha direção. Eu me esquivo.

O que está fazendo?, pergunto.

Enxugando o sangue.

Não com esse pano imundo! E já lhe disse, está tudo bem. Não precisa de mais uma mancha na sua camisa.

Sou um bárbaro, lembra? O sorriso no rosto dele vai morrendo à medida que a preocupação volta. *Talvez seja melhor descansarmos um pouco mais.*

Por minha causa?, questiono, indignada. Trato de me por de pé na mesma hora, e torço para não estar mais tremendo. *Não há nada de errado comigo. Não sou nenhuma florzinha delicada. Estou pronta para continuar agora mesmo.*

Fei, não tem problema se pararmos mais um pouco, diz. *Não precisa deixar o orgulho guiar suas atitudes. Mais uma vez.*

Mais uma vez?, repito, sem conseguir ignorar a farpa, então faço um gesto altivo na direção da corda. *Conserte isso logo para podermos continuar.*

Ele faz uma reverência jocosa. *Como quiser, aprendiz.*

A tensão no ar é palpável enquanto ele faz os reajustes na corda para nossa nova trajetória de descida. Minhas mãos doem demais, mesmo com as luvas, mas o medo e o orgulho as deixam firmes onde é preciso, apesar do desconforto. Nossa descida continua e, embora ainda estejamos tomando bastante cuidado, agora passamos a avançar um pouco mais depressa. A última avalanche passou perto demais, e estamos os dois ansiosos para chegarmos ao platô que avistei mais cedo a fim de finalmente podermos descansar. Estamos cada vez mais perto dele e, apesar dos alertas feitos por Li Wei mais cedo, pego-me espiando para baixo algumas vezes. Não sei o que esperava encontrar no terreno perto do sopé da montanha, mas a paisagem lá embaixo é muito parecida com a que deixamos para trás lá em cima, preenchida por uma floresta verde e bem densa. A única diferença é que, a esta distância, tudo parece em miniatura, como se fosse um mapa incrivelmente realista.

Quando chegamos à altura das copas de algumas das árvores que crescem no platô, ouço mais um deslizamento começando acima de nós, bem na direção de onde Li Wei se encontra. Depois de dar um puxão na corda de ligação, sinalizo com a cabeça. Ele remexe o corpo para sair do caminho, mas, na pressa, a mão segurando a corda escorrega.

Li Wei perde o apoio sob os pés, e só consigo arfar de susto quando o vejo começar a cair. A corda amarrada em mim dá um tranco, apertando o meu tronco com o peso do corpo dele e me impedindo de respirar. Projeto-me para a frente, lutando para manter as mãos firmes no lugar. A gravidade quer me arrastar para baixo com ele, e a corda começa a escorregar por entre os dedos.

Luto para respirar e vejo o terror no rosto de Li Wei enquanto continua suspenso no ar, preso apenas pela corda que nos une. Em pânico, ele se mexe sem parar, agitando mãos e pés na tentativa de fazer contato com alguma coisa — qualquer coisa. Seu corpo está distante demais da corda de descida ou da encosta para conseguir tocar de fato em alguma delas, e a agitação só dificulta minha tentativa de continuar agarrada à minha corda. Ela está escorregando pelo meio das mãos, pouco a pouco. Logo vai chegar ao fim e não vai mais haver nada que impeça nós dois de mergulharmos para a morte certa.

Cerrando os dentes, aperto as mãos com força ao redor da corda, recusando-me a ceder. Um novo movimento frenético de Li Wei me tira o equilíbrio, fazendo com que meus pés escorreguem do apoio na rocha. Seguro a corda agora como quem se agarra à própria vida, mas já sei que é uma batalha perdida. O peso de Li Wei é demais e não vou suportar a pressão do corpo dele na outra extremidade da corda. Uma dor cortante atravessa minha barriga à medida que a corda se aperta cada vez mais, esticada e retesada ao máximo. Minhas mãos escorregam um pouco mais para baixo, e me esforço para conseguir respirar até que...

Em questão de segundos, tudo acaba.

A pressão termina. Não tem mais o repuxo da corda, não há mais nenhum peso impossível de se sustentar. Consigo respirar novamente.

Porque a corda se partiu... e Li Wei está caindo.

Não há nada que possa salvá-lo; só o que me resta fazer é assistir horrorizada ao final da queda, vendo seus olhos arregalados de pavor. Escuto, então, o segundo grito saído de uma garganta humana nestes últimos dias. Desta vez, vindo da minha própria.

CAPÍTULO 7

O GRITO MORRE NOS MEUS lábios, e, por um instante, fico congelada no lugar, em choque com o que acabara de acontecer. Observo a imagem terrível do corpo de Li Wei, estirado e inerte, no platô abaixo. Um milhão de coisas passam pela minha cabeça; tudo o que deveria ter dito a ele... e nunca disse ou demonstrei. Um momento depois, obrigo-me a agir. Avançando depressa — talvez um pouco depressa demais —, termino a descida até o platô, sabendo que estou sendo imprudente, mas é a ansiedade para chegar até ele que me move neste momento. Algumas pedras estremecem à minha passagem, mas nada mais me importa. Quando os pés tocam o chão firme, saio correndo até onde Li Wei está, com medo do que vou encontrar.

Ele não pode ter morrido, não pode, repito para mim mesma sem parar.

Não pode.

A primeira coisa que vejo é que Li Wei está respirando; quase chego a desmaiar de tanto alívio. Viro gentilmente seu rosto na direção do meu, e as pálpebras trêmulas se abrem. Exibe um ar atordoado, mas as pupilas parecem do tamanho normal e há uma expressão de reconhecimento no seu rosto. Sinto o coração quase explodir. Li Wei começa a erguer as mãos para dizer algo, mas balanço a cabeça.

Não, sinalizo. *Precisamos avaliar a extensão dos ferimentos.*

Com todo o cuidado, eu o ajudo a sentar. Faço com que vá testando membro por membro, e, espantosamente, nada parece ter se quebrado. O pé com que amparou a queda está um pouco sensível, mas ainda consegue suportar seu peso. Em vez de cair direto, seu corpo deslizou um bom tempo pela rocha da encosta, o que reduziu o impacto da queda, mas rasgou-lhe as roupas e machucou a pele que estava exposta. Se o ângulo tivesse sido diferente, ou se a distância fosse só um pouco maior, sei que a história não teria tido um final feliz. Do modo como aconteceram as coisas, Li Wei está claramente sentindo bastante dor, embora, como sempre, faça o máximo para disfarçar.

Uma proeminência na rocha da encosta forma um teto sobre nossas cabeças, e decido que será ali o nosso acampamento. Embora não haja nuvens no céu da tarde, parece mais seguro estar sob algum tipo de proteção — principalmente para o caso de mais algum deslizamento. Deixo Li Wei descansando lá e saio para o meio da massa desordenada de árvores a fim de buscar lenha para a fogueira de mais tarde. É preciso quebrar ao meio alguns galhos maiores, mas o suprimento de madeira parece ser mais do que suficiente. Depois que consigo recolher uma braçada inteira de gravetos, começo a procurar por uma mina d'água para reabastecer nossos cantis.

Não estou andando há muito tempo quando escuto o som de um galho se partindo atrás de mim. Giro o corpo, alarmada, mas relaxo assim que dou de cara com Li Wei. *Como soube que eu estava aqui?*, indaga ele, surpreso.

Escutei você, sinalizo depois de pousar a lenha no chão por um instante. *O que está fazendo aqui? Tinha que estar descansando.*

Não sou nenhuma florzinha frágil, provoca ele. Com isso, ergo uma sobrancelha em reação, e ele, com uma expressão agora mais séria no rosto, explica. *Fiquei preocupado. Já tinha um tempo que havia saído.*

Queria tentar encontrar água, digo.

A quantidade que temos ainda vai durar por mais um tempo, diz. *Espere até que eu possa ir com você.*

Quase dou uma resposta malcriada a essa nova tentativa de me mimar, mas, depois de vê-lo quase morto, tenho dificuldade em censurá-lo. Ainda não me livrei do impacto dos momentos terríveis que passei olhando para o corpo dele imóvel nas pedras. E, ao encará-lo agora, percebo que sua preocupação não é porque me acha incapaz, mas sim porque se importa comigo. Essa constatação mexe com as emoções já confusas que fervilham dentro de mim, portanto desvio o olhar.

Tudo bem, concordo. *Vamos voltar para o abrigo, então.*

Protegidos sob da proeminência na rocha, cada um de nós come uma das provisões de almoço, tentando não pensar no fato de que nossa comida está quase no fim. O solo do platô parece tão inóspito para o cultivo quanto o do nosso povoado, então não é muito provável que encontremos qualquer alimento silvestre por aqui. Vamos ter que esperar até chegarmos ao pé da montanha. Certamente, a cidade deve ter uma fonte segura de suprimentos.

Isso está gostoso, Li Wei comenta, gesticulando na direção da comida à sua frente. *Quase faz valer esta jornada maluca e quase ter morrido.*

Não devia brincar com essas coisas, repreendo, mas não consigo esconder um sorriso. *Sabe... foi por causa disso que subi no galpão daquela vez. Para pegar comida.*

Como assim?, interpela, virando a cabeça de lado em um gesto de curiosidade.

Seu olhar mergulha no meu, e tento não me deixar corar enquanto vou explicando.

Todos estavam falando de um pacote de comida escondido naquele telhado. Acho que deve ter sido uma invenção das crianças mais velhas para brincar conosco, mas acabei acreditando na história. Zhang Jing estava doente nessa época, e eu achava que poderia sarar se comesse melhor, então resolvi subir até lá para ver se achava a comida.

E acabou descobrindo apenas que o telhado do galpão realmente estava podre, conclui, e eu assinto, esperando que vá rir de mim. Em vez disso, ele me pergunta: *Por que nunca me contou isso antes? Sempre achei que você tinha subido lá só pela aventura.*

Eu sei, respondo. *Sempre soube, também... que você me via como uma garota corajosa por causa dessa história e, mesmo naquela época, acho que gostava da ideia de ser vista desse jeito. Tinha medo de que descobrisse a verdade.*

Que a subida foi para ajudar sua irmã? Não acha que isso também é uma prova de coragem?

Essa versão não parece tão empolgante, pondero. *Principalmente quando se tem 6 anos de idade.*

Sempre se preocupou muito com ela, constata.

Ergo o rosto para encará-lo. *Você sabe que sim.*

É por isso que está aqui. E foi por isso que aceitou o posto na escola com os artistas: para dar uma vida melhor a ela.

Não só por isso, revelo. *Pintar está na minha natureza. É mais do que um trabalho. É o que dá sentido à minha vida, o que me faz sentir completa.*

Posso ver que Li Wei não me entende, e não o culpo por isso. A mineração é a única vocação que pôde exercer na vida, e não houve qualquer tipo de amor envolvido no processo. Como já o ouvi dizer, minerar é sua obrigação. Se ele não fizer isso as pessoas passam fome.

Ele disfarça um bocejo e peço que durma um pouco enquanto vigio. Ele não retruca: estica o corpo do seu lado da fogueira e pega rapidamente no sono. Passo um longo tempo observando-o, estudando os traços do seu rosto e reparando nas mechas do cabelo escuro que se soltaram do coque. Elas pousam suavemente sobre as bochechas; sinto um impulso quase incontrolável de afastá-las com a mão.

 Essa ideia não me parece nada produtiva, então trato de me distrair com as outras imagens e sons ao redor. A observadora que mora em mim continua em ação, ainda querendo atentar para todos os detalhes de modo que possa pintá-los nos registros depois. Já me pego imaginando como retrataria o que passamos até agora, que cenas virariam desenhos e o que escolheria relatar por escrito. Os dedos pedem tintas e pincéis, mas aqui só existem rochas e árvores ressecadas. Quando baixo os olhos para encarar minhas mãos, ensanguentadas e arranhadas da corda, mesmo tendo usado luvas o tempo todo, pergunto-me se seria capaz de fazer alguma coisa com elas, mesmo que tivesse o material certo.

 Depois que acorda, Li Wei anuncia que está se sentindo melhor, mas ambos concordamos que será prudente passar a noite no abrigo. Ele diz que vai ser melhor prosseguirmos com a descida quando houver mais luz, mas minha preocupação ainda é com o estado do seu pé e tornozelo. A descida já seria suficientemente arriscada sem os ferimentos. Ele me garante que vai ficar bem, e pede para que eu durma um pouco enquanto fica de vigia.

 Estou exausta, mas demoro a pegar no sono. Não pensei muito na nossa situação enquanto ele estava dormindo, mas agora sou tomada pela constatação do tabu que é estarmos os dois aqui dessa maneira. Não é nada que tenha a ver com o status social de cada um, embora isso aumente a aura de proibição da coisa toda. A anciã Lian nos alertou muitas vezes sobre qual deve ser o comportamento adequado entre garotos e garotas, ressaltando sempre com uma expressão muito séria a chance de aparecerem "sentimentos perigosos". Embora, do meu lado, não me preocupe tanto com essa parte de sentimentos que possam surgir. Eles já estão aqui, por mais que eu faça de tudo para reprimi-los.

Por fim, viro o corpo até ficar de costas para Li Wei, o que me dá uma sensação tênue de privacidade. Apesar do chão desconfortável, consigo finalmente pegar no sono. Mergulho numa série de sonhos estranhos, mais intrigantes do que assustadores. Ouço repetidamente o barulho que tanto me assustou naquela primeira noite em que a audição voltou, o som que agora reconheço como o de muitas vozes gritando em uníssono. Ele vem acompanhado da sensação de que há alguém tentando me alcançar, mas que ainda não consigo saber quem é ou por quê.

Quando acordo, o sol está se pondo. Li Wei acendeu o fogo, e, para minha surpresa, vejo que sacou uma faca e está entalhando um pedaço de madeira. A lembrança dos crisântemos que fez para mim retorna, então me aproximo para vê-lo trabalhar. Ao seu lado há uma pilha de pequenos discos. Pego um deles e abro um sorriso quando vejo o ideograma de "soldado" entalhado nele.

Está fazendo um jogo de xiangqi? Passando os olhos pelos discos, vou reconhecendo as outras peças do jogo: general, conselheiro e elefante.

Li Wei dá de ombros e deixa o trabalho de lado. *Era só para passar o tempo. Talvez possa desenhar um tabuleiro para nós, aprendiz.*

Largo as peças e começo a alisar a terra numa área mais plana do terreno, perto da fogueira. Usando um galho fino e pontudo como caneta, mesmo com as mãos machucadas como estão, ainda consigo traçar uma linha reta e firme. Essa tarefa me traz um certo conforto, é algo familiar para se fazer num ambiente estranho. Traço todas as linhas com o mesmo cuidado que teria ao fazer os registros no salão da escola. Termino e, flagro Li Wei me observando trabalhar. Parece constrangido quando vê que percebi.

Você é boa nisso de verdade, observa, quase ressentido.

Em fazer riscos na terra?

Você me entendeu. Suas linhas ficaram perfeitas. Eu não saberia desenhar nada assim tão reto.

E eu não saberia fazer aquilo, rebato, acenando com a cabeça para as fileiras bem-organizadas de peças que entalhou para o jogo. *Você melhorou com o passar dos anos.*

É só um passatempo, diz ele, humildemente, quando uma sombra escurece seu rosto. *Era o que fazia com meu pai quando não estávamos trabalhando.*

Você tem muito talento, afirmo com toda a sinceridade. *Deveria usá-lo de alguma maneira...*

Deixo as mãos caírem, sem conseguir concluir o pensamento. Entalhes artísticos de madeira são inúteis em nosso povoado. Todas as construções são muito simples, feitas apenas com a mão de obra mais bruta. O foco sempre está na utilidade prática, não no lado estético. Meu talento com os pincéis e a caneta foi cobiçado pelos anciões, mas os murais de registros não usam entalhes. Todas as esculturas que existem hoje no povoado são remanescentes de outra era. Volto a pensar nas coisas que disse mais cedo a Li Wei, sobre como pintar dá um sentido à minha vida, e me pergunto se sentiria a mesma coisa caso pudesse fazer do talento para entalhar madeira seu meio de vida.

Tenho mais utilidade para o povoado extraindo minério da terra do que criando coisas bonitas em pedaços de madeira, ele diz, adivinhando os meus pensamentos.

Sei, respondo. *E é uma pena que seja assim.*

Uma quietude se faz entre nós, pontuada apenas pelo estalar da lenha no fogo. Já armara e vira queimar incontáveis fogueiras ao longo da vida, mas não fazia a menor ideia dos sons que podiam gerar. São ruídos fascinantes, que me fazem ansiar por palavras para poder descrevê-los. Li Wei faz um gesto mostrando as peças do jogo. *Quer começar uma partida enquanto ainda temos luz?*

Não costumamos ter muito tempo de lazer no Paço do Pavão, exceto nos feriados ocasionais. Tabuleiros de *xiangqi* são uma visão rara por lá. Assim como os entalhes e as esculturas, ninguém mais tem tempo ou material disponível para fabricá-los hoje em dia. Li Wei vence a primeira partida, e insisto numa revanche, que acabo perdendo também.

O que fizeram comigo? Nós perdemos o jogo! — sinalizo exasperadamente para meu exército derrotado.

Um som atrai minha atenção e ergo a cabeça de supetão para flagrar Li Wei dando uma risada. Da mesma forma que o grito de dor comunicou de forma tão perfeita seu luto, o riso traz uma alegria tão pura que logo me faz começar a rir também.

Minha pequena comandante, ele diz. Embora esteja falando de brincadeira, há uma ternura em seus olhos que me deixa subitamente consciente de como estamos próximos um do outro. Isso aconteceu pela necessidade de aproveitarmos a pouca luz da fogueira durante a partida, mas a distância que separa meu braço do dele é de poucos centímetros. Uma onda de calor percorre meu corpo, e ela não está emanando das chamas.

Temos que descansar mais um pouco, aviso, tratando de recuar. *Fico com o primeiro turno da vigília.*

Tenho quase certeza de que posso ver suas bochechas corarem. Depois de concordar com a cabeça, Li Wei encolhe o corpo e logo pega no sono. Mais uma vez, tenho que lutar contra o impulso de ficar observando-o, e trato de encontrar alguma distração. No meio da noite, trocamos de posição, e, dessa vez, mergulho imediatamente num sono sem sonhos.

Quando o dia amanhece, acordo e descubro que Li Wei não está mais por perto. Uma onda de pânico começa a tomar conta de mim, até que escuto o som de passos e o vejo chegando pelo meio do nevoeiro. *Desculpe*, diz ele, ao ver a expressão no meu rosto. *Só quis dar uma olhada por aí. Não vai acreditar no que encontrei na encosta.*

O quê?, pergunto.

A entrada de uma mina; um túnel antigo. Parece que não é usado faz tempo.

Devia ter gente circulando por aqui antigamente, sugiro, correndo o olhar em torno, como se esperasse que alguém fosse surgir do meio da neblina.

Antigamente, sim, concorda. *Não cheguei a entrar, mas o túnel é muito menor do que os nossos. Quer ir até lá para olhar antes de continuarmos?*

Hesito. Só temos mais um pacote de comida e qualquer demora vai significar que estaremos mais longe de encontrar alimento. Mesmo assim, o mistério da mina abandonada tem seu atrativo. Quem será que trabalhava nela? Certamente, não era ninguém do nosso povoado. Será que os trabalhadores da cidade subiam até aqui? Ou existe alguém vivendo neste platô enflorestado?

Como também estamos precisando de água, combinamos que a busca por ela será uma das metas da nossa expedição. Dividimos a última refeição que nos resta, e, à medida que a comida vai terminando, me pego refletindo sobre o povoado que deixamos para trás. Um dia inteiro se passou, e nossa ausência certamente já deve ter sido notada. O que as pessoas vão pensar de nós? O que Zhang Jing deve estar achando? Será que meu bilhete será suficiente para fazer com que continue a confiar em mim?

Um som que já aprendi a reconhecer logo me atrai para uma fonte de água próxima. Guio Li Wei na direção do barulho, e encontramos o curso murmurante de um riacho que cruza o platô. Ele reage impressionado à minha proeza, e não consigo deixar de sentir uma ponta de orgulho enquanto enchemos os nossos cantis.

Nunca teria encontrado isso aqui tão depressa, admite.

Entrego a ele seu cantil e trato de guardar o meu. *Então parece que posso mesmo ter alguma utilidade.*

General, sua utilidade está mais do que comprovada faz tempo, brinca, abrindo um sorriso.

Não me chame de... Minhas mãos caem dos lados do corpo quando avisto algo no meio das árvores, atrás dele. Ao ver a mudança no meu rosto, Li Wei vira o corpo, procurando o que a provocou, e não demora a ver também: a silhueta grande de uma construção espreitando por entre as árvores. Virando-se de volta para mim, ele pousa o olhar no meu e assente brevemente em concordância. Caminhamos naquela direção...

...e damos de cara não com uma, mas com diversas construções.

O que encontramos é um pequeno povoado, bem menor até mesmo que o nosso, mas claramente construído para ter alguma permanência. As implicações dessa descoberta são assombrosas, e ambos corremos os olhos arregalados ao redor. Nenhum morador do nosso povoado jamais teve qualquer contato com o mundo exterior, exceto através dos recados enviados pelo guardião dos cabos. Chegar a essa cidadezinha é o mesmo que ter entrado numa terra mágica das histórias antigas.

Faz um tempo que ninguém vive aqui, sinaliza Li Wei, apontando para os sinais de decrepitude nas paredes. Percebo imediatamente o que quer dizer. A madeira está gasta, até mesmo apodrecida em alguns lugares, e a natureza há muito parece ter levado a melhor por toda parte. Separamo-nos para percorrer a extensão completa do lugar, e sou envolvida por uma mistura de entusiasmo e apreensão. Mais uma vez, eu me pego pensando como uma produtora de registros, na maneira como relataria essa descoberta impressionante. De modo geral, as casinhas são construídas da mesma maneira que as nossas, mas os pequenos detalhes arquitetônicos distintos que noto nas fachadas me deixam fascinada. Eu me arrependo de não ter trazido tinta e papel para poder fazer minhas anotações; vou precisar contar só com a memória para descrever tudo isto quando voltar para casa.

Encontro uma casa com a porta entreaberta, tendo se soltado das dobradiças que apodreceram. Empurro para abri-la por completo e, mais uma vez, escuto o som que as portas fazem e para o qual não tenho palavras.

Ali dentro tudo lembra a choupana humilde onde Zhang Jing e eu fomos criadas. A construção tem três alas, e um biombo apodrecido oculta os demais cômodos. Na sala à minha frente, há um forno de barro grande que não é aceso faz tempo, e cujo uso mais recente parece ser como ninho para os pássaros. Um pequeno oratório marca o lugar onde se veneravam os deuses domésticos, com tocos de velas queimados dentro dele.

Pego uma das estátuas do oratório, e ela é quase toda feita de barro comum, mas esculpida com um detalhamento excepcional. A imagem retrata um *pixiu*, a cabeça de leão erguida numa postura altiva e a boca aberta para soltar um rugido. Depois de espanar um pouco da poeira, percebo que as pontas dos chifres e das asas são banhadas a ouro. Li Wei certamente vai querer ver isso, nem que seja somente para admirar a qualidade do trabalho artesanal. Levar a estátua comigo me dá a sensação de estar roubando, mas, como tudo indica que faz tempo que não mora mais ninguém aqui, ela só pode ter sido abandonada.

Segurando o *pixiu* numa das mãos, passo para o outro lado do biombo que separa a área de estar do dormitório. A peça está gasta e meio apodrecida, e não tem nenhum desenho ou ornamentação. Quando toco nele para afastá-lo, uma parte do material se esfarela e o biombo rui por inteiro, criando uma nuvem de pó. Depois que a poeira finalmente se assenta outra vez, pisco os olhos algumas vezes e, enfim, consigo ver o que havia ali atrás...

Uma família de esqueletos humanos, arreganhando os dentes para mim com seus olhos vazados.

CAPÍTULO 8

Um grito fica preso na minha garganta, e trato de recuar o mais depressa que posso. A estatueta do *pixiu* escorrega dos meus dedos e cai no chão com uma pancada. Mal consigo registrar. Não quero mais nada daqui. Preciso ir embora.

Passo correndo pela área de estar e atravesso a porta, dando de cara com Li Wei. Por um instante, o pânico é tanto que nem me dou conta de que aquele é ele mesmo. Começo a me debater e só paro quando um relance de familiaridade — a sensação dos seus braços fortes envolvendo meu corpo — consegue atravessar o medo. Deixo-me descansar no abraço por um instante, então recuo, ainda tremendo.

Está tudo bem?, pergunta. *O que aconteceu com você?*

Não tenho palavras. Consigo apenas balançar a cabeça e apontar para a porta. Li Wei dá mais uma olhada na minha direção antes de entrar na casa para investigar. Quando volta, estou um pouco mais calma. Fico constrangida com tamanha demonstração de fraqueza, mas a lembrança dos sorrisos descarnados das caveiras é aterrorizante demais. Li Wei exibe uma expressão tensa no rosto, e vejo que trouxe na mão a estatueta que deixei cair.

O que está fazendo?, pergunto. *Não podemos tirar nada daqui. Este lugar é amaldiçoado.*

Li Wei guarda o *pixiu* no bolso. *A casa, talvez, mas não esta estátua. Você viu a precisão do trabalho? Tinha ouvido falar dessas esculturas. As pessoas mantinham estatuetas assim em casa para atrair prosperidade e boa sorte.*

Não foi exatamente o que atraiu para as pessoas dessa casa, observo.

O rosto de Li Wei ganha um ar sombrio. *Não sei o que aconteceu a eles, mas desconfio que teve mais a ver com os próprios seres humanos que com qualquer força sobrenatural. Vamos dar uma olhada nas outras casas e tentar descobrir o que foi.*

Talvez ele tenha razão. Este povoado é parecido demais com o nosso. Precisamos saber o que aconteceu aqui para garantir que não acabaremos da mesma maneira. *Como vamos investigar isso?,* pergunto a ele.

Espere aqui, pede Li Wei, então corre para a maior construção do lugar. Ela se parece menos com uma casa e mais como algum tipo de instalação administrativa ou educacional. É meio sinistro estar sozinha no meio deste povoado fantasma, mas recuso-me a deixar que a superstição tome conta dos meus pensamentos. Quando Li Wei surge de volta, um traço de empolgação marca seu rosto.

Era justamente o que eu esperava. Ali dentro tem registros, muito parecidos com os que fazemos. Parece que era naquele lugar que moravam os anciões locais. Será que pode começar por eles? Pode ser que os textos nos contem o que aconteceu aqui, e você é melhor para entender esse tipo de coisa do que eu.

E você, vai fazer o quê?, indago.

Ele gesticula, mostrando ao redor. *Vasculhar o resto das casas. Acho que a maior parte das respostas que queremos vai estar nos registros, mas precisamos checar tudo.*

Tenha cuidado, peço.

Ele assente dirigindo-se para uma das casas.

Fico observando Li Wei se afastar por mais alguns instantes, depois me dirijo para o tal prédio administrativo. É menor do que a escola e o armazém público do nosso povoado, mas o vilarejo todo também é muito menor. O prédio está no mesmo estado que a casa em que entrei, cheirando a poeira e coisas apodrecendo. Contudo, felizmente, não encontro esqueletos nem qualquer outro sinal de que haja mais mortos para me fazer companhia.

A sala que Li Wei encontrou se parece com a biblioteca do Paço do Pavão; conseguiu ficar relativamente bem protegida da umidade e de outros agentes deteriorantes. Suportes nas paredes contêm uma coleção bem organizada de pergaminhos, e o resto do espaço foi usado para armazenar o que parece ser um equivalente aos registros diários do nosso povoado. São menores do que os que fazemos, muitos menos detalhados, além de também carecerem da elegância artística e da precisão que somos encorajados a imprimir ao nosso trabalho. Porém, são factuais e organizados, e trazem as informações de que preciso para saber o que aconteceu ao povo daqui. Acomodo-me num local confortável e começo a ler os pergaminhos à luz empoeirada do raio de sol que entra por uma janela alta.

O que descubro é chocante. Atordoador, até. Perco a noção do tempo e só sou arrancada da leitura, com um sobressalto, ao escutar os passos de Li Wei no corredor mais próximo. *Encontrou alguma coisa?*, pergunto, assim que o vejo entrar. Consigo manter uma expressão calma no rosto, mas, por dentro, sinto a cabeça zunir.

Mais do que gostaria, responde. *Quase todas as casas estão vazias, mas há outras em que também existem esqueletos. Não sei o que foi que matou essa gente.*

Eu sei. E deixo de lado o pergaminho que segurava. *Foram a fome e a doença.* Meu esforço de autocontrole começa a fraquejar. As mãos estão trêmulas e trato de mantê-las entrelaçadas no colo. Não é exatamente o medo que está me deixando nesse estado, mas sim o choque.

Quer conversar lá fora?, sugere Li Wei. *Está ficando quente aqui.*

Assinto. Este lugar tão cheio de fantasmas e lembranças me dá arrepios. Preciso voltar a sentir a luz do sol, a me cercar de coisas vivas e que ainda podem crescer. Começamos a caminhar de volta até o lugar onde acampamos, mas, quando chegamos aos limites do povoado, deparamo-nos com mais uma cena chocante: esqueletos acorrentados a um bloco de pedra. Meu estômago se contrai quando imagino o destino terrível que essas pessoas devem ter tido. Caracteres entalhados na pedra explicam o crime que lhes rendeu tal condenação: *ladrões de comida*.

Com um calafrio, desvio o olhar; flagro Li Wei com o cenho franzido. Não me surpreendo ao ver sua reação, considerando a maneira como protegeu o menino que roubou comida no nosso povoado. *Que atitude mais selvagem*, diz ele. *Pelo menos, nossos castigos não chegaram a esse extremo.*

Ainda não, acrescento, pensando nas coisas que li nos registros. *Pode ser que tudo mude se tivermos que enfrentar as mesmas coisas que aconteceram por aqui.*

Do que você está falando?, pergunta.

Chegamos ao acampamento, agora já plenamente aquecidos pelo sol da manhã. O calor ajuda a dissolver a aura soturna das coisas que aprendi na biblioteca, mas só em parte. Li Wei lança um olhar interrogativo na minha direção ao chegarmos.

Eles eram como nós, conto, finalmente. *Exatamente do mesmo jeito. Uma vila de mineradores. Perderam a audição e ficaram presos aqui em cima, sem ter uma forma segura de descer pela encosta, mas conseguiram estabelecer um acordo com a cidade lá embaixo. Insta-*

laram um sistema de cabos, que levava os minérios montanha abaixo em troca de alimento. E então, com o tempo, assim como nós, todos começaram a ficar cegos.

As semelhanças ainda me parecem chocantes demais, inacreditáveis, e é isso que faz com que seja difícil continuar meu relato. A história desse povoado é parecida demais com a do nosso: será que Li Wei e eu tínhamos acabado de espiar nosso próprio futuro? É isso o que nos espera daqui a dez anos? Ou cinco? Daqui a um ano, talvez? O medo me faz perder o fio da meada — não um medo por mim mesma, mas pelo destino daqueles que deixamos para trás. O que o futuro reserva para Zhang Jing? E para os tutores, e para os outros aprendizes?

O que aconteceu? Como foi que morreram?, Li Wei pergunta, com o rosto marcado pela urgência. *Fei, você falou que morreram de fome?*

Engulo em seco, tentando me recompor. *Quando veio a cegueira, a extração de minérios foi prejudicada e, da mesma maneira como acontece conosco, a cidade começou a racionar o envio de alimentos. Eles só não reagiram da mesma forma que nós: pararam por completo de dar comida aos pedintes. A cegueira também fez aumentar o número de acidentes, e houve algumas pessoas que acabaram morrendo assim. Perto do final, as fontes de água foram contaminadas. Quem fez os registros deduziu que alguns dos corpos não devem ter sido descartados da maneira correta e afetaram a água. As pessoas começaram a adoecer e morrer antes que descobrissem o que estava acontecendo de errado. Isso aconteceu há alguns anos, então a contaminação deve ter se dissipado,* acrescento, notando o olhar preocupado que vejo Li Wei lançar aos cantis. *Na época, não restou quase ninguém vivo. A cidade suspendeu completamente os envios de alimento para cá, e o caos irrompeu. Os que não morreram de fome tentaram descer pela encosta, mas não se sabe quantos conse-*

guiram. A altitude aqui é menor, mas, pelo que li, a rocha da encosta neste trecho é menos firme; com mais chances de deslizamentos e menos probabilidade de sustentar as cordas e o peso dos escaladores. Alguns talvez tenham escapado com vida. Outros, não. E alguns devem ter se jogado no abismo de propósito.

Afundo o corpo para perto do chão, sem conseguir me livrar do pensamento de que esse será o destino do nosso povoado. Li Wei anda de um lado para o outro à minha frente, com uma expressão sombria. Ele foi corajoso ao decidir explorar o vilarejo fantasma com todos os seus horrores, mas agora dá para ver que sua força de vontade começa a fraquejar. Ou, quem sabe, seja só a esperança que está chegando ao fim.

É isso que nos resta, então?, indaga. *É isso que o nosso povoado enfrentará? A suspensão completa do envio de comida? Só aflição e desesperança?*

Não temos como saber, acalmo-o. *Não sem antes falarmos com o guardião dos cabos. E não estamos na mesma situação que eles... ou, pelo menos, ainda não.*

Não estamos?, repete, irritado. *Já está acontecendo. A cegueira começou a chegar. A extração de minérios foi reduzida. Outro dia mesmo, a cidade avisou que estava mandando uma ração menor como "punição". Quanto tempo falta para que suspendam por completo o envio? Daqui a quanto tempo as pessoas vão começar a se voltar umas contra as outras por puro desespero? Foi para isso que meu pai morreu? Quantos outros vilarejos a cidade já dizimou desse jeito?*

Não sei. Temos que falar com o guardião.

Temos que fazer alguma coisa, corta ele. *E não sei se só conversar vai ser suficiente.*

Li Wei está compreensivelmente agitado, e sei que isso não é só por causa das descobertas terríveis que fizemos no povoado deserto. A dor pela perda do pai ainda é recente, deixando tudo ainda mais sombrio... e mais desesperado.

Ele suspira. *Pode ter havido algum mal-entendido na comunicação com a cidade. Talvez estivessem pedindo coisas demais.*

Pode ser, concordo.

Percebo que tenhamos nos fazer de fortes um para o outro, mas a verdade é que estamos cheios de dúvidas. Queremos acreditar no melhor, que o guardião irá nos ajudar, mas já vimos coisas demais, já tivemos sofrimento demais. Além disso, se o guardião dos cabos não puder nos ajudar, o que faremos em seguida? É essa incerteza que pesa nos nossos ombros.

Conjuro mentalmente a imagem de Zhang Jing e reúno toda a coragem que me resta enquanto sigo Li Wei até o local que achou o mais adequado para prosseguirmos com a nossa descida da encosta. Os alertas que li nos pergaminhos continuam ecoando na nossa cabeça. Li Wei tem um cuidado extra quando começa a fixar as cordas na parede rochosa; uma parte da encosta é menos firme nessa área, e ele não vai nos deixar começar a descida até verificar se cada estaca e cada corda vão conseguir sustentar nosso peso.

Mesmo tendo uma distância menor a percorrer do que no dia anterior, o caminho até o sopé da montanha ainda é bem longo. Cada centímetro do trajeto é acompanhado pelo medo de que a rocha ceda e solte nossas estacas, fazendo-nos mergulhar no vazio. Mais avalanches despencam com a movimentação e, novamente, a audição consegue nos salvar por um triz diversas vezes. Em algumas, não sou rápida o suficiente, e ganhamos novos arranhões e hematomas para fazer companhia aos machucados de ontem. Para aumentar a tensão, há a constatação de que a comida que trouxemos acabou. A fome já começa a apertar meu estômago.

Mesmo assim, uma euforia estranha toma conta de mim à medida que vamos chegando cada vez mais perto do solo, agora já ao ponto de avistarmos o chão no pé da montanha. Um vale cheio de árvores viçosas se estende diante dos nossos olhos cada vez mais perto e, para além dele, vejo a mancha verde de um terreno que parece não ter árvore alguma. Será que aquilo é uma lavoura? Na biblioteca, alguns volumes falam sobre cultivo agrícola, mas depois que as avalanches bloquearam o acesso às terras férteis ao redor do povoado, a ideia de cultivar alimentos passou a ser algo tão extravagante quanto o sonho de voar... ou escutar. Devaneios a respeito do que pode estar à nossa espera me impulsionam a vencer a última etapa da descida.

E então, por incrível que pareça, nossos pés tocam o chão. Ergo o rosto e fico espantada com a visão da minha montanha e das outras ao redor, com os picos perfurando o céu. Sequer consigo avistá-los direito agora que as primeiras nuvens da noite já estão por aqui. Essa é uma perspectiva inteiramente diferente da paisagem que conheço desde que nasci: a dos picos ao nosso redor, com as profundezas cobertas de névoa muito abaixo. Dou-me conta de que cheguei ao lugar de onde partiram os meus ancestrais mais longínquos, e esse também é um pensamento atordoante.

Está pronta para ver o que este lugar tem a nos oferecer?, indaga Li Wei.

Ele se aproxima para desatar a corda ligando nossos corpos. Os dedos trabalham, ágeis, no nó ao redor da minha cintura, e fico torcendo para que não fique muito óbvio que estou com a respiração suspensa. Mais uma vez, fico impressionada com a delicadeza do toque em contraste com a massa de músculos que define sua silhueta. Uma vez desfeitas as amarras, as mãos ficam pousadas na minha cintura por uma fração de segundo além do necessário, e, em seguida, ele dá um passo para trás.

Sabe para onde devemos ir?, pergunto.

Ele protege os olhos com uma das mãos e corre o olhar em torno, observando a posição do sol por trás da montanha. Passamos muito tempo no vilarejo deserto e agora está quase anoitecendo. Depois de uma análise breve, Li Wei aponta para o norte.

É por ali que desce o sistema de cabos. Desviamos um pouco da nossa rota original de descida. Agora, temos que ir até lá achar a estação de chegada; e o guardião dos cabos.

Baixo os olhos de relance para minhas roupas sujas e mãos arranhadas, e noto também o quão tarde ficou. *Talvez seja melhor aproveitarmos a noite para descansar e nos limparmos um pouco*, sugiro. *Não estamos em condição de negociar com um homem como ele.*

Li Wei assente em concordância, então acrescenta: *Pode ser mesmo que já esteja muito tarde quando chegarmos à estação. Vamos dar uma olhada por aqui e ver se achamos um bom lugar para acampar.* Ele faz um gesto, apontando para a massa de árvores. *Alguma preferência de caminho?*

Balanço a cabeça em negativa. *Pode escolher*, sugiro.

Ele hesita, depois saca a esculturazinha do *pixiu*. Jogando-a para cima, faz com que dê uma pirueta no ar, depois a ampara agilmente com uma mão só. O *pixiu* fica voltado para o leste. Li Wei guarda a estatueta de volta na sacola. *Para o leste, então*, sinaliza.

Embrenhamo-nos no lado leste da mata, e fico especialmente atenta. Já aprendi que humanos fazem muito barulho em florestas como esta, então procuro detectar qualquer som que indique que não estamos sozinhos. Contudo, não aparece ninguém nem nada fora do comum, e logo chegamos a um valezinho onde as águas gorgolejantes de um riacho se acumulam brevemente antes de voltarem a desaparecer mata adentro. Parece um bom local para descansar e nos limparmos, embora tenhamos ficado apreensivos em acender uma fogueira estando tão perto de um território civilizado. Felizmente, o clima é mais quente nesta altitude, e acabamos decidindo que vamos passar a noite sem precisar do calor do fogo.

Trouxe uma roupa extra para falar com o guardião?, pergunta Li Wei, ao me ver tirar da sacola o segundo conjunto que peguei no Paço do Pavão.

Dou de ombros. *Achei que era melhor. Não estava pensando nele quando peguei a roupa, mas agora fico feliz por tê-la trazido. Quero poder representar nosso povoado de maneira honrada.*

Bem, acho que vou representar da única maneira que posso, ele diz, lançando um olhar enviesado para a própria camisa.

É parte de um dos conjuntos encardidos usados habitualmente pelos mineradores, e está rasgada e respingada de sangue por causa da descida. A camisa branca de luto fora deixada no povoado. *Mas sou um bárbaro mesmo, então ninguém vai estranhar.*

Talvez a gente consiga limpar, argumento, mesmo não estando muito certa disso. *Deixe-me dar uma olhada.*

Ele tira a camisa sem pensar duas vezes, e tento não deixar o queixo cair. Tivemos toda sorte de brincadeiras e aventuras quando éramos pequenos, mas nunca houve um jogo em que ele precisasse tirar a camisa. É impossível deixar de reparar nos músculos e no porte de Li Wei, mesmo quando está vestido. De peito nu, parece-se com um dos heróis invencíveis das histórias que meu pai costumava contar. Tomo a camisa da sua mão, tentando não pensar nas coisas que a anciã Lian diria a respeito desta situação onde acabei me metendo sem querer.

Perto de onde estamos há uma pedra grande coberta de limo, com uma reentrância formando uma bacia bem no meio. Derramo um pouco de água ali dentro e faço o que posso para molhar e esfregar as manchas, e até consigo melhorar um pouco a situação; mas não muito.

O que tenho para lavar é a sujeira acumulada desde muito antes da nossa descida. O tecido provavelmente ganhou uma tintura natural da cor dos túneis da mina.

Não sabia que os aprendizes tinham que lavar a própria roupa, comenta enquanto me observa trabalhando.

Chego a erguer as mãos molhadas para começar a retrucar, mas paro quando sou tomada por uma ideia súbita. Vou até a sacola buscar a bolsa que trouxe comigo do Paço do Pavão. Ainda está com os pacotes de pigmento que separei ao sair para o turno de observação. Depois de uns instantes, escolho um que cria tinta verde e derramo o conteúdo inteiro na água. Li Wei se posta ao meu lado, com os braços musculosos cruzados e uma expressão de curiosidade no rosto. Respiro fundo, mais que consciente da proximidade entre nossos corpos.

Se está muito difícil tirar a sujeira, quem sabe não possamos escondê-la, explico, embora ele não pareça muito convencido. *Bem, pior do que está não vai ficar*, acrescento. *Vamos deixar de molho um pouco e depois penduramos para secar naquela árvore, e...*

Minhas mãos se congelam no meio da frase quando o olhar capta alguma coisa. Esqueço-me da conversa sobre tinturas na mesma hora. Por um instante, esqueço até mesmo da presença de Li Wei enquanto mergulho nessa nova descoberta. A maioria das árvores à nossa volta é de folhas perenes, mas as poucas que não o são trazem os primeiros sinais de que o fim do verão começou a dar lugar ao outono. A que me chamou a atenção é uma delas, de uma espécie que nunca vi antes. Embora não soubesse o nome da árvore, sei muito bem o que estou vendo em seus galhos mais altos. Aponto com o dedo, e Li Wei segue o movimento, arregalando os olhos quando avista o que quero mostrar a ele.

Frutas.

Em nosso povoado, não crescem frutas. Tentamos plantar sementes e caroços nas raras vezes em que recebemos alguma com as remessas de alimentos, mas eles nunca vingavam. Já sabia que as frutas davam em árvores, mas ver uma assim ao vivo é algo inacreditável. Vai ver que a estatueta que Li Wei trouxe está mesmo nos ajudando, afinal de contas. Do jeito que a comida é um artigo raro no lugar de onde viemos, parece meio mágico dar de cara com frutas crescendo assim numa árvore pelo caminho, só esperando para serem colhidas e devoradas.

Se conseguirmos alcançar o galho.

Li Wei caminha até a árvore a passos largos, depois hesita por um instante ao examiná-la mais de perto. *Consigo subir até lá,* ele me diz. *Mas não sei se os galhos vão aguentar o meu peso; principalmente aqueles mais altos.*

A mim, eles aguentam, retruco, confiante.

Ele me lança um olhar, depois para a árvore, e então para mim de novo. *Aguentariam até dez de você. Só precisamos dar um jeito de içar seu corpo até lá.* Li Wei faz sinal para que me aproxime e estende os braços para me erguer.

A indecisão entre me entregar ao corpo seminu e ouvir o eco das censuras da anciã Lian que trago na mente dura pouco. Liberto-me de todos os medos, e, de repente, parece que viramos crianças de novo, fugidos para alguma aventura no meio do mato. Dou um passo à frente, e ele agarra minha cintura; as mãos fortes segurando cuidadosamente meu corpo enquanto meus pés saem do chão. Estico os braços, mas ainda não alcanço nem mesmo o galho mais baixo. Li Wei muda de posição, deslizando as mãos para baixo de modo que possa me segurar pelas pernas e erguer o corpo mais para o alto. Por um instante, enquanto ele se ajeita na nova posição, perco o equilíbrio, e há um relance em que nossos corpos ficam abraçados, colados um ao outro.

Quando os olhares se cruzam, percebendo como estamos próximos, reflito: Não, não somos crianças.

Ele parece estar pensando a mesma coisa, e um vermelhão toma conta do seu rosto. Li Wei não perde tempo em me empurrar para cima outra vez, segurando meu corpo pelos tornozelos para que eu consiga alcançar mais além. Decidida, expulso para longe a lembrança da sensação dos braços dele à minha volta, ou do jeito como o perfume do sândalo ainda está na sua pele. Meus dedos conseguem tocar num dos galhos, então, a partir dele, finalmente consigo içar o corpo e começo a escalar o que ainda resta da árvore. Os galhos são pequenos e finos, mas consigo encontrar os que são fortes o suficiente para me aguentarem até que eu possa alcançar os frutos, bem lá no alto.

Chegando mais perto, vejo que provavelmente está chegando ao fim da época da safra, e já estão quase murchando. Arranco uma fruta e levo-a até o nariz, sorrindo quando reconheço o cheiro de caqui. Os caquis são uma iguaria rara em nosso povoado, enviados aos pedaços de vez em quando com outros alimentos. Baixo os olhos para Li Wei, que assiste a tudo ansiosamente.

Tenha cuidado, sinaliza. *Não sobrevivemos a todas aquelas avalanches da encosta para você se esborrachar catando frutas numa árvore.*

A título de resposta, atiro o primeiro caqui para cima dele e depois começo a colher os outros. Há mais ou menos uma dúzia deles no alto da árvore, e, quando termino de jogar todos para baixo, começo a descer pelos galhos e sinto uma ponta de orgulho ao ver que consigo me pendurar no mais baixo e pular dele para o chão sem pedir ajuda a Li Wei.

Então deve ser mesmo verdade, começa ele, pensativo, após juntar todos os caquis num montinho. *Mal chegamos aqui e já encontramos comida. Esta só pode ser uma terra de abundância.*

Alguém deve ter passado por aqui e colhido as frutas que estavam mais para baixo no auge de sua época, observo. *É bem possível que tenha gente vivendo por perto.*

Ele assente; o rosto ganha uma expressão mais séria. *Vamos ter que tomar cuidado à noite, e nos revezarmos nos turnos de vigília outra vez.*

Jantamos os caquis, tomando o cuidado de guardar alguns para a caminhada de amanhã; embora saibamos que, no fundo, temos a esperança de encontrar mais algum alimento pelo caminho. Depois que terminamos de comer, tiro a camisa dele da tintura. O verde não ficou escuro como eu esperava, mas com certeza a aparência da peça está melhor que antes. Visto a túnica limpa que trouxe e dou a que estava usando, manchada da viagem, para que ele passe a noite. O transpassado não fecha direito na frente, deixando uma fresta engraçada na altura do peito de Li Wei, mas pelo menos a roupa vai servir para aquecê-lo um pouco.

Estamos os dois de bom humor e aproveitamos os últimos raios de sol para jogar outra partida de *xiangqi*. Mais uma vez, não consigo ganhar, e ele tenta, com muito tato, me dar algumas dicas estratégicas. *Você faz boas jogadas, mas acho que falta ter uma visão melhor de futuro. Tente planejar pelo menos duas rodadas à frente.*

Dou um suspiro. *Achei que me daria melhor nessa parte, com todo o planejamento e organização que meu trabalho costuma demandar.*

Uma hesitação muito breve é o único sinal do desconforto de Li Wei ao lançar a pergunta que vem em seguida, *E o casamento com Sheng? Faz parte desse seu planejamento?*

Aquilo me pega totalmente desprevenida. Sheng nunca foi assunto de nenhuma conversa entre nós. Para ser bem sincera, a lembrança de Sheng não tinha sequer me passado pela cabeça desde o início desta viagem.

Esse é o plano dos tutores, respondo com cautela.

Certo.

Sabe como são essas coisas, acrescento, ao ver que ele não vai dizer mais nada. *Na verdade, não é nada fora do comum. Artistas sempre se casam com outros artistas.*

Sim... Mas tem que ser logo com ele?, indaga Li Wei, com um ar de ironia no rosto. *Parece que você teria outras opções melhores entre os aprendizes. Sheng é tão...*

Arrogante? Antipático?, sugiro.

Agora, a expressão de Li Wei é de pura surpresa. *Isso não incomoda você?*

Não penso muito no assunto, admito. *Ele é o melhor aprendiz entre os garotos. E eu sou a melhor das meninas. Os anciões consideraram que seríamos o casal ideal.*

Mas é só isso?, insiste Li Wei. *São os tutores que querem juntar vocês dois? Não é a sua vontade?*

Minha vontade não importa, lembro a ele. *De qualquer maneira, é a dos tutores que vai prevalecer.*

Ele agora está indignado. *Você não deveria ter que se casar porque outra pessoa quer que seja assim, ou porque parece ser a melhor escolha. Tem que se casar com alguém que ame você. Alguém que a ame a ponto de ser capaz de mudar o mundo por sua causa.*

O mundo precisaria mesmo mudar para que algo assim fosse possível, retruco. *Acha que tem chance de isso acontecer num futuro próximo?*

Ele gesticula, apontando para o cenário à nossa volta. *Já aconteceu, Fei.*

Mas não mudou o suficiente, digo, depois de uma pausa calculadamente longa. Já sei aonde ele quer chegar com essa conversa, e preciso dar um jeito de dissuadi-lo. *E, mesmo que tivesse mudado tanto assim, o que aconteceu entre nós ficou no passado.*

Se é o que diz... Mas reparei no esforço que fez para me manter vivo. Com um gesto, ele mostra a camisa verde. *E bem vestido também.*

Isso foi só para que não me faça passar vergonha, sinalizo, com um ar de superioridade.

Como quiser, aprendiz, responde. Ao vê-lo se preparar para dormir com um brilho nos olhos, sei bem que não acreditou em mim.

CAPÍTULO 9

Mais sonhos estranhos perturbam o meu sono. Novamente, sinto que alguém está me chamando; desta vez, no meio de uma neblina. Corro por entre a névoa, tentando achar meu caminho, mas só fico cada vez mais desorientada. Logo, já não sei mais se tem alguém tentando me alcançar... ou me perseguindo. Começo a correr, totalmente em pânico, sem conseguir enxergar para onde vou.

Acordo num sobressalto, me debatendo, apavorada. Para meu espanto, Li Wei está ajoelhado junto da cama que improvisei, e, antes que me dê conta do que estou fazendo, atiro-me em seus braços. Os fantasmas do sonho se desfazem aos poucos; a presença dele me traz de volta à terra e me acalma. Ele acaricia de leve meu cabelo, e levo um instante para conseguir me esgueirar do seu abraço.

Desculpa, peço.

Fiquei preocupado, ele responde. *Você estava muito agitada, mexendo o corpo sem parar. Chutando. E não foi a primeira vez que a vi fazer isso enquanto está dormindo.*

Não foi?, repito, morta de vergonha.

O que anda sonhando que a deixa tão perturbada?, questiona.

Embora Li Wei saiba que a minha audição voltou, não expliquei a ele como isso aconteceu, nem falei dos sonhos recorrentes com gente me chamando. Quase cheguei a fazer isso agora, mas uma mistura de pudor e medo me impede. *Não é nada,* minto, tratando de me levantar. *Desculpe por tê-lo preocupado.*

Ele toca de leve o meu braço, virando meu corpo para que nossos olhares se encontrem. *Fei, estou aqui para o que precisar. Independentemente do que aconteceu no passado; espero que saiba disso. Não precisa ter medo de me contar nada.*

Faço que sim com a cabeça, mas não me estendo. Como vou explicar a ele coisas que eu mesma não consigo entender?

Li Wei não insiste no assunto enquanto nos preparamos para começar o dia. Comemos os caquis restantes até deixarmos só os dois últimos, e então terminamos de nos lavar. A camisa "nova" de Li Wei, agora totalmente seca, acabou ficando num tom meio verde-enjoo, mas está com uma aparência melhor que antes. Vou para a frente dele ajudá-lo a esticar o tecido com as mãos enquanto avalio o resultado.

Acho que vai servir, digo, sem querer admitir que, mesmo vestido com trapos, ele continua irresistível.

Estou me sentindo confiante no meu conjunto limpo de trajes de artista, apesar de arrependida por não ter me lembrado de trazer a versão feminina. Não que seja tão estranho assim uma mulher usar calça comprida em nosso povoado, mas, quanto mais penso na ideia de conhecer uma figura venerável, como o guardião dos cabos, mais me convenço de que o melhor seria me apresentar da maneira mais formal e correta possível.

Ainda me lembro da primeira vez em que fui ser avaliada para o posto de ajudante entre os artistas, conto a Li Wei, depois que começamos a caminhada. *Antes de ser oficialmente transformada em aprendiz, tive que passar por diversos testes e entrevistas. Minha mãe esfregou minha pele até ficar esfolada e trocou três dias da sua provisão de alimentos por um tecido novo para me fazer uma túnica.* "Quando vai se *encontrar com alguém poderoso, alguém que tenha os recursos para mudar sua vida para melhor ou para pior, é importante se mostrar à altura dessa oportunidade" foi o que ela disse para mim*. Faço uma pausa, sentindo a fisgada que essa lembrança agridoce provoca. Minha mãe já estava morta antes de saber o resultado da minha seleção. *Fico me perguntando o que acharia se me visse agora: a caminho de encontrar o guardião dos cabos e vestida com roupas de garoto.*

Li Wei abre um sorriso, revelando o contorno de uma covinha que sempre me encantou. *As roupas podem ser de garoto, mas ninguém vai confundir você com um.*

Apesar do ar de implicância no rosto dele, um calor que emana de algo nas entrelinhas de suas palavras me traz de volta a conversa que tivemos ontem: "Tem que se casar com alguém que a ame. A ponto de ser capaz de mudar o mundo por sua causa".

Pergunto-me se o mundo já mudou mesmo. Será que vou conseguir fazer com que mude?

Esses pensamentos ocupam minha cabeça, mas, à medida que o sol vai ficando mais alto, a preocupação com Zhang Jing fica mais premente. Depois que terminamos de prender meus cabelos, pergunto, *Falta fazer mais alguma coisa? Quer combinar o que vamos dizer para o guardião?*

Vamos contar nossos problemas e pedir sua ajuda, diz Li Wei sem delongas.

A resposta dele não me surpreende. Li Wei tem uma abordagem mais direta que a minha para certas coisas. Tendo passado tanto tempo no Paço do Pavão, onde lidamos com coisas mais estruturadas e formais, não fico à vontade de partir para a ação sem um plano detalhado. *Ainda acha que o que aconteceu com o outro povoado teve a ver com algum mal-entendido,* constato. *Mas... e se não foi isso? E se o guardião sabia de tudo e não fez nada a respeito?*

Nesse caso, não teremos nada a tratar com ele, afirma Li Wei. *Vamos ter que resolver o assunto por nossa conta.*

Não sei o que penso a respeito disso ou mesmo de que maneira iríamos fazê-lo, se fosse esse o caso, mas decido não discutir a questão até termos certeza de que o guardião estava mesmo ciente de tudo. Por ora, o que temos que fazer é ir até ele e apurar o máximo de informações que pudermos.

A névoa habitual das manhãs cobre as montanhas, mas o dia fica mais quente depressa, trazendo a promessa do verão que ainda não chegou ao fim. Li Wei tem uma noção melhor que a minha de como e por onde aconteceu a nossa descida, e me guia de volta até o local por onde passa a tirolesa. Atravessamos mais um trecho de floresta que parece ter poucos sinais de ocupação humana, mas ficamos de olhos bem atentos para ver se encontramos mais caquis ou outras coisas comestíveis. Passamos também por alguns animaizinhos da mata que nos fazem parar, boquiabertos em admiração. A caça é algo tão raro quanto terras cultiváveis lá em cima, em nosso povoado, e, infelizmente, qualquer tipo de vida animal não costuma durar muito tempo por causa do pouco sustento que o solo pedregoso provê. Neste momento, no entanto, não fazemos nenhuma tentativa de caçar; estamos próximos demais do nosso objetivo final.

Logo avistamos o cabo descendo pela encosta, suspenso por cima das copas das árvores e das escarpas traiçoeiras. Vê-lo deste ângulo parece tão surreal para mim quanto a nova perspectiva da montanha: de baixo para cima. Ao longo de toda minha vida, vi pacotes preciosos de alimento serem içados por esse cabo, trazidos de um lugar misterioso. Nunca sequer sonhei que um dia estaria com os pés justamente nesse lugar; e nem que seria tão decepcionante.

Não sei ao certo o que esperava encontrar nesta ponta do sistema de cabos da tirolesa, mas certamente não era o abrigo acanhado e sem nada de especial que vejo agora. Sentado ao lado da construção, aproveitando o máximo possível da sombra projetada pelas beiradas da cobertura de palha, vemos um homem de meia-idade com o cabelo começando a rarear. Duas coisas a seu respeito me chamam imediatamente a atenção. A primeira são as roupas. São feitas de algodão, como os meus trajes de artista, mas o tecido tem um frescor que é raro de se ver em nosso povoado, onde tecidos são um artigo tão escasso, e roupas novas, sempre um luxo. A outra coisa a respeito dele que me espanta de cara é o fato de ser um homem... rechonchudo. Tirando os bebês e as ilustrações de histórias antigas, jamais vi ninguém que tivesse tanta gordura no corpo, e me pego olhando boquiaberta para o sujeito.

Li Wei e eu ficamos parados, sem que nenhum dos dois saiba ao certo o que fazer. O homem, recostado numa das paredes do abrigo, tem o ar de quem talvez esteja tirando um cochilo. Li Wei mexe de leve o corpo, fazendo a sacola chacoalhar, e os olhos do sujeito se abrem, surpresos. Ele pode ouvir, percebo. O homem se põe de pé num salto, pondo na cabeça um chapéu amarrotado de algodão; olha do meu rosto para o de Li Wei com um ar de interrogação. Então, acontece algo realmente extraordinário: dos lábios abertos do homem, sai um som.

Não é um grito, nem riso. O som não se parece com nada do que conheci até este ponto da minha breve experiência com a audição: é uma série de ruídos rápidos com comprimentos e modulações diferentes. Compreendo, com assombro, de que devo estar diante da fala humana pela primeira vez na vida. A questão, apenas, é que não faço ideia do que o homem pode estar dizendo. Não tenho noção também de como poderia produzir uma fala em resposta.

Hesitante, ergo as mãos. Nossos registros contam que a linguagem usada no povoado se baseou num código preexistente trazido pelos ancestrais que migraram montanha acima, e usado especificamente por pessoas que tinham perdido a audição por causa de doenças ou outras causas conhecidas. Não saberia dizer se isso significa que outras pessoas aqui nas terras baixas ainda usam esse método de comunicação, ou se é exclusivo de quem não pode ouvir. Seja como for, curvo o corpo numa reverência e num gesto sugiro uma saudação. *Eu me chamo Fei, e este aqui é Li Wei. Fizemos uma longa viagem do nosso povoado no topo da montanha para falar com o senhor a respeito de um assunto grave.*

O homem fica embasbacado, seus olhos parecem a ponto de saltar das órbitas. Está claro que não entende nada do que acabei de gesticular... Mas a impressão que tenho é a de que reconhece que eu estava usando as mãos para falar, como se talvez já tenha se encontrado com outras pessoas que fazem a mesma coisa.

O que nós fazemos agora?, pergunta Li Wei para mim, vendo que o homem não esboça resposta alguma.

Faço um gesto de quem está pintando ou escrevendo com a mão, e então olho para o homem, esperançosa. O guardião dos cabos às vezes nos envia bilhetes junto aos carregamentos, então certamente deve ter material de escrita por aqui. Acho que me expressei de maneira bem clara, mas preciso fazer outras tentativas até que ele compreenda. Quando isso acontece, o sujeito balança a cabeça, numa reação que me pega de surpresa. Como enviava os comunicados para o chefe dos fornecedores se não tem material para escrever aqui?

Desconcertados, partimos para um método bem mais rudimentar. Li Wei toca no meu ombro e no próprio peito, então aponta para o alto da montanha, num gesto que acompanha o trajeto do sistema de cabos. Sinaliza que descemos pela encosta, até chegarmos ao abrigo. Mantenho os olhos atentos ao guardião enquanto Li Wei vai gesticulando; me sinto cada vez mais intrigada. Esse homem não é nada do que eu esperava encontrar. Na minha cabeça, um guardião teria que ser, pelo menos, alguém mais inteligente. Está certo que não temos um idioma em comum para nos comunicar, mas os gestos que Li Wei está fazendo são muito rudimentares. Por fim, o homem parece entender de onde viemos e essa constatação quase o deixa assustado. Ele passa o peso do corpo de um pé para o outro, parecendo perturbado e em meio a um dilema interno.

Por fim, o guardião faz sinal para que nos sentemos, então aponta um dedo para si mesmo e depois para a estradinha de terra que serpenteia para longe do abrigo, indicando que deve voltar logo. Quando Li Wei avança uns passos, dando a entender que irá acompanhá-lo, o homem sacode freneticamente a cabeça e insiste que devemos sentar e esperar.

Eu e Li Wei nos entreolhamos. *O que mais nos resta fazer?*, pergunto. *Talvez vá chamar alguém que saiba nossa língua de sinais. Ou, pelo menos, buscar papel e tinta.*

Nossa deliberação é interrompida pelo movimento apressado do homem, que entra no abrigo e volta trazendo um caixote. Ele o deixa no chão e abre a tampa, fazendo um gesto para que nos aproximemos. Quando chegamos mais perto, não consigo conter o espanto. O caixote está cheio de comida. Nunca vi tanta de uma vez só. São pãezinhos, rabanetes, cebolas, arroz, frutas secas. Isto é impressionante; sei que meu assombro está espelhado no rosto de Li Wei. O homem faz um gesto enfático indicando que aquilo é para nós, fazendo com as mãos um movimento amplo e generoso no ar. Ele insiste para que nos acomodemos e comamos enquanto se ausenta e temos dificuldade para recusar essa oferta. Ter achado os caquis foi uma boa surpresa, mas o que comi hoje pela manhã dificilmente faria as vezes de um desjejum completo.

O homem nos observa por mais alguns instantes enquanto inspecionamos o conteúdo do caixote, depois começa a avançar pela estradinha que se afasta da montanha, parando de tempos em tempos para lançar olhares para trás. Parece desconfortável. Nervoso, até. Há mais caixotes dentro do abrigo, então me pergunto se ele pode estar achando que vamos abusar da sua generosidade e tomar mais do que nos foi dado. Sinto vontade de ter palavras para tranquilizá-lo e lhe dizer o quanto somos gratos pelo que já recebemos, mas só consigo mesmo é fazer reverências sem parar.

Depois que o homem quase some de vista em seu caminho, Li Wei faz uma pausa no banquete. *Acha que, comendo isto aqui, vamos fazer com que a ração do nosso povoado seja reduzida?*

Paro no meio de uma mordida. Esse é um pensamento terrível, e lanço um olhar cheio de culpa para o caixote. Cada um de nós já comeu mais do que seria uma ração diária normal no povoado. Depois de refletir um pouco, balanço a cabeça. *Isso seria muita falta de hospitalidade da parte dele. Não acho que o guardião dos cabos seja esse tipo de pessoa. Ele nos ofereceu isso como presente de boas-vindas, como uma demonstração de generosidade. E lá dentro há mais comida.* Pela primeira vez, estou tendo a ousadia de acreditar que este nosso plano pode criar uma mudança de verdade para o nosso povoado; apesar da voz na minha cabeça que insiste em lembrar, em tom de preocupação, que as coisas terminaram mal para o vilarejo do platô.

Li Wei mastiga um punhado de frutas secas, o cenho franzido enquanto pensa. *Não acho que ele seja o guardião dos cabos,* afirma.

Ergo uma sobrancelha. *Mas quem mais poderia ser?*

Não sei, admite ele. *Um servente? Não achou o comportamento dele muito esquisito? Tão... inseguro. O guardião sempre passa um tom de autoridade nos comunicados e parece bem decidido. Esse sujeito que vimos se assusta com a própria sombra.*

É, e achei mesmo estranho que ele não tivesse papel nem material para escrever por aqui, acrescento até. *Principalmente pensando em todos os bilhetes que costumam chegar até nós.*

Li Wei concorda com a cabeça. *Pois é, tem alguma coisa que não está certa nessa história.* Ele lança um olhar para a estradinha que some em curvas pelo meio das árvores. *Nosso anfitrião já desapareceu faz tempo. Não sei se é bom ficarmos aqui esperando até que volte. Pode ser uma armadilha.*

Como assim, armadilha?, pergunto, surpresa. *E por que ele faria uma coisa dessas?*

Também não sei. É só um palpite. Até porque, tirando a parte da oferta de comida, o homem não pareceu muito receptivo. Estou com medo de quem pode ter ido buscar.

Aponto para o caixote. *Mas foi por causa disso que nós viemos*, protesto. *Está bem aqui na nossa frente: comida e potencial de conseguir mais suprimentos para alimentar nosso povo! Se formos embora após termos sido recebidos assim, quando fomos instruídos para que aguardássemos, que tipo de mensagem estaremos passando? Onde ficará a nossa honra?*

Li Wei está dividido, e a ironia da situação não passa despercebida para mim. Até este momento, era ele quem estava seguro de si e com a certeza de que a viagem traria ótimos resultados, enquanto eu me preocupava. Agora, sou eu que quero acreditar que tudo vai dar certo, enquanto ele está cheio de dúvidas. Seus olhos voltam a encarar a estrada, e a decisão, enfim, é tomada.

Pelo que sabemos, esse caminho provavelmente leva à cidade. Se a intenção dele for buscar ajuda ou suprimentos, faz sentido que tenha ido até lá. Acho que devemos pegar a estrada também para entendermos melhor o que está acontecendo, e descobrirmos quem são essas pessoas. Se estiver enganado, poderemos pedir desculpas a eles depois, dizer que não tínhamos entendido as instruções. E, se meu palpite estiver certo e algo de mais grave estiver para acontecer... Ele não termina de explicar, e nem precisa; não com a lembrança do povoado fantasma do platô ainda tão recente na nossa memória. Em vez disso, Li Wei simplesmente dá de ombros e continua. *Bem, isso é o que eu acho, pelo menos. Mas sou só o conselheiro.*

Sorrio de leve quando faz referência à segunda peça mais poderosa do *xiangqi*, mas o resto da história não tem muita graça. Considerando o comportamento estranho do guardião dos cabos e tudo o que lemos no outro povoado, é realmente fundamental que sigamos com cautela. *Tudo bem*, digo. *Vamos lá. Mas sem esquecermos a comida. Ele nos ofereceu o caixote inteiro.*

Seguimos pela estrada que vai para longe da montanha, e tento não pensar em como estou me afastando cada vez mais do único lar que conheci na vida. O caminho se alarga à medida que avançamos, com a terra bem batida por muitos pés e rodas de carroças. Tenho instrução suficiente para saber que nosso povoado é pequeno comparado a outros lugares e que existem pessoas ao redor do mundo que vivem em cidades e assentamentos humanos muito maiores e mais populosos. Mas a realidade desse fato nunca me bateu com a mesma força de agora, quando me pego tentando imaginar o número de pessoas que deve haver por aqui para ser necessária uma estrada tão larga. Logo, a terra batida dá lugar a um pavimento de pedras achatadas, e essa é outra surpresa. Em nosso pequeno povoado, não existe nada que seja nem remotamente parecido com isso.

Depois de um tempo, começo a detectar sons que mostram que há mais pessoas à frente, e estendo o braço para fazer Li Wei parar ao meu lado. Sinalizo para ele, mostrando que é melhor sairmos da estrada e nos proteger no meio das árvores, para não sermos imediatamente flagrados; e ele concorda. Ambos queremos acreditar no melhor dessas novas pessoas, mas ainda estamos tensos demais com os percalços da descida para apostarmos de cara que algo ou alguém não vai oferecer perigo. Percorremos o resto do trajeto pelo meio das árvores, mantendo sempre a estrada à vista. Quando, enfim, chegamos à cidade, no entanto, o que toma conta das emoções não é o medo.

É o assombro.

Da mesma forma como já sabia que existiam assentamentos humanos maiores do que o nosso povoado, sempre soube que a cidade era um deles. A estrada já começara a me dar uma dimensão disso, mas agora, cara a cara com o lugar, fico sem palavras para descrever o quanto aquela visão faz com que meu povoado pareça mesmo minúsculo; e isso só numa primeira olhada de fora.

A cidade é murada e tem portões de acesso. Homens armados montam guarda no alto de torres de madeira incrustadas nos muros e interrogam quem se aproxima. Está acontecendo uma retenção na estrada neste momento: algum atraso com um grupo que está mais à frente deixou cerca de cinquenta pessoas esperando impacientemente para poderem entrar. Cinquenta pessoas! Isso é mais do que todos os residentes do Paço do Pavão. Algo me diz que o grupo é só uma parte do que vamos encontrar lá dentro. *Se* conseguirmos entrar.

O bloqueio na estrada parece ter acontecido por causa de uma carroça na frente da aglomeração, e a visão dela — ou melhor, do que está puxando sua estrutura — deixa Li Wei e eu petrificados: cavalos. Já lemos a respeito deles nos livros, é claro, mas nenhum de nós sequer sonhava poder se deparar com um na vida real. No tempo em que havia passagem pelos desfiladeiros da montanha, nossos ancestrais levaram para o povoado alguns animais domesticados. Esses foram morrendo com o tempo, e, depois que as avalanches bloquearam o acesso, o envio de animais pelo sistema de cabos tornou-se impossível. Eu, que nunca vi uma criatura tão grande, fico impressionada com a beleza do cavalo e sou dominada pela familiar vontade de pintar outra vez; um impulso de registrar numa tela o brilho negro azulado do pelo desses animais, e a maneira como mexem as cabeças enquanto esperam que o dono resolva a questão com os sentinelas.

Arrasto o olhar para longe dos cavalos, tentando entender o que mais está acontecendo. Escuto outros daqueles mesmos sons — falas — como o que ouvi o guardião dos cabos usar; eles me deixam, ao mesmo tempo, perplexa e intrigada. São barulhos que soam desconexos, mas algo no fundo da minha essência compreende se tratar de uma forma de comunicação. O mesmo tipo de vocalização a que se referem os registros mais antigos que temos no povoado. Pergunto-me quanto tempo será que se leva para aprender essa linguagem. Já me sinto imersa em mais sons e estímulos do que consigo registrar. A mistura de tantos barulhos diferentes vindos de tantas pessoas diferentes, aliás, já começou a me fazer ficar com dor de cabeça outra vez.

Mesmo sem entender as palavras, porém, consigo reconhecer os sinais de uma desavença. O homem sentado na carroça principal é mais gordo ainda do que o guardião dos cabos e claramente está insatisfeito com alguma coisa. Os sentinelas parecem igualmente irritados, e os sons que saem da boca de todos estão ficando cada vez mais altos à medida que a discussão avança. O clima de animosidade que irradia da cena me deixa nervosa.

Num dado momento, o homem da carroça abre um caixote e tira dele um relâmpago de seda amarela. Li Wei e eu arfamos juntos. Nunca vi nada igual. Todo corte de seda que chega ao nosso povoado já está aos retalhos, no mínimo, e é usado apenas para adornar as vestes daqueles que ocupam os postos mais importantes. Ver uma onda inteira de tecido assim é impressionante. A cor também é igualmente atordoante: um tom rico e vibrante de dourado, superior a qualquer tintura que conseguiríamos fabricar.

Talvez seja o rei, sugere Li Wei. *De que outra forma teria acesso a um luxo assim? E isso também explicaria por que consegue tanta comida.*

Acho que não, respondo, com os olhos atentos à discussão. *Os guardas não estariam discutindo dessa maneira com um rei.*

Por fim, os sentinelas fazem questão de inspecionar todos os caixotes da carroça, para grande irritação do dono e dos que aguardam em fila na estrada. Um grupo de pessoas, aparentemente servos do homem da carroça, parece intimidado e se afasta enquanto acontece a inspeção. Continuo assistindo a tudo de olhos arregalados enquanto novos lampejos extravagantes de seda são revelados, num arco-íris interminável de tons. Só em sonho eu já tivera a chance de ver algo assim.

Como vamos entrar?, questiona Li Wei. *Se eles são capazes de fazer tudo isso por causa de uma carga de tecidos, é sinal de que provavelmente desconfiam de forasteiros; principalmente se nos lembrarmos da forma como o guardião dos cabos reagiu ao nos ver.*

Concordo com ele, e a resposta que queremos surge de repente. A inspeção da carroça termina, e o homem gordo emite um ruído alto que traz os servos correndo de volta. Agarro Li Wei pelo braço e me apresso para achar lugar no meio da aglomeração. Com tantas pessoas ali juntas e à espera, ninguém presta atenção em nós. A inspeção é concluída, os guardas agora parecem ávidos para liberar a entrada do dono das sedas e dos seus acompanhantes. Li Wei e eu tomamos nossos lugares atrás de alguns dos servos e procuramos andar depressa, conduzidos pelos sentinelas na direção dos portões.

Quando estamos para atravessá-los, um guarda para de súbito à nossa frente, com uma lança comprida e pontuda impedindo a passagem. Murmura uma série de sons rascantes que me deixam encarando-o de volta, sem reação. Uma parte dos servos foi parada conosco, e os olhos do guarda examinam a todos nós enquanto ele repete os mesmos sons. Meu coração bate depressa no peito, e sinto o corpo de Li Wei se retesar ao meu lado enquanto se prepara para um confronto. De alguma maneira, fomos identificados como forasteiros.

O guarda repete sua ladainha pela terceira vez; está ficando claramente irritado. Quero desesperadamente poder entender o que diz. O impulso de responder com sinais é incontrolável, mas, antes que eu tenha a chance de fazê-lo, escuto uma voz responder baixinho perto de nós. É uma das servas. O guarda volta os olhos para encará-la, e a moça se encolhe de medo, apontando para o condutor gordo da carroça. O guarda ergue os olhos, então lança as suas palavras mais uma vez.

Agora que estamos mais perto do homem gordo, reparo que traz na mão um frasco do qual toma goles o tempo todo. Empoleirado precariamente no assento, fita o guarda com uma mistura de opacidade e desdém. O álcool é uma raridade entre nós, mas já tive contato com ele e sei reconhecer os sinais da embriaguez. Diante da interpelação do guarda, o homem gordo corre os olhos pela aglomeração de servos ao redor da carroça e dá de ombros, o que só parece deixar o outro ainda mais furioso. O guarda olha em volta e começa a apontar pessoa por pessoa com o dedo. Está contando, percebo. Ele diz algo para o homem gordo, que sacode a cabeça, permanecendo inflexível. Ele então começa a contar as cabeças de todos os servos e reage com um ar ligeiramente surpreso ao terminar.

Prendo a respiração quando percebo o que está acontecendo. Os sentinelas estão exigindo uma contagem dos servos — Li Wei e eu alteramos o resultado. Tomando-o pela mão, viro seu corpo de lado para que nos afastemos discretamente do homem gordo, numa posição em que não possa ver os nossos rostos. Bêbado ou não, certamente o sujeito vai saber que não lhe pertencemos se tiver a chance de nos olhar com atenção. Ele e os guardas trocam mais palavras acaloradas, e já me preparo para o pior, esperando que façam todos os servos ficarem enfileirados para uma nova inspeção.

Somos salvos quando outro guarda se aproxima do primeiro e sussurra algo, gesticulando na direção da fila comprida que se formou na estrada. Pelo visto, a diferença na contagem dos servos não é tão importante assim diante da magnitude que o bloqueio começou a tomar.

Depois de mais alguns momentos de tensão, os guardas sinalizam para que a carroça e os servos sigam adiante, para a alegria do homem gordo. Ele ergue um brinde aos guardas com sua garrafinha, recebendo em resposta uma cara feia do primeiro sentinela.

E assim, depois de mais alguns passos, Li Wei e eu entramos na cidade fortificada.

O pensamento, antes acelerado na minha cabeça, cessa de repente, e os pés reduzem o ritmo. Tudo à nossa volta é tão apinhado e cheio de movimento que corremos o risco de sermos tragados pelo frenesi. Li Wei está alerta o suficiente para se dar conta de que não podemos ficar parados assim, ou acabaremos pisoteados, então me puxa pela mão, fazendo-nos avançar. Seguimos no rastro da carroça com os caixotes de seda, contemplando tudo ao redor. É difícil saber para onde olhar. O número de pessoas em si já seria um espetáculo notável para mim, mas isso é só o começo. As construções são maiores do que qualquer coisa que eu já tenha visto, e têm os beirais ornamentados e sem nenhum sinal da palha simples que costumamos usar como cobertura. Muitas das estruturas são enfeitadas, pintadas, e me pergunto o que o ancião Chen diria se estivesse aqui. Entre nós, a tinta é reservada estritamente para a comunicação.

A onda de sons que ouvi do lado de fora dos portões não é nada comparada à barulheira daqui de dentro, com tanta gente dando voz ao que lhes passa na cabeça. Pergunto-me como conseguem se entender. Aos meus ouvidos, tudo parece uma cacofonia sem sentido, atordoante de tão excessiva. E até mesmo os cavalos, que são mais numerosos aqui do lado de dentro, participam, emitindo ruídos próprios enquanto os cascos batucam a pedra do calçamento. Ainda assim, descubro que de alguma maneira sou capaz de me manter à margem da confusão auditiva, porque, em todos os lugares por onde meus olhos batem, há também sinais escritos, e eles usam os mesmos ideogramas que nós. Essa familiaridade me dá um norte, criando as primeiras ferramentas para conseguir entender este lugar. Seguimos a carroça até o que acredito ser um mercado, com base na quantidade de cartazes que vejo anunciando artigos à venda: frutas, carne, tecidos, joias, cerâmicas e muito mais. Parece que, aqui, é possível comprar qualquer coisa que se possa querer.

Outra carroça, puxada por cavalos, passa por nós, acelerada, jogando para o alto um rastro de lama. Uma parte dela respinga na minha camisa limpa, me fazendo soltar um audível muxoxo de insatisfação. Li Wei e eu, ainda de mãos dadas, saímos do meio da via para não acabarmos atropelados, e paramos por um instante para ler as inscrições à nossa volta. Ambos estamos nos sentindo perdidos. Achei que seria muito simples encontrarmos alguém numa posição de autoridade e capaz de nos dar alguma satisfação a respeito da situação do povoado, mas, quanto mais olho para essas pessoas tão ocupadas, mais tenho a impressão de que nosso povo não significa nada para elas.

Li Wei desvencilha a mão da minha para falar, o rosto iluminado pela empolgação. *Viu aquilo?*, gesticula. *Eles estavam mesmo vendendo pão? A mulher entregou um pedacinho de prata e saiu com uma cesta cheia deles! Num único dia nas minas, extraímos muitas vezes mais do que aquela quantidade de prata! Se pudéssemos trocá-la desse jeito, nunca iríamos passar fome. A quantidade de minério que produzimos todos os dias é suficiente para muita fartura!*

Não pode ser simples assim, retruco. *Se fosse, por que o guardião nos mandaria tão pouca comida? Talvez aquela mulher seja alguém especial.* Porém, quando observo a maneira como ela vai embora com os pães, não vejo nada que a diferencie de todas as outras pessoas em volta. Quanto mais observamos, e mais notamos pedaços de metal sendo trocados por todo tipo de coisa, começo a concordar com Li Wei. Sei a quantidade de metais que nosso povoado produz. É minha obrigação anotá-la para os registros, todos os dias. Vi uma parcela pequena dessa quantidade ser trocada aqui, e o resultado é uma abundância que levaria nosso povoado à euforia. Por que as mesmas regras de troca não valem para nós?

Espio um grupo de crianças brincando do outro lado da rua. Estão de mãos dadas, girando num círculo, enquanto falam. Mas é uma fala diferente da que ouvi das outras pessoas. Para começar, cada criança repete as mesmas coisas ao mesmo tempo. E há uma outra qualidade que não tinha visto até aqui. Uma beleza no som produzido que quase me faz lembrar da ocasião em que ouvi o melro pela primeira vez no alto da montanha. Com um sobressalto, indago se o que estou ouvindo pode ser o canto humano. Seja o que for, é um som que me faz sorrir.

Antes que possa fazer qualquer comentário a respeito, uma mulher enrugada, que está numa das bancas do mercado, repara em nós. Ela vende frutas, e o movimento de clientes à sua volta parou por um instante. Quando nossos olhares se encontram, um brilho ilumina o seu rosto. Ela ergue uma fruta que nunca vi, abrindo a boca e emitindo mais sons ininteligíveis. Balanço a cabeça, ciente de que o que quer é metal em troca das frutas. Não tenho metal. Sem entender, ela ergue uma fruta diferente e fala outra vez. Balanço a cabeça de novo e, por força do hábito, sinalizo para ela. *Não, obrigada.*

Na mesma hora, a postura da mulher se modifica. Ela retrai o corpo, e o sorriso morre nos lábios. Vira o corpo para longe de nós, tentando atrair outros clientes, ou qualquer pessoa que não nós. Quando se atreve a olhar de relance para trás, percebendo que continuamos ali, nos repele com um gesto que seria compreensível para qualquer pessoa. Vamos para longe, em busca de um lugar fora do caminho dos passantes e à sombra de um prédio grande com cartazes anunciando remédios e ervas.

O que foi aquilo?, Li Wei pergunta.

Não sei ao certo, respondo. *O jeito dela me lembrou um pouco o do guardião: os dois parecem reconhecer nossos sinais, mas se mostraram desconfortáveis com eles.*

Um homem sai da construção nesse mesmo instante e me flagra quando estou terminando a frase. Ele retrai o corpo e muda abruptamente de rumo, passando ao largo de nós. Olho para Li Wei para ver se reparou naquilo e fica claro que sim, pois o rosto dele se entristece.

Estou ficando com um pressentimento ruim sobre este lugar e essa gente, alerta. *Tem alguma coisa errada aqui. Eles sabem sobre nós, ou pelo menos sobre pessoas que são como nós. E isso os assusta.*

Por que teriam medo de nós?, pergunto.

Acho que não é tanto de nós, mas sim de...

Ele deixa as mãos caírem, inertes, quando uma figura envolta numa capa pesada surge ao nosso lado. A julgar pela altura e pelas mãos, presumo que seja uma mulher. O capuz não me deixa ver o rosto; ela tem o cuidado de não nos olhar nos olhos e evitar qualquer outra forma de identificação. Aparentemente, vira a nossa troca de sinais, então fico esperando uma reação igual à que os outros tiveram. Em vez disso, a mulher encapuzada gesticula nos chamando e se dirige até o espaço estreito entre dois edifícios.

Acho que ela quer que a acompanhemos, sinalizo para Li Wei.

Outro passante flagra essa comunicação e se assusta, ficando com o mesmo ar alarmado da vendedora de frutas. A mulher encapuzada bate o pé no chão impacientemente e gesticula outra vez nos chamando. Quando vê que não nos mexemos, ela faz um gesto mais amplo que abarca outros moradores da cidade e começa a fazer movimentos deliberados com as mãos. Está usando uma linguagem de sinais, mas não é exatamente a mesma que conheço. Algumas palavras e gestos são desconhecidos, mas consigo entender alguns outros — principalmente a parte em que aponta para as pessoas da cidade e sinaliza: *Perigo.*

A mulher faz mais uma vez um aceno para que a sigamos, e decodifico outro trecho: *Eu... manter vocês seguro.*

Li Wei e eu nos entreolhamos outra vez. *Não sabemos nada sobre ela,* ele observa.

Não sabemos nada de nenhuma dessas pessoas, acrescento. *Mas ela é a primeira que conhece nossa linguagem. Ou, pelo menos, em parte.*

A mulher encapuzada de repente faz um gesto enfático. Acompanho a direção da sua mão e vejo dois dos sentinelas do portão avançando decididamente pelo meio da multidão, claramente atrás de alguma coisa. A expressão em seu rosto é dura, e eles empurram indiscriminadamente as pessoas para longe do seu caminho enquanto os olhos vasculham em torno. Um calafrio toma conta de mim. Não tenho como saber ao certo se estão procurando por nós, mas não podemos nos arriscar. Li Wei e eu damos as mãos e seguimos a mulher misteriosa rumo ao desconhecido.

CAPÍTULO 10

Nossa guia nos leva por entre edifícios, fazendo um trajeto tão tortuoso que perco inteiramente a noção da localização do mercado. Afastamo-nos bastante dele e de muitas das áreas mais povoadas; o que vai me deixando apreensiva. A mulher garantiu nos manter em segurança, mas será que não está justamente nos conduzindo para uma armadilha?

Por fim, chegamos ao que parece ser o extremo oposto da cidade fortificada. Avisto a madeira do muro ao longe, mas não é nosso destino final. Em vez disso, a guia nos leva até um prédio atarracado de dois andares, sem muita ornamentação. Ideogramas pintados na fachada anunciam: *Hospedaria das Murtas, Pousada Para Viajantes*. Com um gesto rápido, somos convidados a contornar até a parte de trás do edifício, onde há uma porta sem letreiro.

Depois de olhar em volta para ter certeza de que estamos sozinhos, nossa guia empurra para trás o capuz, revelando-se, para a minha surpresa, uma garota da nossa idade e excepcionalmente bonita. Ela abre a porta e começa a entrar, fazendo uma pausa quando percebe que não a acompanhamos. *Está tudo bem,* sinaliza. *Ninguém vai fazer mal a vocês aqui.*

Quem é você?, indago.

E que lugar é este?, Li Wei quer saber.

Eu me chamo Xiu Mei, responde a garota. *Trabalho aqui na hospedaria. Sou a...* A palavra que sinaliza com as mãos é desconhecida para mim. Ao perceber nossa confusão, um ar de interesse surge no seu rosto. *Acho que vocês usam uma língua diferente. Entrem, vamos arranjar um papel para escrevermos. Não façam nenhum sinal até estarmos em segurança.*

Li Wei e eu trocamos olhares de incerteza. Sinceramente, não sei se podemos confiar em qualquer pessoa neste lugar tão estranho, mas pelo menos Xiu Mei não está nos hostilizando abertamente, como os vendedores no mercado. Há algo sincero em seu rosto, algo que nos desarma, e o fato de saber usar a nossa linguagem — ou qualquer coisa parecida — funciona como um relance de ordem em meio ao caos. Depois de um instante de hesitação, nós a seguimos.

Entramos numa cozinha diferente de qualquer outra que já vi na vida. Vapor escapa das panelas que estão no fogão aceso, deixando o pequeno cômodo quente e abafado. Sou tomada de assalto por cheiros que nunca senti. Esta cozinha não se parece em nada com a nossa, onde os ingredientes sempre escassos devem ser divididos com parcimônia. Aqui, duas mulheres e um garoto zanzam ocupados pelo espaço reduzido, trabalhando com uma variedade enorme de legumes e carnes, salpicando sobre eles temperos que não conheço. Sinto a boca encher d'água, e vejo a mesma fome na expressão de espanto que tomou conta do rosto de Li Wei.

E, é claro, há os sons. Tantos sons, a maioria dos quais nem saberia nomear. Panelas e potes jogados descuidadamente de um lado para o outro, travessas largadas sem cerimônia nos balcões. A comida sendo despejada no óleo fervente das frigideiras faz um barulho que me deixa boquiaberta e que Feng Jie nunca chegara a descrever nos manuscritos. Misturado a todos esses, há o som da conversa humana, do que cada um dos trabalhadores tagarela enquanto cuida das suas tarefas. Um deles nos vê e acena educadamente com a cabeça antes de dizer algo diretamente a Xiu Mei. Ela sorri e responde de volta, numa reação que me pega de surpresa. A garota escuta e é fluente tanto na comunicação falada quanto na linguagem das mãos.

Tenho pouco tempo para refletir sobre isso, já que somos conduzidos da cozinha para um cômodo muito mais amplo. O espaço é ocupado por mesas, algumas no salão aberto e outras encaixadas nos cantos, ocultas atrás de vaporosas cortinas. Tapeçarias e pergaminhos esparsos adornam as paredes, junto de algumas peças de cerâmica estrategicamente posicionadas. A maioria das pessoas sentadas às mesas é de homens, vestidos com roupas que passeiam por uma variedade enorme de estilos e de cores. Alguns têm vestes tão humildes quanto as usadas por Li Wei e por mim. Outros se parecem mais com o vendedor de sedas que encontramos nos portões da cidade. Tirando uma mulher mais velha sentada com um grupo numeroso numa das mesas do salão, a única outra presença feminina além de Xiu Mei e de mim parece trabalhar aqui. Vestida com trajes de seda, ela está de costas para nós, servindo travessas de comida e bebidas.

Li sobre hospedarias nos nossos registros antigos, mas Li Wei e eu jamais vimos nenhum lugar assim. Como poderíamos ter visto? Que viajante passa pelo nosso povoado? Xiu Mei faz sinal para ocuparmos um dos espaços reservados. Passamos por um sujeito grisalho perto da porta, que tem os braços cruzados. O rosto é marcado por cicatrizes, com uma expressão de poucos amigos. O homem observa Xiu Mei atentamente, mas não faz nenhum outro movimento na nossa direção.

Depois que nos sentamos, Xiu Mei fecha as cortinas em volta da mesa. O tecido muito fino é deslumbrante, repleto de brilho e maciez. Imediatamente, meus dedos são atraídos para ele. Para quem está do outro lado, ele dificulta a visão da mesa, mas, aqui de dentro, conseguimos acompanhar a maior parte do movimento no salão. Embora continue nervosa e sem saber exatamente com o que estamos lidando, inclino educadamente a cabeça e faço sinais nos apresentando a Xiu Mei.

É um prazer conhecer vocês. Esperem aqui, pede, então vai apressadamente até um balcão do outro lado do recinto, de onde volta trazendo tinta e papel. Quando se dirige a nós novamente, o rosto está cheio de expectativa e curiosidade.

Podemos conversar aqui, atrás da cortina, mas não deixem ninguém mais ver vocês usando a linguagem de sinais, a menos que eu diga que é seguro. Por que são diferentes dos outros?, indaga. *Por que sua linguagem é diferente?*

Que outros?, pergunto de volta, já imaginando se por acaso perdi alguma parte do que nos disse.

Os outros que não escutam. Eles também falam usando as mãos, mas algumas das palavras de vocês são diferentes. Elas parecem...

Não entendo o último sinal que faz, o que meio confirma o que Xiu Mei acabara de dizer. Usando a tinta e o papel que trouxe, ela escreve: "...ser variações umas das outras."

Não sei de quais pessoas está falando, digo. *Pelo que sabemos, somos os únicos moradores do nosso povoado que já vieram até aqui.*

Xiu Mei ergue as sobrancelhas em reação a essas palavras. *Onde fica esse seu povoado?*

No topo da montanha. Da maior delas, esclareço.

Pelo seu rosto, noto que o sinal que usamos para montanha não é o mesmo, então faço um desenho para lhe mostrar. E desse jeito que se dá o resto da nossa conversa. Porém, Xiu Mei logo vai captando as diferenças das linguagens e não demora a dispensar quase completamente a ajuda do papel.

Não sabia que tinha gente vivendo lá em cima, constata. *São todos como vocês? Todos surdos?*

São, respondo, sem me dar ao trabalho de explicar meu caso em especial.

A cortina farfalha, e surge por ela o homem grisalho que vimos na entrada. Ele diz algo para Xiu Mei numa voz grave e dura. A presença dele me parece intimidante, mas a menina não se abala. Ela responde de volta alegremente, e, depois de uma conversa rápida, o homem volta ao seu posto.

Quem era esse?, questiona Li Wei.

Meu pai, diz ela. *Queria saber quem são vocês. Ficou nervoso por nos ver juntos, mas não concorda com o...*

Mais uma vez, Xiu Mei escreve a palavra quando nota que não entendemos o sinal que faz: "decreto". Ao ver as expressões confusas nos nossos rostos, ela explica: *Há um decreto contra seu povo; ou, bem, contra as pessoas que são como vocês. Os que não escutam. Existem muitos morando aqui na cidade, mas somos orientados a não nos comunicarmos nem fazermos negócios com eles.*

Sabe de onde eles vieram?, interpelo, ansiosa. Se existem outros iguais a nós e moram neste lugar tão estranho, sou subitamente tomada pela esperança de que talvez possam nos ajudar.

Não, responde Xiu Mei. *Os que falam comigo se mostram receosos de contar sobre o passado. Quase sempre, tento conversar para aprender melhor a língua de sinais. Tenho interesse por idiomas. Essa era minha área de especialização quando tentava entrar para uma das escolas da capital.*

Se tem orientação para não falar conosco, por que nos chamou no mercado?, Li Wei indaga, desconfiado.

Ficou claro que vocês estavam perdidos, diz. *Pareciam gente nova na cidade. Vi que usavam uma linguagem de sinais um pouco diferente daquelas que conheço e, quando ouvi os soldados falando em encontrar duas pessoas que, pela descrição, se pareciam com vocês, percebi que precisariam de ajuda. É muito estranho que exista mais gente como vocês, mais pessoas que não ouvem*, constata. *Será que todos os seus ancestrais começaram usando os mesmos sinais e depois estes foram se modificando com o tempo? Isso explicaria as variações que vimos.*

Percebo que Xiu Mei é uma pessoa com a curiosidade acadêmica tão aguçada que acaba se deixando distrair por ela, na maior parte do tempo.

Ainda não explicou por que decidiu ajudar, observa Li Wei, trazendo-a de volta.

Xiu Mei ri. *É mesmo. Desculpem. É que esse assunto é tão interessante! Ajudei porque... bem, em parte foi só porque estava curiosa. Mas, além disso, eu e meu pai não apoiamos a política do rei. As coisas não estavam tão ruins com o regente antigo, mas depois que Jianjun subiu ao poder, muita coisa mudou.*

Jianjun?, repito. *Esse é o rei atual?* Sabíamos desde sempre que havia uma monarquia no poder em Beiguo, mas o povoado acabou perdendo a noção da linha de sucessão.

Isso, assente Xiu Mei. *Ele trata mal os militares e foi por isso que meu pai se desligou do exército — fazendo um monte de inimigos nesse processo. Jianjun também suspendeu o acesso das mulheres à educação, por isso saímos da capital para vir para esta cidadezinha de nada.*

Os olhos de Li Wei se arregalam. *Mas isto aqui é enorme!*

A constatação faz a garota rir outra vez. *Vocês vieram mesmo do topo da montanha. Isto aqui não é nada. Há lugares maiores e mais imponentes, cidades onde se pode chegar longe se tiver as habilidades e os contatos certos. Mas, quando se é um militar veterano malvisto pelos ex-colegas e sua filha intelectual, as opções são limitadas. O dono desta hospedaria estava precisando de um segurança e de alguém que cuidasse da contabilidade. Não é um homem muito amigável, mas pelo menos não se incomoda com o fato de eu ser uma garota.*

O trabalho aqui deve ser interessante, comento educadamente.

E é mesmo, concorda Xiu Mei. *Temos contato com gente de todas as partes de Beiguo, até mesmo de outros lugares. Todos os dias, um grupo está de partida para um destino desconhecido. Todos os dias chega gente nova. Hoje, foram vocês. O que os fez vir do alto da montanha?*

Queríamos conversar com o guardião dos cabos para ver se conseguimos mais comida para o povoado, explico.

A expressão de confusão no rosto dela me dá a resposta antes que as mãos da garota o façam. *Não sei de nada a respeito disso. Não sabia nem que seu povoado existia. E que história é essa de guardião dos cabos?*

A cortina é erguida mais uma vez, e a mulher que estava servindo as outras mesas surge diante de nós. Alta e esguia, ela veste trajes de seda e noto que não estou preparada para ter contato tão de perto assim com o tecido. A saia, de um branco impecável, uma cor vista muito raramente nas roupas do dia a dia do nosso povoado, é coberta por uma túnica comprida no tom de verde mais vívido que já vi na vida. É como a primavera na forma de corte de seda. Cegonhas bordadas em fios dourados dançam pela extensão da peça, com o brilho se refletindo nos alfinetes de um dourado faiscante que seguram o cabelo da moça em dois coques. Seu cabelo é igualmente inacreditável, da cor do sol, e os olhos verdes cintilam. Nunca vi uma pessoa assim, não em nosso povoado formado por gente com olhos e cabelos escuros. Algum tipo de tinta vermelha dá brilho aos lábios da moça, e um pó borrifado na pele uniformiza o seu tom. Ela se parece com uma personagem saída de alguma história, e me faz esquecer o que estávamos falando até então.

Ao seu lado, sinto-me pequena, suja e sem graça. Antes mesmo de ver a maneira como Li Wei a encara. Os olhos estão arregalados, como se essa fosse a única forma de conseguirem absorver tamanha beleza. Depois de vários segundos de espanto, ele trata de fechar a boca para impedir que o queixo caia. Tenho quase certeza de que devo ter feito exatamente a mesma cara quando o vi surgir coberto pelo ouro das minas, em nosso primeiro encontro, no passado distante.

Ela sorri para nós dois, demorando-se em Li Wei por um instante a mais do que em mim, antes de se voltar para Xiu Mei. Quando fala, a voz soa aguda e leve, fazendo-me lembrar do canto dos pássaros que já ouvi. Xiu Mei reage com um sorriso, diz alguma coisa ligeira e depois se vira para nós. *Lu Zhu ficou curiosa a respeito de vocês*, sinaliza. *Não se preocupem: está acostumada a me ver usar a linguagem de sinais com outras pessoas que não ouvem. Não vai comentar com ninguém.*

O cabelo dela é de verdade?, indaga Li Wei.

Xiu Mei diz algo para Lu Zhu, e as duas riem. Li Wei fica vermelho, deduzindo ser ele o motivo das risadas. *É, sim*, responde. *Ela é de uma terra fora de Beiguo, onde todas as pessoas são desse jeito. Está trabalhando aqui agora, assim como eu. Veio saber se querem comida ou saquê, mas, pelo jeito, nenhum dos dois tem dinheiro.*

Balançamos as cabeças. Xiu Mei abre a boca para falar, então um barulho mais alto atrai sua atenção para o meio do salão. Alguns homens ali começaram a empurrar as mesas pesadas de madeira. Lu Zhu também balança a cabeça, desanimada, e o rosto de Xiu Mei parece irritado quando se levanta de onde está.

O que está acontecendo?, pergunto.

Começaram com a brincadeira idiota outra vez, sinaliza. *Tenho que ir até lá para que ninguém se machuque com...*

Não compreendo a última palavra do que diz; mais um sinal que desconheço. Aproxima-se apressadamente do lugar onde um grupo de homens se reúne ao redor de uma das mesas. Li Wei e eu nos entreolhamos, confusos, depois levantamos ao mesmo tempo para ir ver o que está acontecendo.

Um homem com a barba preta entremeada por fios grisalhos segura uma caixinha à sua frente. Quando ergue a tampa, todos os outros inclinam o corpo para a frente. Preciso chegar mais perto para ver, passando o corpo por entre dois homenzarrões. Fico sem ar quando descubro o que há na caixa: um escorpião. É um pouco menor do que minha mão, com a carapaça bem preta e brilhante. O homem diz alguma coisa e acena com a cabeça para um garoto que está perto dele. O garoto saca uma bolsinha de couro e derrama seu conteúdo em cima da mesa: uma pilha de moedas de ouro brilhantes.

Imediatamente, um frenesi se espalha entre os homens. Todos começam a falar ao mesmo tempo e a estender suas próprias moedas, além de outros itens. Um homem entrega um anel. Outro apresenta um leque com pinturas delicadas. Depois de alguma deliberação, o sujeito de barba grisalha gesticula na direção de um rapaz alto, não muito mais velho que Li Wei e eu. Isso aumenta ainda mais o clima de excitação. O assistente começa a recolher os itens ofertados e a distribuir tiras de papel onde anota ideogramas em letra miúda. Debruçando o corpo para a frente, consigo ler alguns deles. Os papéis dizem que item foi oferecido, em seguida trazem escrito: "a favor" ou "contra".

Depois que termina a coleta, o rapaz alto que foi escolhido estende a mão. O silêncio toma conta do grupo. Para meu horror, o homem de barba pega o escorpião e o deposita na mão estendida do seu escolhido. Depois de vários momentos de tensão, o barbado assente e o silêncio se rompe, me fazendo ter um sobressalto. Todos começam a fazer barulho. Uma parte são palavras, e o resto, grunhidos, gritos e outros sons que não saberia descrever. A bagunça cresce até um ponto frenético e desconfortável, quase me fazendo querer sair dali. Contudo, estou curiosa demais para ver o desenrolar da cena.

Com o suor brotando da testa, o rapaz passa o escorpião entre as mãos, de uma para a outra. O escorpião se deixa conduzir, docilmente. O olhar está fixo na criatura, e ele claramente está fazendo um bom esforço para manter os braços parados. Penso comigo que a barulheira ao redor não deve ajudar. Por oito vezes, ele muda o escorpião de mão. Na nona, os gritos dos outros ficam ainda mais altos e a excitação aumenta. O rapaz parece mais nervoso, as mãos tremem. No momento em que está prestes a passar o escorpião pela décima vez, o animal, antes calmo, de repente se agita, picando com a cauda o braço em que está apoiado. O braço tem um espasmo forte, e o escorpião cai sobre a mesa. O grito de surpresa que solto se perde no rugido geral. O velho de barba recolhe o escorpião de volta para a caixa enquanto seu assistente distribui o pagamento para aqueles que seguram papéis onde está escrito *"contra"*.

Uma vez que todas as apostas são pagas, outro homem se propõe a pegar o escorpião. O processo se repete, com o grupo criando outra vez uma balbúrdia que, agora percebo, tem o objetivo de tentar distrair o voluntário. Dessa vez, o homem consegue concluir com sucesso as dez trocas de mão e devolve ele mesmo o escorpião para a caixa. Há mais uma explosão de entusiasmo, e as apostas "a favor" são pagas. O homem vitorioso também recebe uma recompensa, em forma de moedas de ouro e uma parte dos itens apostados pelos perdedores.

Assistimos a mais algumas rodadas; todos aqueles que se oferecem para o desafio acabam tomando picadas. O tempo todo, o tesouro coletado pelo homem de barba só vai aumentando. As pilhas de moedas crescem e ganham a companhia de outros itens: uma garrafinha tampada a rolha, uma faca recém-forjada e um corte da seda mais vermelha que eu já vi. Não consigo deixar de admirá-la, principalmente depois do estrago sofrido pela minha camisa. Os derrotados seguram as mãos inchadas e roxas, mas, exceto por isso, não parecem ter sofrido nenhum outro dano; fora, é claro, o orgulho ferido.

Li Wei e eu voltamos para a mesa, e ele tem os olhos brilhantes. *Já vi escorpiões como aquele em nosso povoado. São animais inofensivos, se ninguém for incomodá-los,* constata. *Só precisa manter as mãos bem firmes; não deve ser difícil de fazer.*

Mas o barulho dos outros atrapalha, explico. *E é muito barulho. Fiquei perturbada só de estar perto, e acho que ficaria mais ainda se estivesse tentando segurar o bicho.* Outra explosão de ruído irrompe na mesa do salão, mas obrigo-me a não dar atenção ao espetáculo para continuar refletindo sobre o dilema que temos. *O que vamos fazer?,* pergunto a Li Wei. *Sobre a nossa situação, quero dizer. Xiu Mei parece estar disposta mesmo a nos ajudar, mas não sei direito como poderia fazer isso. Ela não sabe nada sobre nosso povoado, e o pai parece não ter grande poder ou influência.*

Mas eles têm mais do que temos, observa secamente. *As pessoas aqui têm orientação para sequer falar conosco ou com quem seja como nós.*

Acho que são esses outros como nós que temos que encontrar, sugiro. *As pessoas que também não escutam. Talvez saibam de alguma coisa sobre nossa história ou a do povoado. Temos que falar com elas. São elas que terão as respostas sobre o que devemos fazer para ajudar nosso povo.*

É possível, Li Wei responde. O olhar dele se desvia do meu rosto, e, desta vez, em vez de fitar o jogo do escorpião ou Lu Zhu, ele contempla o salão como um todo. A diversidade de pessoas é atordoante, e eu me lembro do que Xiu Mei disse sobre a maneira como há sempre alguém novo chegando ou partindo. O rosto de Li Wei exibe uma expressão sonhadora, como se talvez estivesse se imaginando a sair pela porta com uma das expedições de viajantes; não para voltar para o povoado, mas partindo rumo a uma terra exótica e distante.

O grito conjunto que emerge da mesa me diz que mais um competidor foi picado. Balanço a cabeça, repugnada. *Isso não vale os ferimentos que provoca!*

Não é nada que seja fatal, argumenta Li Wei, voltando a assistir ao espetáculo com a curiosidade estampada no rosto. *Já vi outras pessoas serem picadas. O inchaço some depois de um ou dois dias.*

Para mim, ainda não parece que o risco faça sentido, mesmo com todas as preciosidades que estão em jogo e, a julgar pela expressão exasperada no rosto de Xiu Mei enquanto supervisiona a brincadeira, ela concorda comigo. Depois da última derrota, ninguém mais se candidata a tentar. O homem barbado acena calmamente com a cabeça para o assistente, que derrama mais moedas sobre a mesa. Vejo a tentação brilhar nos olhares de todos ao redor, mas ninguém se apresenta.

Agora é mais difícil, Li Wei me diz. *O escorpião está agitado, mais propenso a picar as pessoas.*

O assistente do velho derrama mais algumas moedas.

Isso não vai bastar para atrair ninguém, comento. *Nenhum desses homens é bobo assim.*

Ou, pelo menos, é o que acho.

Para meu total espanto, Li Wei se levanta e começa a caminhar. Antes que consiga sequer pensar em impedi-lo, ele já abriu caminho entre os homens e está com a estatueta do *pixiu* estendida na direção do assistente. O garoto a examina com olhar arguto, especialmente o acabamento em ouro nas pontas, então assente de leve com a cabeça, concordando. A plateia brada enlouquecidamente e apresso-me em ir até lá. Preciso impedir Li Wei, dizer que está fazendo papel de idiota, mas o olhar de alerta de Xiu Mei me faz congelar no lugar. Não posso fazer nenhum sinal para Li Wei; não no meio dessa gente toda.

Sem poder fazer nada, observo as apostas serem feitas. A maioria votou no "contra". Não preciso entender as palavras para saber o que estão pensando. Pelas expressões nos rostos e a maneira como cutucam uns aos outros, está claro que os homens acham que Li Wei é um garoto ingênuo que, quase com certeza, vai fracassar na empreitada. Sem se deixar abalar pelos comentários, o olhar duro de Li Wei está fixado no escorpião dentro da caixa. Ele não tira os olhos do animal por um instante sequer enquanto as apostas são recolhidas, e sua mandíbula permanece dura e travada.

Sou tomada por uma tensão quase tão grande quanto a dele e, mais uma vez, preciso lutar contra o impulso de arrastá-lo para longe dessa maluquice. Contudo, já não há mais tempo. Feitas as apostas, o homem barbado tira o escorpião da caixa e o coloca na mão de Li Wei. Paro de respirar. A plateia começa a balbúrdia, mas essa, pelo menos, não será uma preocupação de Li Wei. Ele é imune ao barulho, então pode se concentrar apenas no esforço para manter os braços e as mãos bem firmes; coisa que, sou obrigada a admitir, consegue fazer muitíssimo bem. Passa o escorpião de um lado para o outro, mantendo os movimentos calmos e contidos o tempo todo, ao passo que vou me sentindo cada vez mais ansiosa. Onde ele está com a cabeça? Li Wei não pode se arriscar a ter a mão ferida dessa maneira, principalmente se estiver pretendendo fazer nossa escalada de volta em breve. E se tiver se enganado sobre a gravidade das picadas desse animal?

Seis, sete, oito. Na nona troca de mão, a plateia vai à loucura, fazendo de tudo para atrapalhá-lo antes que chegue à última vez. Ele não se abala em momento algum, mas estou tremendo tanto que tenho que enroscar os braços em volta do corpo para me manter firme no lugar. A décima passagem de mão é concluída, e, triunfante, Li Wei devolve o escorpião para a caixa. Um pandemônio se segue. A maior parte dos apostadores perdeu seus bens, mas os poucos que apostaram na vitória de Li Wei têm um prêmio polpudo a receber. O assistente empurra uma pilha enorme de moedas na direção de Li Wei, que balança a cabeça e aponta para o vermelho vivo da seda. Depois de conferenciar rapidamente com seu chefe, o assistente tira uma parte das moedas do bolo e entrega o restante para Li Wei, junto da seda e da estatueta do *pixiu*.

Sorridente, Li Wei recolhe seus ganhos e está começando a se afastar da mesa quando outro homem se interpõe de repente no caminho. Ele diz algo, mas Li Wei não pode entender. O ar confuso com que o encara parece deixar o homem agitado. As coisas que diz em seguida fazem alguns dos outros fitarem Li Wei com um ar curioso, e fico tensa, imaginando o que pode estar acontecendo. Xiu Mei de repente se posta ao lado dele e diz algo com um sorriso tranquilizador. Isso acalma os outros homens, embora o que interpelou Li Wei originalmente continue com um ar desconfiado. Xiu Mei conduz Li Wei de volta para a nossa mesa reservada, e apresso-me em ir atrás deles.

Você perdeu o juízo?, reclamo. *Onde estava com a cabeça para fazer algo perigoso assim? Quase levou uma picada!*

Quase?, retruca Li Wei, indignado, depois de deixar seus tesouros na mesa. *Não cheguei nem perto de ser picado!*

Com isso tenho que concordar, Xiu Mei intervém, irônica. *Corria mais risco de descobrirem que é surdo, o que muitos ali veriam como uma trapaça ao desafio. Aquele homem comentou que estava tranquilo demais no meio da barulheira, e você não respondeu a ele. Fui até lá e disse que veio de uma terra distante e que não fala nossa língua.*

Obrigada, digo, sentindo a necessidade de voltar a estabilizar as coisas depois de tanta loucura. *Agora, se puder nos ajudar a encontrar os outros que...*

Paro de falar, atraída por uma nova comoção. Dois homens da mesa do meio começaram uma luta por causa de alguma desavença. Um deles pula para cima do outro, fazendo com que a cadeira caia para trás. Xiu Mei corre na direção dos dois na tentativa de interceder. Li Wei se põe de pé, pronto para ajudá-la, mas o pai dela já está a caminho. Ele atravessa o salão rapidamente, com a intenção clara de apartar a briga, mas não chega a tempo de impedir o que acontece em seguida.

Os homens continuam engalfinhados, e um deles é arremessado contra a parede com tanta força que sentimos o impacto reverberar por todo o ambiente. Uma prateleira alta com uma tigela ornamentada estremece, e a cerâmica cai no chão, espatifando-se. Lu Zhu leva a mão à boca e solta um gritinho.

Depois que a briga cessa, o pai de Xiu Mei está com os dois homens agarrados pelo colarinho e arrastando-os para fora da hospedaria. Xiu Mei e Lu Zhu se ajoelham em volta da tigela quebrada, ambas com os rostos marcados por preocupação e medo. Tenso, Li Wei observa as duas, mas, por fim, volta a se acomodar ao meu lado, depois que constata que não há mais nenhum risco imediato.

O que será que pode ter acontecido?, comento. Mesmo não tendo nada a ver com a confusão, fico me sentindo mal por Xiu Mei, que está claramente abalada. Depois que o pai dela expulsa os dois homens, ele se aproxima para falar com ela e com Lu Zhu. O resto dos clientes da hospedaria volta às suas atividades normais, mas os três continuam perturbados pelo acontecido. Xiu Mei deixa escapar um grande suspiro e fixa os olhos melancolicamente no vazio, tendo um sobressalto quando o olhar bate na nossa mesa reservada. Acho que tinha se esquecido de nós. Rapidamente, ela corre de volta e se acomoda por trás da cortina.

Desculpem, diz. *Vocês terão que ir embora agora. Todos nós teremos. Nossas vidas estão correndo perigo.*

CAPÍTULO 11

Como assim, correndo perigo?, pergunta Li Wei, pondo-se de pé outra vez. Ele corre os olhos ao redor, pronto para ver alguma ameaça surgir de dentro das paredes. *Os soldados nos encontraram?*

Não, não, responde Xiu Mei. *Não tem nada a ver com vocês. É por causa da tigela.* Ela abre a mão, revelando um dos cacos: é uma porcelana branca, pintada com desenhos de cores vibrantes. *Nosso mestre, o dono da hospedaria, tem muito orgulho da sua coleção. Da última vez que um funcionário deixou que uma peça se quebrasse, ele mandou persegui-lo e espancá-lo. Depois, o rapaz acabou morrendo por causa dos ferimentos.* Ela suspira mais uma vez. *Felizmente, ainda vai demorar um tempo para ele voltar. Meu pai e eu temos como escapar. Lu Zhu deve ir conosco, para não acabar levando a culpa na nossa ausência.*

Estávamos contando que nos levaria até os outros que são como nós, esclarece Li Wei.

Sinto muito, diz ela, sacudindo a cabeça em negativa. *Precisamos usar todo o tempo que nos resta para fugir daqui.*

Pego o caco que Xiu Mei deixou na mesa e o seguro contra a luz. A porcelana parece quase idêntica à das peças que vi na cozinha, sem nada de muito especial no material. Deve ser a pintura que a torna tão valiosa, concluo. Não consigo ter muita certeza, mas o desenho parece ser parte de uma fênix.

Seu chefe inspeciona a coleção todos os dias?, pergunto.

Não, mas notará na hora se houver algo faltando na parede, explica.

Ergo os olhos para o local onde fica a prateleira, do lado oposto do salão. Ela é proeminente ao ponto de se fazer notar, mas tão alta que seu conteúdo não pode ser visto em detalhes por quem está no chão. Baixando os olhos, estudo mais uma vez o desenho pintado. *Vocês têm tintas? Se me trouxer uma das tigelas da cozinha, posso recriar a que se quebrou e seu mestre jamais vai ficar sabendo o que houve*, explico.

Xiu Mei me encara como se eu estivesse louca. *Isso é impossível.*

Não para ela, Li Wei afirma com orgulho, aderindo ao meu plano. *Se substituir a tigela, não vai precisar fugir com seu pai.*

Isso seria ótimo, responde ela, com um ar mal-humorado, *mas, mesmo que fosse capaz de fazer algo do tipo, temos só algumas poucas horas, se tanto.*

Apenas consiga o material, digo.

Ainda incrédula, Xiu Mei vai falar com o pai e com Lu Zhu. Minutos mais tarde, todos estão reunidos na nossa mesa, trazendo uma tigela limpa da cozinha, os cacos daquela que se quebrou e toda a tinta que conseguiram arranjar. Algumas parecem ser de uso doméstico, dessas que servem para pequenos consertos em casa. Outras são de um tipo mais delicado, que Xiu Mei me explica serem reservadas para a escrita de cartas e documentos. As cores não são exatamente as mesmas, mas a variedade de opções é suficiente para que me sinta confiante no que serei capaz de fazer. Arrumo os cacos para ter uma ideia melhor do desenho original e em seguida mergulho no trabalho.

O silêncio reina durante um tempo, até que Lu Zhu diz algo que faz Xiu Mei assentir, concordando. Ela se vira para Li Wei, e, pelo canto dos olhos, vejo quando sinaliza para ele. *Você estava mesmo falando sério. Onde aprendeu a pintar assim?*

Em nosso povoado, responde ele. *É a artista mais talentosa que temos.*

Largo o pincel só um instante para intervir, *Ei, isso não é verdade*.

Lu Zhu volta a servir as mesas enquanto Xiu Mei e o pai conversam. *Vou procurar meu contato na comunidade dos silenciosos e perguntar se pode encontrar vocês*, avisa, em seguida.

Silenciosos?, repete Li Wei.

É como chamamos os que são como vocês, explica. *Desde que fiquem escondidos aqui, não correrão perigo. Meu pai e Lu Zhu vão ficar vigiando. Chamem um dos dois se tiverem qualquer problema. Não vou demorar.*

Ela sai da hospedaria, e o pai volta ao seu posto de vigia do salão. Continuo a pintar, dividida por dentro. Parte de mim está ansiosa por Xiu Mei. Será que o trabalho vai ficar bom o suficiente? Ou só vai causar ainda mais problemas para eles? Ao mesmo tempo, estou tomada por uma empolgação secreta por ter a chance de pintar algo simplesmente por sua beleza. Até hoje, isso só era possível para mim em sonhos, e estou encantada por poder imitar a padronagem intrincada com desenhos de fênix e botões de flor de ameixeira na tigela branca.

Perco a noção de onde estou, e sou trazida de volta com um sobressalto pelo som suave que reconheço como sendo o riso de Li Wei. Quando ergo os olhos, vejo que está me observando com toda a atenção. *O que foi?*, pergunto, depois de uma pausa para largar o pincel.

Está parecendo mais tensa aí pintando do que fiquei com o escorpião, afirma.

Não poderia ser diferente, retruco. *Muita coisa depende do resultado.*

Ele concorda com a cabeça, e o sorriso morre nos lábios. Mas também está gostando de fazê-lo, dá para notar. A expressão no seu rosto parece ter luz própria.

Também não poderia ser diferente. Eu estou sempre vendo coisas; imaginando-as, quero dizer. Cenas bonitas. Ficam ardendo dentro de mim, e preciso pô-las para fora.

Ter impedido o seu acesso a essa vida de artista, obrigando-a a trabalhar nas minas, teria sido uma tragédia, comenta, com um ar sério.

Para isso, não estava preparada. Com o frenesi que tomou conta das nossas horas desde que entramos na cidade, tinha deixado de lado as coisas mal resolvidas que existiam entre nós. Agora, ao encarar Li Wei, surpreendo-me ao perceber um misto de admiração... e uma aceitação quase relutante.

Havia mais em jogo do que isso, observo. *Não foi fácil tomar aquela decisão. Nunca ache que foi uma coisa fácil. Até hoje, eu...*

Você o quê?, indaga, quando deixo a frase incompleta no ar.

Sacudo a cabeça e desvio o olhar, sem conseguir expressar o que se passa de verdade no meu coração. Como vou contar que penso nele todos os dias desde que nos separamos? Ou que, no primeiro ano oficialmente como aprendiz, passei o tempo todo me questionando se tinha feito a escolha certa ao me afastar dele? Foi meu desejo de trabalhar com arte e poder lutar pela segurança de Zhang Jing que me deu forças para atravessar muitos momentos de tristeza.

Meus olhos procuram descanso na pintura da tigela, e, de repente, meus músculos se retesam. Agora que posso ver a figura completa, em vez de cada caco separado, percebo que, embora o padrão principal seja a figura de uma fênix, o acabamento da borda parece uma mistura de muitos tipos de animais, reais e imaginários. Vejo tigres, *qilins*, garças, elefantes, dragões e muitos mais. Vou pegando caco por caco, e começo a sentir aquele repuxar estranho no peito outra vez.

O que foi?, pergunta Li Wei.

Pouso na mesa um caco que tem a figura de um *pixiu* e de um cervo. Esse, em especial, parece tocar algo fundo dentro de mim. *Nada. Só me lembrei de um sonho que tive.*

É o tal sonho que deixa você agitada à noite?, indaga, preciso.

Não tem importância, eu digo. Começo a evitar o olhar de Li Wei outra vez, até que ele estende a mão e ergue o meu queixo, fazendo com que o encare.

Fei, sabe que pode confiar em mim. Estou do seu lado, sempre estive e sempre vou estar. Conte-me qual é o problema.

Não pode continuar sempre me resgatando, digo.

É claro que não, concorda. *Você mesma é capaz de fazê-lo, mas posso ficar por perto para dar uma mãozinha de vez em quando.*

Abro um sorriso fraco, mas sinto uma dor no peito ao pensar naquele dia perdido no passado longínquo em que um menino lindo e cintilante estendeu a mão para me puxar do meio dos escombros. Então, de repente, vejo-me contando a ele sobre a noite em que minha audição voltou e sobre o sonho que tive com todos os moradores do povoado abrindo as bocas num grito uníssono.

E acha que esse repuxar que anda sentindo tem a ver com sua audição? Com o motivo para que tenha voltado?, pergunta.

Não sei, admito. *Não compreendo por que isso aconteceu comigo.*

Tenho mais coisas a dizer, mas, por cima do ombro dele, avisto Lu Zhu fazendo seu trabalho. O rosto bonito está marcado pela preocupação, e lembro-me de que, antes de qualquer coisa, preciso ajudar essas pessoas. Falar das preocupações que trago no peito é algo que pode ficar para mais tarde. Volto a pintar com energia renovada, ciente de que nosso tempo está se esgotando. Quando, enfim, concluo o trabalho e comparo a cópia que fiz à tigela quebrada, fico mais do que satisfeita com o resultado.

Você conseguiu, diz Li Wei. *Ficou igualzinha.*

Nem tanto, constato. *Meu azul era mais escuro que o original.*

Bem, não sou pintor, mas, para mim, o resultado ficou fantástico. Os olhos dele se erguem para espiar algo que está às minhas costas. *E ficou pronto bem na hora.*

Viro-me para ver Xiu Mei entrando e vindo apressada na nossa direção. *O mestre está voltando!,* sinaliza, assim que chega perto da mesa. *Eu o vi no caminho e consegui correr para chegar aqui antes, e...* Ela faz uma pausa ao ver minha tigela e volta o olhar para os cacos quebrados que usei como referência. *É essa? Foi você quem fez?*

Assinto, sentindo, de repente, o rosto ficar vermelho. Sem conseguir interpretar a expressão de Xiu Mei, começo a temer pelo pior, com medo de que vá me dizer que aquilo é uma imitação ridícula e que acabo de assinar a sentença de morte dela e do pai.

Não consigo decidir o que é mais inacreditável, diz. *Se é o fato de ter conseguido fazer isso ou de ter terminado o trabalho em tão pouco tempo. Sei de mestres renomados da capital que seriam capazes de brigar para ter você como aprendiz.*

Já tenho um grande mestre, retruco, cheia de orgulho, pensando no Mestre Chen.

Xiu Mei se livra dos cacos quebrados e entrega a tigela copiada ao pai. Cuidando para não tocar na tinta fresca, ele a ajeita cautelosamente na prateleira, minutos antes do dono da hospedaria surgir pela porta. Assim que o sujeito aparece, compreendo como seria capaz de mandar espancar alguém por causa de um incidente. O rosto é estreito e exaurido, com expressão de quem está eternamente irritado com tudo o que vê. Examina o salão ao entrar, avaliando o número de clientes presentes e o trabalho dos seus funcionários. Os olhos argutos percorrem a parede das obras de arte sem dar falta de nada, e deixo escapar o fôlego que nem me dei conta de segurar até então. Seguindo seu caminho, o homem dispara algumas palavras altas e hostis para o garoto da cozinha, que foge da sua frente, amedrontado. O chefe então se aproxima de Xiu Mei no palanque, e ela o saúda com uma reverência. Uma conversa se dá entre os dois, e, depois de outra inspeção desconfiada, o homem se afasta.

Assim que ele desaparece nos fundos do prédio, Xiu Mei volta para perto de nós, sorridente. *Ele não desconfiou de nada. Obrigada.*

Foi um prazer ajudar, digo, com toda sinceridade.

E agora vai ser minha vez de ajudar vocês. Nuan vai poder encontrá-los mais tarde, perto do anoitecer. Preciso terminar umas tarefas, então levarei vocês até ela em duas horas. Agora venham. Ela faz sinal para que nos levantemos. *Vou arranjar algo para comerem.*

Li Wei começa a entregar algumas das moedas que ganhou, mas Xiu Mei sacode a cabeça. *Depois do que Fei conseguiu hoje, o jantar de vocês está mais do que pago, podem acreditar.*

Uma faísca brilha no olhar de Li Wei. *Então agora foi Fei quem salvou o dia. Minha façanha com o escorpião não impressiona mais ninguém.*

Todos rimos, aliviados por vermos que a tensão de mais cedo se dissipou. Observo outros clientes comendo nas mesas do salão, e não entendo por que não pudemos ficar para jantar no reservado onde estávamos. Eu e Li Wei seguimos Xiu Mei até outra escada pequena e subimos para um andar acima. O lugar para onde nos leva agora me deixa de boca aberta.

Pensava que já tinha visto muitas coisas maravilhosas e incríveis desde que chegamos à cidade, mas esta sala torna todas elas insignificantes. Telas e tapeçarias dão cor e extravagância ao ambiente, cada cena retratada é mais adorável do que a anterior. Vejo peixes dourados nadando numa estampa de flores azuis e brancas, faisões prateados sobre um fundo azul e preto. Os cenários se sucedem, e sinto que posso passar horas olhando para cada um deles. Vasos de jade com flores enfeitam cada um dos cantos, e, no meio da sala, há uma mesinha baixa feita de madeira negra brilhante. Na parede mais distante não existe janela, mas uma treliça fina de madeira. Quando me aproximo, percebo que dá vista para o salão lá embaixo. Lanternas ornamentadas lançam uma luz suave sobre o ambiente.

Que lugar é este?, pergunto.

Nós o chamamos de Pavilhão da Garça. Embora, na verdade, não seja um pavilhão. Xiu Mei revira os olhos. *O dono quer imitar as estalagens de luxo da capital.*

Isto aqui não é de luxo?, pergunto, sem acreditar.

Não comparado com outros lugares que já vi, explica. *Mas basta para satisfazer a alguns clientes ricos que usam o salão para dar festas ou receber convidados em particular para jantares. Hoje ele não foi alugado, e nosso mestre está ocupado. Ninguém vai incomodar vocês. Podem relaxar, que daqui a pouco Lu Zhu sobe trazendo a comida. Depois, assim que eu terminar a contabilidade, levo vocês para encontrarem Nuan.*

Estou tão impressionada com a beleza do ambiente que não me contenho, fazendo uma reverência para Xiu Mei. *Obrigada. Acho que já fez por nós muito mais do que fizemos por você.*

Bobagem, retruca ela. *Ter conhecido vocês me fez refletir sobre muita coisa.*

Ela nos deixa no salão decorado, e paramos para limpar as mãos e o rosto em bacias cheias de água cristalina. Depois, examinamos o lugar com mais calma, encontrando detalhes novos e impressionantes para apontarmos um ao outro. Pouco tempo depois, Lu Zhu desliza a porta até abri-la e entra, trazendo um garoto da cozinha. Eles põem a mesinha escura, distribuindo tigelas fumegantes de macarrão e legumes, copos e uma garrafinha de saquê. A comida por si só já é incrível, mas descubro-me igualmente encantada pela louça em que está sendo servida. As tigelas têm pinturas delicadas, e os copos, muito elegantes, são feitos de âmbar e ágata.

É uma mesa quase maravilhosa demais para que alguém realmente se sente para comer nela, então baixo os olhos e fito com desalento a túnica enlameada que estou vestindo.

Não estou me sentindo digna disso tudo, digo a Li Wei.

E como acha que eu me sinto?, retruca, apontando para a camisa quase verde. *Acontece que um bárbaro como eu não pode fazer nada quanto a isso. Já você...* Ele caminha até o lugar onde deixou suas coisas e me deixa espantada quando tira do meio delas a seda escarlate que ganhou no desafio com o escorpião. Tinha me esquecido completamente dela, depois de todo o resto que aconteceu. O tecido escorre como água por entre os dedos, e, quando Li Wei a estica, percebo que, na verdade, não é um corte de tecido como havia pensado. É um vestido: um modelo de cintura alta com a saia comprida e esvoaçante. E ele o entrega para mim. *Tome. É seu.*

Nunca havia sequer imaginado uma textura assim. O toque da seda passando por entre meus dedos é muito macio e fresco, e o tecido, extraordinariamente leve. Olhando-a bem de perto, vejo um padrão de flores douradas de ameixeira estampado no vermelho. Pendurando o vestido num dos braços, sinalizo para ele, *Meu?*

Bem, eu é que não vou poder usá-lo, afirma. *Vamos. Experimente.*

Hesito. Diante de todo o resto que está acontecendo, isto parece tão fútil... e, mesmo assim, não consigo disfarçar que estou fascinada. Durante todo o tempo que passei no Paço do Pavão, sempre admirei as bainhas de seda das túnicas dos anciões. Poder ter nas mãos uma peça de roupa toda feita desse tecido é quase inacreditável. Trato de ir para trás de um biombo estampado com morcegos vermelhos e tiro meus trajes de artista. O vestido fica um pouco comprido, o que não é de se admirar, se tratando de alguém da minha altura. Uma faixa na cintura ajuda a mantê-lo no lugar certo, e, num impulso, refaço meu coque. Quando volto a sair de trás do biombo, vejo Li Wei junto da treliça, olhando para o salão dos hóspedes comuns. Ele ergue os olhos ao notar minha chegada e fica paralisado.

O que foi?, indago, alarmada, pensando que devo estar mesmo ridícula.

Ele leva vários instantes até me responder. *Isso*, sinaliza. *Lembra quando me perguntou por que tinha feito a tolice de me arriscar a ser picado pelo escorpião?* Ele faz um gesto, mostrando o vestido. *Era por causa disso. E teria valido a pena mesmo se o escorpião me picasse.*

Não fale assim. Sinto um calor avermelhar minhas bochechas. *Vamos comer logo, antes que esfrie. Já perdemos tempo demais com a minha vaidade.*

Li Wei passa mais alguns momentos incrédulos me admirando. Não sei se me sinto aliviada ou desapontada quando, por fim, assente e senta-se. Acomodo-me no lado oposto da mesa, ajeitando nervosamente o volume da saia ao meu redor.

O caixote que recebemos na estação da tirolesa foi incrível, mas esta comida ocupa um patamar inteiramente diferente. Macarrão é uma raridade entre os alimentos que são mandados para o nosso povoado. E certamente nunca o preparamos desta maneira, fervido num caldo bem temperado de carne, com os legumes mais frescos que já provei na vida. Os que chegam para nós estão sempre um pouco murchos. O aroma é inebriante de forma tal que me convence a parar de olhar um instante e provar a comida. O sabor está maravilhoso, e, quando dou por mim, já estou lambendo o fundo da tigela. Comida sempre foi uma questão de necessidade prática no meu mundo. Nunca sequer tinha sonhado em tirar algum prazer de uma refeição.

O saquê me encanta menos. Um gole dele já me faz engasgar. Li Wei ri da minha reação, e empurro meu copinho em sua direção. *Pode ficar com o meu.*

Ele balança a cabeça, divertindo-se. *Precisamos manter a clareza mental.* Ele corre os olhos pela sala, o ar de encantamento que eu tinha visto mais cedo volta a tomar conta do seu rosto. *Consegue imaginar viver no meio disto? Comendo coisas assim? Tendo acesso a tanta abundância? Podendo conhecer pessoas vindas do mundo inteiro?*

Não pensei muito a esse respeito, afirmo, sendo sincera. *Quem sabe depois que ajudarmos o povoado, tenhamos tempo para ver mais coisas.*

Ele franze o cenho com ar de quem vai iniciar uma discussão, mas Lu Zhu entra justamente nesse instante. Ela examina o meu vestido com um olhar sagaz, então leva embora as tigelas vazias. Ao reparar que não tocamos no saquê, ela volta trazendo um bule de chá e duas minúsculas xícaras de porcelana. Tomar chá sem alguma função medicinal é outro luxo impensável em nosso povoado, uma iguaria reservada apenas aos anciões. Sinto-me extravagante bebericando da minha xícara e, à medida em que começo a relaxar dentro do vestido e do lindo salão, pergunto-me se Li Wei não estará certo em seu sonho de viver num mundo assim.

Um ruído novo me traz de volta do devaneio. Reteso o corpo, escutando uma série de sons que nunca ouvira antes. Eles pairam no ar como as cores numa tela, fazendo-me lembrar da vez em que ouvi o melro cantar.

O que houve?, pergunta Li Wei.

Não sei o que é, respondo, colocando-me de pé. *Só sei que é maravilhoso.*

Vou até a treliça de madeira e olho para baixo. Lu Zhu voltou ao salão dos hóspedes e está sentada ali com o que reconheço, pelas imagens que vi nos pergaminhos, como um instrumento musical. Um alaúde se não me engano. Ela dedilha as cordas com delicadeza, e percebo que não sou a única a me encantar com o som. Vários dos clientes interromperam suas conversas e olham para ela, absortos. Alguns se aproximam para deixar moedas aos seus pés.

É música, digo a Li Wei. Ele conhece a palavra, mas a natureza do que exprime lhe escapa inteiramente. *E é uma coisa maravilhosa... como se fosse um sonho.*

Tenho aprendido muito sobre o valor dos sons para a comunicação e também como arma de sobrevivência, mas, até este momento, não tinha me ocorrido que pudessem também ser uma fonte de prazer. O canto do pássaro que ouvi durante a nossa jornada me fez sorrir, mas este som de agora toca o meu coração. O que Lu Zhu está fazendo é uma espécie de arte. Ao ouvir a melodia do alaúde, sinto o corpo relaxar, tomado por uma onda de alegria serena. A tensão vai embora dos músculos, e, por um instante, esqueço-me das aflições do povoado. Li Wei não pode sentir a música do mesmo jeito que eu, mas algo na minha reação certamente deve tê-lo tocado também. Aproxima-se por trás e envolve minha cintura com o braço, puxando-me para perto de si. Primeiro, reteso o corpo, sentindo uma tensão nova e uma pontada de medo. Mas, instantes depois, sinto os músculos relaxarem, recostando o meu corpo no dele; uma sensação de que isso simplesmente é a coisa certa toma conta de tudo, parecendo-me difícil de explicar.

Esquecendo a música, viro-me em sua direção, erguendo o rosto para encará-lo. Está com as mãos pousadas na minha cintura e com o olhar faiscante, percorrendo cada parte do meu corpo. Não sabia que era possível ficar completamente feliz e apavorada ao mesmo tempo. Levo um instante até conseguir me recuperar e encontrar as palavras de que preciso.

Você... não pode me olhar desse jeito, digo, por fim.

Li Wei ergue as mãos para sinalizar a resposta, as pontas dos dedos roçam minha cintura com o movimento. *De que jeito?*

Você sabe, repreendo.

Por quê?, pergunta, chegando tentadoramente mais um passo para perto. *Porque você é artista e eu sou minerador?*

Engulo em seco, hipnotizada pela maneira como os lábios dele estão perto dos meus. *Isso mesmo*, respondo. *E também porque...*

Ele inclina do corpo para junto de mim, sabendo que não tenho mais desculpas. *Porque... ?*

Meu coração martela dentro do peito quando fecho os olhos e ergo o rosto ao encontro do dele. Estou me sentindo embriagada, não por causa do saquê, mas por estar com Li Wei aqui desta maneira. Percebo, então, que não é a decoração extravagante, nem as roupas, nem a comida: o que torna este momento único é que, pela primeira vez desde que nos conhecemos, aqui não existe uma hierarquia social. Nada de artista, nada de minerador. Somos somente nós dois.

E Xiu Mei. O som da porta e a entrada dela no salão quebram o encanto, e arremesso o corpo para trás, num sobressalto. Li Wei também recua, e sei que ambos devemos estar com um ar culpado nos rostos. Contudo, se ela notou algo, não faz nenhum comentário a respeito.

Como foi o jantar?, pergunta.

Incrível, respondo com toda a sinceridade e ainda me sentindo um pouco zonza. *Nunca tínhamos provado nada igual.*

Foi uma experiência única, complementa Li Wei.

Que bom, diz Xiu Mei. *Já acabei meu trabalho, posso levar vocês para ver Nuan agora.*

Li Wei e eu trocamos olhares ligeiros, ambos compreendendo a mesma coisa ao mesmo tempo: precisamos acordar deste sonho. O interlúdio acabou. Está na hora de voltarmos à missão de ajudar nosso povoado.

Seu vestido é lindo, comenta Xiu Mei. *Mas acho que vai querer trocar de roupa antes de ir.*

É verdade, concordo, passando uma das mãos de forma sonhadora pela seda vermelha. *Não quero que ele fique sujo.*

Acho que o problema não é tanto esse, mas sim o lugar para onde nós vamos. Uma sombra cai sobre o rosto de Xiu Mei. *Podem acreditar, aquela não é uma parte da cidade onde alguém vá querer chamar muita atenção. Aliás, na verdade não é um lugar onde alguém queira ir.*

CAPÍTULO 12

Intrigada com as palavras soturnas de Xiu Mei, volto a vestir o traje de artista e ajudo Li Wei a recolher suas coisas. *Lembrem-se: não usem a linguagem de sinais nem atraiam a atenção das pessoas quando estivermos em público,* alerta ela.

Lá embaixo, o dono da hospedaria está no salão, mas presta pouca atenção em nós. Conversa com um cliente, o peito estufado de orgulho enquanto aponta para a coleção de obras de arte na parede.

Lu Zhu dá uma piscadela de olho e um sorriso simpático quando passamos por ela. O pai de Xiu Mei se limita a um aceno de cabeça, e algo me diz que está contente por nos ver partir. Talvez o velho militar discorde mesmo do tal decreto real, mas também teme pela segurança da filha ao ser vista falando conosco. Pensando em Zhang Jing, respeito esse instinto de proteção e faço uma reverência em sinal de gratidão ao passarmos.

Lá fora, o sol já mergulhou no poente, embora o ar continue quente e agradável. Xiu Mei volta a cobrir a cabeça, então nos guia de volta pelas ruas tortuosas da cidade. Não tenho grande experiência com o território urbano, mas logo percebo que estamos seguindo na direção de um local não muito recomendável. O mercado onde estávamos mais cedo não era exatamente cheiroso, mas o que paira no ar agora é um fedor muito pior, que me obriga a tapar o nariz de tempos em tempos. As ruas também são mais sujas, e as fachadas dos prédios não têm mais ornamentos. Logo, deixamos de ver também qualquer prédio que seja. Ao nosso redor, há apenas barracas e alguns casebres dilapidados. As pessoas que circulam por aqui não vestem a variedade de cores e tecidos que vimos no mercado, e são todas magras como nós.

Além disso, elas também fazem sinais.

Os relances de conversas que me chegam aos olhos parecem usar a mesma língua que Xiu Mei conhece. Penso no que dizem sobre a linguagem usada no meu povoado ser derivada da que nossos ancestrais usavam. A teoria de Xiu Mei, de que os dois grupos foram fazendo modificações na mesma língua original ao longo do tempo, faz sentido. Cada lado foi acrescentando e deixando de lado palavras, até que partes inteiras do idioma ficassem irreconhecíveis.

Alguns dos que zanzam ao redor das tendas nos reconhecem como forasteiros e param a fim de olhar. Xiu Mei nos leva até uma barraca toda esfarrapada, e temos que nos agachar para passarmos pela abertura baixa da porta. Do lado de dentro, uma mulher idosa está sentada com as pernas cruzadas. O rosto é todo marcado por linhas e rugas, e ela está vestida com trapos. Se na hospedaria eu me senti mal vestida, aqui o uniforme de artista, mesmo respingado de lama como está, parece um traje de luxo. Xiu Mei faz uma reverência e sinaliza para a mulher: *Foi sobre esses dois que lhe falei.* Então, volta-se para nós. *Preciso voltar. Estou feliz por ter conhecido vocês e espero que encontrem o que vieram buscar. Obrigada por terem me ajudado.*

Li Wei e eu fazemos reverências. *Nós é que agrademos a sua ajuda.* Depois que ela sai, faço uma reverência para a velha senhora. *Obrigada por nos receber.*

Ela gesticula nos pedindo que sentemos no chão também, e é isso o que fazemos. *Meu nome é Nuan*, conta. *Quem são vocês? De onde vieram?*

Sinalizamos nos apresentando, e, quando contamos que somos da montanha, ela reage com um ar confuso. Lembro-me de que essa palavra também pareceu diferente para Xiu Mei, e me arrependo de não termos trazido tinta e papéis. Li Wei remexe sua sacola e encontra o graveto que usei para desenhar o tabuleiro do nosso jogo. Ele risca no chão o ideograma que significa montanha, e ela assente, mostrando que compreendeu.

O sinal que usamos é diferente, explica Nuan, e nos mostra como sinalizam montanha. É um gesto diferente do nosso, mas posso perceber que os dois tiveram uma origem comum. *Vocês não podem ser da montanha*, acrescenta. *Conheço todos que vieram conosco do...*

Não conheço a palavra que usa, e temos que fazer outra pausa para riscar o chão: "platô". A constatação chega a mim com uma onda de choque.

Você veio do platô!, exclamo. *Do povoado fantasma! Você é uma das que conseguiram escapar!*

Ela observa minhas mãos avidamente, e dá para notar que está tendo o mesmo problema que eu: não consegue decodificar imediatamente algumas das palavras. Parece ser menos hábil do que Xiu Mei para acompanhar a conversa, mas compreende o suficiente do que estou dizendo e assente. *Isso. Mas vocês não são de lá.*

Somos do topo da montanha, explica Li Wei.

Nuan reage com um ar tão perplexo que, por um instante, penso que pode não ter entendido as palavras. Até que, por fim, diz, *Tem gente vivendo lá no alto?*

Nosso povoado fica lá, afirmo. *Somos mineradores, como o povoado de vocês. Como costumava ser.*

Existe outra mina?, ela pergunta, mas não espera pela minha resposta. *Sim, é claro que existe.* Nuan faz uma pausa, olhando para o vazio por alguns instantes enquanto absorve essa nova constatação. *É de lá que estão vindo as novas cargas de metais. Sempre quisemos saber como o sistema de cabos continuava ativo até tão depois de nosso povoado ter sido desativado. Vocês são como nós? Surdos?*

Somos, respondo. *E algumas pessoas estão começando a ficar cegas também.* Desenho o ideograma que quer dizer *cegas* para ter certeza de que vai entender, mas Nuan já deduziu o significado. Com um ar triste, começa a narrar uma história, parando sempre que necessário para desenhar os ideogramas das palavras que não conhecemos.

Aconteceu conosco também. É por causa dos metais. Tem um agente contaminante que faz o trabalho nas minas ser muito arriscado por lá. Ele se infiltra no ar e na água. Depois que o minério é extraído, a fundição e outros tipos de processamento purificam o metal. Contudo, para quem vive e trabalha perto dos veios, é a morte certa. A contaminação ataca os sentidos. A audição é a primeira parte a ser afetada. Então, depois de algumas gerações, vem a cegueira. O risco não compensaria a extração, exceto pelo fato de que a montanha é uma fonte muito rica de metais preciosos; a mais rica de que se tem notícia em todo o reino. E o rei atual é o mais ambicioso que já houve no que diz respeito à extração dessas riquezas.

O Rei Jianjun?, pergunto, para confirmar.

Exatamente, responde. *Ele e seus antecessores vêm mantendo as pessoas presas na montanha há muitas gerações, obrigando-as a trabalhar nas minas em troca de alimento, disfarçando essa chantagem como ato de bondade enquanto enviam suprimentos que mal dão para garantir a subsistência. Enquanto isso, são os que vivem mais próximos dos veios de minérios que mais sofrem com a contaminação.*

A compreensão me atinge como um tapa no rosto. O choque é tão forte que me admiro de não ter cambaleado. *Zhang Jing*, digo. Nuan reage com um ar confuso, e explico a ela. *Minha irmã. Ela não é mineradora, mas está perdendo a visão. Agora tudo faz sentido: o posto de observação dela ficava na saída da mina. Estava sempre exposta às toxinas; assim como você*, acrescento, lançando um olhar para Li Wei.

Trabalho lá há anos e continuo enxergando — argumenta ele.

Nuan dá de ombros. *O efeito varia de pessoa para pessoa. Algumas resistem por mais tempo. Os efeitos mais graves demoram gerações até aparecerem. Porém, agora vai ser só uma questão de tempo. Foi assim com nosso povo também. Depois que começaram a surgir os primeiros casos de cegueira, a situação descambou no período de um ano.*

Li Wei e eu nos entreolhamos, ambos pensando em como a cegueira começou a chamar a atenção no nosso povoado alguns meses atrás. *Temos que tirar as pessoas de lá*, digo. *Se conseguimos concluir a descida, os outros também podem. Vai demorar um tempo, mas isso não tem importância se for para salvar a vida deles.*

Pode ser que salve... Mas não sei como vamos conseguir convencê-los disso, diz Li Wei, com um ar pessimista. *Sabe como são resistentes a mudanças. E isso considerando que acreditem em nós!*

Temos que fazê-los acreditar, insisto, inflexível, pensando em Zhang Jing e no Mestre Chen. *Suas vidas dependem disso. Temos que tirá-los de lá.*

Ele balança a cabeça. *Fei, conseguir descer já foi difícil para nós. Como vamos trazer trezentas pessoas aqui para baixo? E com os mais velhos e as crianças, ainda por cima...*

Como pode falar assim?, exaspero-me. *Quando começamos nossa jornada, sua ideia era ajudar o povoado inteiro! Comportava-se como se fôssemos capazes de conseguir o impossível. Agora que a tarefa não é mais tão fácil, a coragem se esvaiu?*

Uma ponta de raiva cintila nos olhos dele. *Sabe que encaro tarefas difíceis também, mas não sou imprudente. Mesmo que, por algum milagre, consiga tirar todas aquelas pessoas da montanha, para onde irão? Viver em barracas como esta aqui? Que forma de sustento poderão conseguir, longe das minas?*

Tem que haver outros lugares em Beiguo para onde se possa ir, insisto. Você viu todos os viajantes que estavam na hospedaria.

Nuan observa atentamente nossa conversa, tendo o cuidado de não se envolver na discussão. *Sua mina continua ativa? Não se esgotou?*

Olho para Li Wei em busca de confirmação, e é ele quem responde: *Pode acreditar, se estivéssemos com falta de minérios, o pânico já teria tomado conta de todos.*

Nuan suspira, e fico impressionada ao ver como o simples ato de exalar o ar pode transmitir tanta tristeza. *Para vocês, seria melhor que estivesse esgotada,* afirma, inesperadamente. *Se é que querem mesmo que seu povoado escape e possa iniciar uma nova vida. Ao longo da nossa história, houve uma vez em que um grupo tentou fazer isso, mas os homens do rei os impediram. Precisavam ter escravos que continuassem trabalhando na nossa mina. Foi apenas um ano e meio atrás, quando os veios se esgotaram ao mesmo tempo em que os casos de cegueira começaram a surgir, que os soldados não se deram mais ao trabalho de impedir que descêssemos. Não havia motivo para fazê-lo. Já tinham conseguido tudo o que queriam de nós e pouco importava para onde decidíssemos ir. Portanto, aqui estamos.* Ela ergue as mãos, mostrando a barraca esfarrapada. *Fugidos de uma prisão para cair em outra. Aqui, vivemos nesta miséria, como cidadãos de segunda classe e sendo alvo da zombaria dos outros. Às vezes, conseguimos trabalho. Noutras, vivemos do que catamos no lixo.*

Li Wei lança um olhar interrogativo para mim quando as palavras de Nuan confirmam que será mesmo muito difícil encontrar uma nova forma de vida para o nosso povo. Ignoro-o e me dirijo a Nuan. *Mas aqui há comida. Pelo menos, os suprimentos estão disponíveis. E vocês ficam longe das toxinas dos minérios. De qualquer forma, esta seria uma vida melhor para nosso povo.*

Nuan balança a cabeça. *Estou dizendo, eles não vão deixar que desçam. Precisam do seu povoado para que a extração continue nas minas. O rei cobiça demais os metais que vêm delas. São eles que lhe garantem riqueza e poder.*

Mas, se todos no nosso povoado ficarem cegos, ninguém vai conseguir extrair mais metal nenhum!, protesto.

Para eles, pouco importa, Nuan diz. *As vidas das pessoas no meu povoado, ou no de vocês... Elas não são nada perto das riquezas que enchem os olhos dos poderosos.*

Ficamos sentados ali, absorvendo o impacto dessas palavras, até que, por fim, viro para Li Wei. *Temos que levar essa informação para o povoado. Precisamos deixar que pensem sobre todas as alternativas e tomem sua decisão.*

Pela expressão no rosto dele, sei que a vontade é de protestar, que quer me dizer outra vez que essa é uma tarefa impossível. Porém, depois que o olhar encontra o meu, Li Wei acaba assentindo relutantemente. *Vou ajudá-la a levar as notícias para os anciões*, afirma. *Talvez tenham alguma ideia que não ocorreu a nós.* É visível que ele próprio duvida do que está dizendo.

Tenham cuidado, sinaliza Nuan. *Se as autoridades ficarem sabendo que estão aqui, não vão gostar nada disso. Não vão querer que seu povoado saiba a verdade.*

Tem pelo menos uma pessoa que sabe que viemos, respondo. *O guardião dos cabos. E Xiu Mei pensou ter visto soldados atrás de nós também.*

Contamos a Nuan, então, sobre o primeiro encontro que tivemos com o guardião, sobre como nos ordenou que esperássemos perto da estação e acabou dando um jeito de escapulir. *Todos eles são indicados pelo governo*, comenta, quando terminamos o relato. *O sujeito provavelmente correu direto para informar aos homens do rei. Fizeram bem em sair de lá.*

Todos eles?, repito, achando que posso ter entendido as palavras errado. *O que quer dizer com isso?*

Os homens que controlam a tirolesa, explica. *São vários que se revezam naquele posto.*

Li Wei e eu ficamos estupefatos. *Sempre pensamos que houvesse um responsável lá*, sinaliza ele. *Só uma pessoa para tomar as decisões e nos enviar os bilhetes.*

Nuan ri, e é um riso sumido, que me parece seco. *Não, eles não tomam decisões. Quem mandou as tais mensagens para vocês deve ter sido alguém bem mais poderoso.*

Volto a me lembrar do nervosismo do homem e me dou conta de que essa informação não deveria me deixar surpresa.

Todos já devem saber que vieram para a cidade a esta altura, prossegue Nuan. *Os portões vão permanecer vigiados, mas existe uma entrada secreta pelos muros, que não fica longe do nosso acampamento. Posso mostrar a vocês. Se caminharem sempre por dentro do mato e forem bem atentos, conseguirão voltar para o seu povoado sem que ninguém os descubra.*

Li Wei e eu nos pomos de pé e fazemos reverências. Podemos estar muito longe de casa, mas trouxemos nossas boas maneiras conosco.

Obrigada, sinalizo, tão respeitosamente quanto teria me dirigido a um dos nossos mestres. *A senhora pode ter salvado nossas vidas e as de todo o povoado. Por favor, aceite um presente em troca de sua ajuda.*

Olho para Li Wei, que entende imediatamente o que quero dizer. Talvez a situação de Nuan não seja tão precária quanto a nossa lá em cima, mas a silhueta esquelética deixa claro que alimento por aqui também é um artigo de luxo. Nossas sacolas estão cheias da comida que pegamos no caixote do guardião dos cabos; Li Wei remexe na dele para tirar algumas frutas, um pedaço de carne-seca e pão. Os olhos arregalados de Nuan mostram que isto é um banquete para ela, e a reação me deixa contente e triste ao mesmo tempo. Obviamente, para as pessoas certas, não falta comida nesta cidade. O fato de que seu povo e o meu tenham que passar tanta necessidade me deixa furiosa.

Quando Li Wei arruma o restante das coisas para fechar a sacola, uma das peças do *xiangqi* cai de dentro dela. É o disco do general. Ele rola até junto de Nuan, que o pega e fica observando os detalhes do trabalho na madeira.

Este entalhe é excelente, elogia, ao devolver a peça. *Já vi jogos muito menos refinados serem vendidos por um bom preço no mercado da cidade. Essa habilidade seria valorizada em qualquer parte de Beiguo.*

Foi Li Wei quem fez, conto com orgulho.

Foi só uma bobagem, diz ele, constrangido. *Fei é a artista de verdade aqui.*

Ele volta a se ocupar da sua sacola, fingindo que há mais coisas para arrumar do que parece haver de verdade. Nuan o observa com um sorriso nos lábios, então me diz, quando Li Wei não está vendo. *É um rapaz muito bonito. É seu noivo?*

Agora, é a minha vez de ficar constrangida. Sinto um calorão tomar conta do rosto. *Não! Nós somos... só amigos.*

Um ar de quem compreende mais do que está sendo dito passa pelos olhos de Nuan. *Se querem poupar uma boa dose de encrenca para si mesmos, deveriam ir embora imediatamente. Esqueçam essa ideia de alertar o povoado. As autoridades vão impedir que voltem aqui, entendem? Certamente haverá soldados para impedir também que os habitantes do povoado desçam a montanha. Mas, se forem só vocês dois? Nesse caso, existem outras cidades, outros lugares para se ir em Beiguo. O rapaz claramente tem talento para lidar com a madeira, e você disse que também tem estudo. Podem encontrar algum trabalho, ter empregos de verdade. Vão embora juntos e deixem para trás este lugar maldito.*

Seu conselho é tão chocante, tão inacreditável que me sinto congelar por um instante. Até que sons novos me fazem virar a cabeça num estalo. Uma coisa que posso afirmar sobre este amontoado imundo de barracas é que aqui é mais silencioso que o resto da cidade: nenhum dos moradores faz uso da voz. Porém, agora essa quietude fora interrompida e posso reconhecer o som de muitas vozes falando alto acompanhado de outro que aprendi a identificar há pouco tempo: o barulho dos cascos dos cavalos no pavimento.

Tem alguém vindo para cá. Homens e cavalos, alerto.

Corremos para espiar pela entrada da barraca, olhando na direção do barulho. Lá, no mesmo lugar por onde entramos na área ocupada pelos surdos, avistamos cavaleiros se aproximando. Com minha pouca estatura, mal consigo distinguir suas silhuetas, vestindo armaduras vermelhas e amarelas.

São os homens do rei!, constata Nuan. *Já sabem que estão aqui. Alguém deve ter delatado quando os viu chegar para falar comigo. Essa gente é o meu povo, mas seu desespero fala mais alto nessas horas. Precisam ir embora. Depressa. Estão vendo aquele prédio cinza? Chegando lá, vocês têm que virar à esquerda; depois sigam em frente até o muro da cidade. Então, virem à esquerda outra vez e acompanhem o muro até encontrar a abertura de que falei.*

Obrigada. Faço mais uma reverência para ela e começo a me retirar, mas Nuan me segura pela manga.

Escutou quando eles chegaram?, pergunta. *Você pode ouvir?*

Só de uns poucos dias para cá, esclareço. *Não sei por que ou como isto aconteceu.*

O sinal que faz em seguida é incompreensível para mim, tem algo a ver com asas.

O quê?, pergunto.

Ela repete o gesto, mas ainda não consigo compreender. Não é um sinal que faça parte da nossa língua. Li Wei estende a mão para pegar o graveto de desenhar, mas o som dos homens e dos cavalos se aproxima cada vez mais. Balanço a cabeça. *Não dá tempo. Temos que ir.*

Nuan parece agitada, como se quisesse nos dizer mais coisas, mas só o que posso fazer é sacudir a cabeça e sinalizar mais um agradecimento apressado. Sem olharmos para trás, Li Wei e eu disparamos pelo meio das barracas, na direção do prédio que Nuan havia apontado. O barulho soa cada vez mais perto, mas os soldados não conseguem nos avistar tão bem quanto conseguimos e isso nos dá uma certa vantagem. As instruções que a anciã nos deu se mostram bem simples de seguir e não demoramos a encontrar a abertura de que nos falou. É um trecho em que o muro se emenda a uma das torres de vigilância. Os dois foram feitos com tipos diferentes de madeira; o tempo e a ação do clima criaram uma abertura na emenda. É um espaço pequeno e que parece até mesmo ter sido criado por mãos humanas, suficiente apenas para que passe uma pessoa. Esgueiro-me através dele com facilidade, mas Li Wei precisa dobrar o corpo e se espremer como pode, e acaba rasgando a camisa no processo.

Uma vez que estamos ambos do lado de fora, escuto gritos vindos do alto e ergo os olhos. Conseguimos escapar dos guardas no acampamento, mas os sentinelas desta torre de vigilância nos flagraram. A única coisa que nos salva é que vão levar um bom tempo até conseguirem descer da torre. Isso nos dá uma vantagem ínfima, mas preciosa, que não podemos desperdiçar; principalmente agora que as primeiras flechas já começaram a ser atiradas na nossa direção.

Sem olhar para trás, Li Wei e eu corremos para o meio das árvores para salvar nossas vidas.

CAPÍTULO 13

CERTA VEZ, QUANDO ERA PEQUENA, uns garotos mais velhos do povoado inventaram de roubar os almoços das crianças menores. A coisa só durou alguns poucos dias até que os adultos ficaram sabendo do plano e acabaram com a farra. Mas, num desses dias, esgueirei-me corajosamente até a parte da floresta onde os ladrões estavam guardando o produto do saque, peguei de volta alguns dos almoços e saí correndo. Essa foi uma das perseguições mais apavorantes da minha vida. A sensação era que meu coração explodiria dentro do peito a qualquer momento. Não havia como pensar para onde estava correndo; só sabia que precisava fugir dali e correr o mais rápido que conseguisse.

Escapar dos soldados me faz lembrar muito desse dia, com uma única diferença: a fuga da infância foi silenciosa. Esta, não.

A audição recuperada se mostra, ao mesmo tempo, uma benção e uma maldição enquanto eu e Li Wei corremos por nossas vidas. Por um lado, ela me mostra onde estão os perseguidores, e se estão ganhando terreno em relação à nossa posição ou não. Contudo, os sons também tornam a fuga mais apavorante. Ter uma fonte extra de estímulo aumenta o pânico, deixando pior uma situação que já era estressante por si só. Fica difícil manter o foco e pensar de maneira coerente.

Depois de um tempo, Li Wei faz uma pausa, a respiração pesada, uma das mãos esfregando o tornozelo. Fico pensando se ainda pode estar dolorido da queda sofrida no platô, mas sei que, se perguntar, a resposta vai ser um não. *Talvez tenhamos conseguido despistar os guardas*, diz ele.

Nego com a cabeça, ainda conseguindo ouvir os homens e seus cavalos. Examinando o terreno em volta, aponto para o que imagino ser a direção oposta à de onde nossos perseguidores estão vindo. *Lá. Temos que ir para aquele lado.*

Para Li Wei, essa área florestada parece toda igual, mas confia em mim o suficiente para obedecer sem questionar. Disparamos outra vez; corro até sentir os músculos queimarem e ser obrigada a parar, abocanhando o ar em enormes golfadas. Vasculhando o terreno ao redor, percebo que os únicos sons que consigo ouvir são os que aprendi a associar com qualquer floresta: o farfalhar de folhas e o canto dos passarinhos. Olho para Li Wei, que está com o corpo dobrado e as mãos apoiadas nos joelhos enquanto também faz um esforço para recuperar o fôlego.

Não estou mais ouvindo os soldados, afirmo, observando enquanto leva a mão ao tornozelo mais uma vez. *Acho que agora os despistamos. Está tudo bem com você?*

Claro, claro, dispensa Li Wei com um abano de mão. *Só preciso descansar um minuto.*

Temos que correr para começarmos a subida de volta, digo a ele. *Precisamos chegar ao povoado.*

O sorriso morre no seu rosto, e Li Wei sacode a cabeça. *Fei, isso é impossível. Conseguimos despistar os soldados agora, mas é quase certo que vão vigiar as encostas à espera da nossa tentativa de subir. Não vamos conseguir subir muito antes de sermos flagrados. Vão nos lançar flechas e, se achou a descida lenta e trabalhosa, saiba que a escalada de volta será duas vezes pior.*

O que está querendo dizer, então?, desafio, fechando a cara. *De que maneira vamos ajudar nosso povo?*

Não vamos, declara. *Não podemos voltar, e, mesmo que pudéssemos... Fei, sei que acha, ou ao menos espera que os anciões agitem as pessoas para que fujam atrás de um futuro melhor. Mas acredita que isso vai acontecer mesmo? Raciocine de maneira lógica, não com a sua imaginação de artista. Nosso povo é medroso e não conhece nada sobre o mundo exterior. Não vão sair de lá. Não vão acreditar em nós.*

Então o que vamos fazer?, insisto, ainda em choque com o rumo que as coisas estão tomando.

Fugir. Ele faz uma pausa e abre bem os braços. *Para qualquer lugar. Para onde quisermos em Beiguo. Ou até fora das fronteiras do reino. Vi as coisas que Nuan disse sobre minha habilidade como entalhador. Nós temos talentos. Podemos cair fora daqui, nos juntarmos a um grupo de viajantes na hospedaria e irmos para algum lugar distante, onde possamos comer bem todos os dias e ganhar o suficiente para nos vestirmos com roupas de seda. Algum lugar onde você possa ouvir música e fazer as obras de arte que deseja fazer de verdade. Algum lugar onde o amor não seja regulado pelo trabalho que exercemos, ou pelas funções que outras pessoas nos impuseram.*

Seu discurso me deixa zonza, mas uma palavra em particular me atinge com mais força que as outras. *Amor?*, pergunto.

Num instante, ele faz desaparecer a distância que havia entre nós, e a intensidade do sentimento que vejo nos seus olhos tem uma força que nunca vi antes. *Sim, Fei. Amor. Amo você desde aquele primeiro olhar de desafio que me lançou do meio dos escombros do galpão. Amei você ao longo de todos os anos em que crescemos juntos. E amei você quando me contou que iria embora para ficar com os artistas. Durante tudo isso, no meu coração sempre só existiu espaço para o nome de uma pessoa: o seu. E pode dizer o que quiser sobre nossas posições sociais e tudo o que existe para impedir que fiquemos juntos, mas sei que me ama também.*

Ergo as mãos e chego a pensar mesmo que vou conseguir uma maneira convincente de negar essa afirmação, mas elas começam a tremer e algo na expressão do meu rosto revela a verdade a Li Wei: que o amo também e que o amei desde o dia em que aquele menino bonito e cintilante apareceu para me resgatar. O menino que hoje se transformou num homem apaixonadamente convicto dos seus ideais, no pilar de força que tenho ao meu lado.

Então, antes que me dê conta do que está acontecendo, Li Wei me puxa para junto de si e me beija. No momento do nosso quase-beijo na hospedaria, estava tímido e cauteloso. Agora, não. Cada movimento está cheio de poder e certeza enquanto nossos corpos se fundem um ao outro e me perco no nosso beijo. Se antes houve um momento em que cheguei a pensar que pudesse ter sentidos demais, agora é como se todos eles tivessem desaparecido de repente. Não escuto nada. Não vejo nada. Tudo o que existe é a sensação dos lábios dele nos meus. É atordoante, excitante; fazendo-me de alguma forma sentir frio e calor ao mesmo tempo, e me enchendo dos pés à cabeça com emoções que são tão novas para mim quanto foram os sons.

Quando nos separamos por um instante estou sem ar. É como se estivesse enxergando o mundo com outros olhos agora que deixei de tentar me convencer de que não sinto nada por ele. Estar aberta para o que sinto e para a verdade me libertou. Li Wei volta a me beijar. Estou um pouco mais preparada desta vez; mas só um pouco. Esse novo beijo me inunda de calor e desejo, além de trazer uma sensação renovada de propósito e esperança.

Esperamos tempo demais por este momento, afirma. *Eu devia ter feito isso mais cedo. É o destino que nos quer juntos. Venha: vamos embora. Vamos contornar os muros e seguir o rumo da estrada que leva para fora da cidade. Vamos para onde ela nos levar. Não sobrou nada para nós lá em cima no povoado.*

Passei a maior parte da vida sonhando, imaginando coisas que não existem, mas que poderiam existir. É dessa maneira que crio minha arte. Mas a possibilidade que se abre diante de mim agora é algo com que nunca ousei sonhar: a chance de escapar com o garoto que amo há tanto tempo, e de ter com ele uma vida na qual possa usar a arte para retratar a beleza em vez do desespero. Isso é inebriante, é maravilhoso e é o que desejo com todas as forças. Quero deixar para trás a escuridão do nosso passado e caminhar para um futuro cheio de beleza e sons e alegria...

Li Wei, isso é impossível, digo.

Fei... não vá me dizer que não me ama.

Você está certo, eu não conseguiria dizer isso, concordo. *Porque amo mesmo. Mas as coisas não são tão simples.*

Nada poderia ser mais simples, insiste.

Você diz que não sobrou nada para nós no povoado, mas não é bem assim. Minha irmã está lá. Não posso abandoná-la. Paro para respirar bem fundo e firmar o corpo. Como é possível ter passado de um estado de tanta alegria para uma tristeza tão imensa num piscar de olhos? Por um instante, senti como se tivesse o mundo todo nas mãos. E agora, sinto que ele me escapa por completo. *Se não quer voltar, eu entendo. Pode ir atrás dessa sua nova vida. Mas preciso voltar para Zhang Jing, não importa o quanto isso seja difícil.*

Ele balança a cabeça, determinado. *Não, não podemos nos separar outra vez,* discorda. *Vamos conversar, vamos encontrar uma solução para...*

Um barulho vindo da floresta me obriga a virar o corpo bruscamente. Espio pelo meio das árvores, na direção de onde viemos. Não avisto nada ainda, mas não resta dúvida: é o barulho dos soldados. E estão falando cada vez mais alto; e mais perto.

Nos acharam, aviso a Li Wei.

Uma nova onda de pânico toma conta de mim, e, por mais impossível que pareça, sou obrigada a deixar momentaneamente de lado os sentimentos conflituosos que tenho em relação a ele para que o instinto de sobrevivência entre em ação.

Provavelmente deixamos rastros quando viemos correndo, constata, o rosto duro e sério novamente. *De onde estão vindo?* Aponto na direção do som, e ele passa mais alguns instantes me observando; toda a sua deliberação interna estampada no rosto. Por fim, a expressão é de quem tomou uma decisão muito difícil: *Tudo bem, vamos voltar para a montanha.*

Li Wei me pega pela mão, e começamos a correr outra vez. A floresta fica menos densa, e o terreno começa a inclinar à medida que nos aproximamos da base da encosta. Quando paramos, ele aponta para algo do lado direito. A luz está mais fraca agora que a noite se aproxima, mas avisto claramente o que estava querendo me mostrar: é o cabo da tirolesa.

Quer voltar para o povoado? Aquele cabo é a única maneira, diz Li Wei.

Isso é impossível, declaro.

O sorriso que se abre no rosto dele é triste. *Pense só no que conseguimos até agora. Acho que somos bons nessa coisa de fazer o impossível.*

O cabo não aguenta nosso peso, protesto. *E, além do mais, alguém vai ter que girar a manivela que faz o sistema se movimentar. Não acho que o guardião vá querer nos ajudar.*

Não, Li Wei concorda, erguendo os olhos com uma expressão atormentada para a extremidade dos cabos perdida lá no alto. Depois de mais alguns segundos, ele respira fundo. *Você vai pelos cabos,* diz. *Sozinha.*

E de que jeito isso muda a situação?, retruco. *Mesmo assim, o sistema não vai aguentar. Eu peso mais de 30 quilos!*

Os cabos vão aguentar por pouco, afirma. *Já levantei os caixotes de suprimentos que chegavam para nós, e já levantei você também. A diferença é quase nula... A tirolesa nunca iria suportar o meu peso, mas, no seu caso, pode ser que os cabos aguentem. Fico aqui para girar a manivela. Está decidida a voltar, e vou garantir que consiga.*

Não! Não posso ir embora sem você.

Fei, essa é a única maneira.

Mas o que vai lhe acontecer depois?, indago.

Depois que estiver lá em cima, despistarei os soldados, sinaliza com tranquilidade, como se não fosse exatamente isso que estivéssemos tentando fazer há uma hora inteira! *Uma pessoa só terá mais chances de escapar.*

Ambos sabemos que isso não é verdade. *Não vai conseguir ouvi-los,* argumento. *É melhor mandarmos você pelos cabos. Posso me esconder aqui embaixo com mais facilidade.*

Parece impossível que ele consiga se manter tão impassível enquanto sinto as emoções girarem num turbilhão. *Você tem que voltar para sua irmã e nosso povo,* diz. *É a melhor pessoa para falar com eles. E, para fazer isso, precisará retornar em segurança. Ficarei escondido, depois darei um jeito de voltar a subir, ou de ir ganhar a vida em algum outro lugar.*

Embora as palavras dele pareçam confiantes a respeito das chances de escapar, sei que não é bem assim. Se acionar a manivela, talvez não tenha tempo de escapar dos soldados. E, mesmo que consiga, não há garantia de que não enviarão sentinelas para vigiar a encosta na esperança de capturá-lo tentando voltar. Com um sobressalto, percebo que, se escolher essa alternativa, pode ser que nunca mais veja Li Wei outra vez. Fugir agora e apostar no sonho de encontrarmos uma nova vida juntos talvez seja a única chance que temos de sairmos ambos vivos desta história. É uma possibilidade tentadora; dolorosamente tentadora.

O beijo continua morno nos meus lábios, e a ideia de Li Wei não fazer mais parte da minha vida me abre um buraco por dentro.

Mas não é só a ele que amo. Zhang Jing está lá em cima no povoado, com o ancião Chen e todas as outras pessoas que conheço desde que nasci. São inocentes nisto tudo. Não posso deixá-las cegas, literal ou figurativamente, quanto ao destino que as aguarda. Precisam saber o que está acontecendo, as coisas que a cidade vem fazendo. Os mais sábios precisam ser alertados, para que ajudem a encontrar um meio de salvar a população.

Li Wei... O nome dele é tudo o que consigo expressar. Por dentro, meu coração está se partindo. Um grito vindo do meio das árvores me faz girar o corpo na direção delas, e uma nova onda de pânico começa. Ainda não posso avistar ninguém, mas o som foi muito mais alto do que antes. Os soldados estão se aproximando. Olho para Li Wei, que já deduziu que escutei algum barulho. O rosto está banhado de tristeza e resignação.

Não tem outro jeito, Fei, reitera. *E nosso tempo está se esgotando.*

Tudo bem, acato. *Mas o que vamos fazer quanto ao guardião dos cabos?*

Geralmente, nosso povoado não recebe nenhuma mensagem ao anoitecer, o que nos fez imaginar que o guardião, ou a pessoa que supúnhamos que fosse o guardião, deixasse o posto no fim da tarde. Contudo, agora parece haver a silhueta de uma pessoa ao pé da tirolesa. Pergunto-me se pode ter ficado ali até mais tarde por conta dos acontecimentos incomuns do dia.

Tenho uma ideia, diz Li Wei, enquanto começamos a caminhar na direção da tirolesa. *Parece que o homem está sozinho. Vá até lá puxar conversa com ele.*

Que conversa?, pergunto, sem acreditar na sugestão.

Qualquer uma. Use seu charme para distraí-lo.

Meu charme?

Li Wei assente e gesticula mais uma vez para que eu vá logo, antes de desaparecer da minha frente. Perplexa, continuo andando na direção do homem, cada vez mais consciente dos barulhos vindos do meio das árvores. Fico me perguntando se os soldados terão deduzido nosso plano, se estarão vindo todos nesta direção ou se pretendem se espalhar ao redor da encosta atrás de um ponto de onde iniciaríamos a escalada. Não tenho com saber ao certo.

Também não sei bem o que dizer para o guardião dos cabos, principalmente sabendo de antemão que não pode me entender. Supostamente, meu papel é distraí-lo enquanto Li Wei põe em prática a outra parte do plano. Não tenho certeza se consigo mesmo fazê-lo, mas, quando me aproximo do lugar onde o homem está, fica claro que sua atenção já está focada em mim. É um sujeito diferente do que encontramos mais cedo, confirmando o que Nuan nos dissera sobre esse ser um trabalho braçal corriqueiro, e não a posição importante que imaginávamos. Embora nunca tenha me visto, o ar de reconhecimento no seu rosto revela que já deve ter recebido minha descrição. Ao chegar à sua frente, paro e dobro o corpo numa reverência profunda.

Saudações, sinalizo. *Sei que provavelmente não vai entender uma palavra dos meus sinais, mas isso não importa. O importante é que consiga prender sua atenção bem o suficiente até que Li Wei possa fazer o que deve ser feito.*

Este guardião parece quase tão desconfortável quanto o anterior. Murmura um daqueles barulhos ininteligíveis, depois faz um gesto indicando que devo segui-lo pelo caminho de volta à cidade. Pelo visto, aprendera a lição com seu antecessor: não é uma boa ideia nos deixar sozinhos enquanto chamar reforços.

Sorrio e balanço educadamente a cabeça, reparando que Li Wei se esgueirou do meio das árvores atrás do homem, trazendo um galho grosso nas mãos. Então, volto a sinalizar com vigor renovado, na esperança de continuar prendendo o interesse do guardião. *Agradeço a oferta tão gentil de me acompanhar até a cidade, mas acho que ambos sabemos que lá não é o lugar mais indicado para mim no momento. E, por falar em agradecimentos, por favor, transmita ao seu colega minha profunda gratidão pela comida que nos deu de presente mais cedo.*

Li Wei está quase na posição ideal para bater com o galho na parte de trás da cabeça do guardião quando pisa num graveto caído no caminho. Eu escuto o barulho. O guardião dos cabos também. Ele gira o corpo, mas Li Wei já está brandindo o galho grosso que trouxe. O golpe atinge a lateral da cabeça do homem com força suficiente para fazê-lo desmaiar. Ajoelho-me para checar a respiração dele: firme e compassada.

Li Wei e eu saímos correndo até a base da tirolesa, e tenho que me conter para não exigir que esqueça o plano maluco agora mesmo. Como pode achar que vai resistir sozinho a essa gente? Como vai se esconder, se contam com a vantagem de serem capazes de ouvir? Há poucos instantes mesmo, seu plano quase foi por água abaixo por conta de um barulho que nem se deu conta de que fizera. Mas, apesar dos medos que me afligem, não digo nada. Li Wei fez sua escolha, e está pronto para encarar o risco de ficar aqui embaixo para que eu possa alertar o nosso povo. Minha hesitação só iria servir de obstáculo, então, tomo a decisão de me manter calma e forte.

Rearrumamos rapidamente nossas sacolas, passando a maior parte da comida para a dele a fim de reduzir o peso nos cabos. Daria todas as provisões a ele, na verdade, mas Li Wei insiste que leve para o povoado algo que possa provar que estivemos mesmo na cidade. Depois que encolho o corpo dentro do cesto usado para mandar metais e suprimentos de uma ponta a outra, ele me amarra com um pedaço extra de corda ao cabo da tirolesa, só por precaução. E agarro-me ao cabo também, é claro, com tanta força quanto consigo dar aos meus dedos enluvados. Ergo os olhos para fitar a montanha cada vez mais mergulhada nas sombras da noite, com um crescente ar ameaçador. O pico parece estar a uma eternidade de distância, infinitamente alto e impossível de alcançar.

Não vai demorar tanto assim, conforta-me Li Wei. *Já viu os cestos serem mandados para baixo. Este aqui vai chegar lá em cima em muito menos tempo do que levamos para descer a encosta; embora eu tenha a certeza de que essa tirolesa nunca transportou um carregamento tão precioso assim.*

Ele debruça sobre o cesto e me beija outra vez, de tal maneira que consegue ser ao mesmo tempo terna e carregada com a mesma intensidade e paixão de mais cedo. Um beijo que me tira totalmente do prumo, me faz querer envolvê-lo nos braços e não soltar nunca mais. Penso no que dissera sobre devermos ter nos beijado antes. A consciência do tempo que perdemos me dói no coração, principalmente sabendo que talvez nunca mais volte a ver Li Wei.

Adeus, Fei, sinaliza, após endireitar o corpo de novo. *Salve nosso povo... E não se esqueça de mim.*

As lágrimas ameaçam transbordar dos meus olhos. Solto-me do cabo apenas o suficiente para fazer os sinais. *Nunca vai existir outro nome no meu coração.*

Com os olhos brilhando, ele me dá um último beijo e começa a girar a manivela. Com um solavanco, começo a subida, sacolejando para a frente e para trás a cada volta da manivela. O cesto e as cordas que me sustentam de repente parecem terrivelmente frágeis; os aprendizados e a coragem que julgava conquistados na nossa descida se dispersam, soprados pelo vento que uiva ao meu redor. Ao descer pela encosta, pelo menos estava no controle do meu destino e não tendo que encarar essa altura estonteante e letal dentro de um cesto, à mercê da vontade de outra pessoa.

Não, me dou conta. Não é de outra pessoa qualquer. É de Li Wei. Quando giro o corpo para trás, nossos olhos se encontram. O olhar dele é sombrio e firme, fitando sem parar o meu rosto enquanto gira a manivela com toda a força que possui. Fazer com que eu suba pelos cabos depressa assim não é uma tarefa fácil, principalmente depois de toda a energia que gastamos para descer. Contudo, Li Wei parece inexorável em seu movimento, com uma determinação que me diz que não tenho nada a temer enquanto meu destino estiver nas suas mãos. Ele vai me conduzir até o topo da montanha, não importando o preço que tenha que pagar por isso. Sua obstinação me envolve, dando mais segurança que qualquer corda seria capaz.

Sustento o olhar de Li Wei pelo máximo de tempo que consigo, e procuro extrair força dele, por mais que sinta uma dor no peito que aumenta na mesma medida em que cresce a distância entre nós. As sombras da noite o envolvem, transformando Li Wei numa silhueta miúda e escura, as formas ficando borradas quando sinto as lágrimas se formarem nos olhos. Logo, já não é possível avistar mais nada, e uma solidão terrível toma conta de mim. Mas, enquanto o cabo continuar subindo, saberei que está comigo, que continua me ajudando. No início, a altura não me incomoda tanto. Repito para mim mesma que isto é como subir numa árvore. Depois que passo da altura da copa das árvores, lembro-me de que sobrevivi à descida de um ponto muito mais alto. Certamente, o processo inverso não será tão diferente.

Exceto pelo fato de que, na vinda, pelo menos, me sentia parcialmente no controle da coisa. Podia escolher onde iria apoiar o pé ou a mão a cada deslocamento. E também tinha a segurança relativa de saber que a corda por onde estava descendo era capaz de suportar meu peso. Agora, à medida que avanço tremulamente encosta acima, sou espetada pela certeza de que estou desafiando os limites da capacidade projetada para este sistema de cabos. A qualquer momento, a tirolesa pode decidir arrebentar, lançando-me na direção do abismo lá embaixo. Já não consigo avistar bem o chão, não agora que a noite caiu por completo, mas sei bem que é uma queda longa. A escuridão me espreita agourentamente por baixo do cesto.

Não, digo firmemente para mim mesma. *Não precisa ter medo enquanto estiver nas mãos de Li Wei. Enquanto ele estiver girando a manivela, pode estar certa de que vai chegar bem em casa. Só precisa aguentar firme o trajeto até lá.*

E então, sem qualquer aviso, o cesto para com um solavanco. O movimento cessa nos cabos, e oscilo ao sabor do vento. Girando a cabeça para olhar para trás, perco o fôlego com o que vejo: pontinhos minúsculos de luz bruxuleante na base da tirolesa. Tochas. A esta distância, é impossível enxergar os detalhes, mas sem dúvida se trata de uma horda de homens se amontoando em volta de uma coisa só; ou melhor, uma pessoa.

Li Wei não está mais no controle da manivela.

Os soldados chegaram até ele e o interceptaram. Assisto horrorizada ao movimento do círculo de tochas enquanto eles levam o prisioneiro embora. Meu coração grita por Li Wei. A boca quer gritar também, mas trato de manter os lábios bem fechados para não revelar minha presença.

Seja o que for que tenha se passado lá embaixo, eles não sabem que subi no cesto. Está escuro demais para que me avistem a esta distância, e, pelo visto, o que Li Wei estava fazendo na base da tirolesa ainda não ficou claro para os soldados. As tochas param, flutuantes, por um momento, e imagino que provavelmente devem ter pegado o corpo desmaiado do guardião para levá-lo embora também. Logo o aglomerado de luzes fica menor ainda, afastando-se de mim à medida que os guardas enveredam pela estrada que os levará de volta à cidade; tendo Li Wei como seu prisioneiro.

O pânico me toma de assalto, junto de uma onda de culpa. Se tivéssemos fugido juntos, teríamos tido a chance de escapar. O que será feito dele agora? Será que vão mandá-lo para a ocupação, com Nuan e seu povo? Ou para algum lugar pior? Será que vão torturá-lo? Matá-lo? Estou desesperada para saber qual será o destino de Li Wei... Até que me ocorre que há outra preocupação muito mais premente no momento.

Meu próprio destino.

Estou pendurada aqui, no escuro, suspensa entre o céu e a terra sem nada mais que possa me empurrar para seguir adiante. Li Wei fez um bom trabalho antes de ser capturado, elevando-me a um ritmo bem mais acelerado do que o da nossa penosa descida. Mas ainda falta vencer um trecho bem longo da encosta até que eu chegue ao topo; e uma distância ainda maior já me separa do chão lá embaixo.

Indo contra o conselho que Li Wei me dera na descida, atrevo-me a espiar o que já percorri para poder avaliar melhor a situação.

Agora, mais ajustados à escuridão, meus olhos conseguem distinguir alguns detalhes, ajudados pelo luar. A neblina formou um cobertor sobre o terreno da encosta, mas, à medida que se desloca, posso vislumbrar relances ocasionais do terreno. É rochoso e acidentado, pontilhado aqui e ali por pinheiros cujos troncos espetados mais parecem lanças prontas para empalar alguém. A distância, tudo parece minúsculo como na ilustração de um livro, mas isso só serve para me dar uma medida mais verdadeira da precariedade da minha situação. Engolindo em seco, desvio o olhar.

Uma rajada de vento súbita atinge o cesto, e oscilo de um lado para o outro. Minhas mãos agarram a corda de segurança com mais força, e cerro os dentes, esperando o vento passar. Enquanto balanço, reparo que as alças do cesto parecem ter começado a ceder. Não estão com jeito de que vão arrebentar — ainda —, mas até quando resistirão?

Este sistema não foi feito para carregar alguém do meu peso. No momento, o cesto funciona como uma proteção extra, mas não posso contar que vá durar muito mais tempo.

Uma onda de medo atinge meu corpo, com quase tanta força quanto a do vento soprando do lado de fora. Já posso ver as alças se arrebentando a qualquer momento; e, depois disso, por quanto tempo minhas mãos — que estão úmidas de suor desde já — ainda conseguirão me sustentar?

Como foi que me deixei vir parar aqui, dessa maneira? Por que não fiquei na segurança do salão de trabalho dos artistas? Se não tivesse sido tão questionadora, se tivesse me contentado em seguir as regras e pronto, nada disso teria acontecido. Estaria em casa, junto de Zhang Jing. Li Wei nunca precisaria ter se arriscado para me mandar de volta para o povoado. Todos estaríamos em segurança.

E sendo enganados.

Teria continuado a ser usada como massa de manobra para servir aos interesses da cidade. Assim como as pessoas que amo continuam sendo usadas neste exato momento, arriscando suas vidas sem saber. E agora sou a única que pode alertá-los sobre isso. Essa constatação me dá forças, fazendo com que consiga tirar os olhos do abismo ameaçador abaixo. No alto, as estrelas cintilam com sua beleza gelada, e, quando desloco o foco para elas, sinto uma clareza igualmente brilhante tomar conta da minha mente. Penso em Zhang Jing, esperando pela minha volta sem desconfiar do perigo que ela e os outros estão correndo no povoado. E penso em Li Wei, que arriscou tão corajosamente sua liberdade lá embaixo para que eu pudesse subir. A distância que ainda preciso galgar parece intransponível... Mas não existe outra alternativa. Parte de mim só quer descer e ir ao encontro de Li Wei, mas sei o que ele próprio me diria num momento como este: que tenho que seguir adiante e cumprir a missão que assumi.

E então, depois de respirar fundo, começo a escalada.

A cada passada de mão, vou avançando pelo cabo, deixando para trás o cesto e a proteção oferecida por ele. É uma tarefa difícil, penosa, e muito mais complicada do que foi a descida. Continuo com a corda extra amarrada frouxamente ao cabo como uma segurança adicional, mas a força para impulsionar o peso do meu corpo para cima precisa vir exclusivamente de mim mesma. E, da mesma maneira como foi com o cesto, não tenho certeza de que as cordas de segurança vão dar conta de me sustentar até o final. Todas as partes do meu corpo estão doendo, mas ignoro o cansaço, subindo cada vez mais. Vou fazendo pausas sempre que possível, parando para esticar os dedos e enxugar as palmas suadas das mãos, mas o descanso nunca dura muito. Sou motivada pelo sacrifício de Li Wei e empurrada pela consciência de que preciso chegar de volta ao meu povoado.

Mais rajadas de vento sopram, obrigando-me a fazer uma parada enquanto meu corpo oscila de um lado para o outro, pendurado no cabo. Numa das vezes, a lufada é tão repentina que minhas mãos se soltam. Experimento a sensação muito breve da queda até ser amparada pelo nó da corda de segurança. Dá para notar que está esticada até o limite da sua resistência, e me debato freneticamente para conseguir voltar a agarrar o cabo e reduzir a pressão. A interferência do vento atrapalha, mas, por fim, consigo agarrá-lo. Deixo escapar um grande suspiro de alívio, mesmo tendo que encarar uma verdade assustadora: se minhas mãos escorregarem outra vez, não haverá garantia de que as cordas vão amparar a queda.

A lua caminha pelo céu à medida que subo, e meu coração dá um salto quando percebo o topo da montanha entrar no meu campo de visão. Falta pouco. Uma onda renovada de adrenalina me impulsiona, e avanço mais depressa, enfrentando a dor e os músculos enrijecidos. Dentro de uma hora, chegarei à extremidade do sistema de cabos.

Enquanto me deixo banhar nesse pensamento triunfante, um tranco repentino no cabo faz minhas mãos se soltarem. As cordas me amparam mais uma vez e consigo recuperar a posição rapidamente; bem a tempo de sentir o segundo tranco. Ainda levo um instante para compreender o que está acontecendo de fato: lentamente, estou sendo puxada para baixo.

Alguém no sopé da montanha está girando a manivela de volta.

CAPÍTULO 14

DURANTE ALGUNS BREVES E APAVORANTES segundos, fico sem saber o que fazer. Então, vendo todo o meu precioso avanço retroceder por baixo dos meus pés, começo a escalar freneticamente os cabos outra vez, desesperada para conseguir ser mais rápida que a pessoa me puxando para baixo. A esta hora da noite, não é possível que o guardião dos cabos tenha voltado ao seu posto. Pergunto-me se os soldados finalmente terão deduzido meu destino. Ou será que obrigaram Li Wei a me delatar, contando com a ajuda de alguém do povo de Nuan para interpretar os sinais?

Esse último pensamento — sobre as coisas horrorosas que devem ter feito para obrigar Li Wei a confessar — é terrível demais, insuportável. Expulso-o da mente enquanto me esforço para recuperar a posição anterior e conseguir avançar para além dela mais depressa do que o movimento de retrocesso dos cabos. Consigo fazê-lo por um triz, mas sei que não vai durar muito tempo. A subida já estava penosa demais quando não havia ninguém trabalhando contra mim. Agora, já posso sentir que estou perdendo a batalha. Minhas mãos, ensanguentadas e feridas por baixo do tecido em frangalhos das luvas, escorregam várias vezes, atrasando meu avanço a cada vez que as cordas de segurança me amparam por um triz e sou forçada a subir por elas novamente, a cada vez mais dolorosamente, para me agarrar ao cabo. A distância que vou conseguindo ganhar se reduz, e logo é quase como se estivesse parada no mesmo lugar. Daqui a poucos instantes, vou começar a ser puxada de volta novamente.

Olho para baixo, desesperada, atrás de uma saída. Iluminada pelo luar, vejo uma proeminência larga de pedra se projetando da encosta um pouco abaixo do ponto onde estou. Não vai ser um pouso confortável, mas serei capaz de sobreviver à queda. O que vou fazer depois, ainda não sei, mas é arriscar isso ou deixar que todo meu progresso seja tragado pela força de um oponente desconhecido.

Num segundo, a decisão está tomada.

Remexo o corpo para me soltar da laçada frouxa da corda de segurança, e esse movimento me faz perder altitude, já que o cabo continua sendo rolado para baixo. Agora, pelo menos, não vou precisar mais me preocupar se a corda vai aguentar ou não meu peso. Feita essa manobra, cerro os dentes e reúno um último rompante de força desesperada que me faz avançar contra o movimento do cabo, apenas o suficiente para me posicionar num ponto seguro bem acima da rocha achatada. Essa é uma tarefa extenuante, tornada ainda mais assustadora pela consciência de que não tenho mais nenhuma corda que me ampare, nada que me livre do mergulho no abismo caso as mãos escorreguem do lugar.

Mas, enfim, consigo, chegando por um triz à posição acima da proeminência na encosta antes de perder totalmente as forças e soltar o cabo da tirolesa, caindo para a rocha achatada e tomando o cuidado de levar comigo a corda de segurança enrolada. Ela e eu caímos num trambolhão confuso, e é um alívio quando me vejo não tendo mais que lutar para me movimentar. O descanso, porém, dura pouco. O impacto do meu corpo na encosta desencadeia uma cascata de pedras que despencam mais do alto. Agarro-me à montanha até que a avalanche passe, rezando para que a rocha onde estou apoiada também não se desfaça sob meus pés.

Depois que a torrente de pedras finalmente termina, me sinto quase apavorada demais para me mexer, com medo do que me aguarda em seguida. Os músculos dos braços e pernas parecem fracos e trêmulos de exaustão, e, quando corro os olhos pela vastidão escura do flanco da montanha, fico impressionada com a distância que consegui percorrer até aqui. Tudo o que avisto na base da tirolesa é um pontinho minúsculo de luz; ao que tudo indica, uma tocha sendo segurada pela pessoa que me puxava de volta. Tenho um calafrio só de pensar no que poderia ter acontecido se não tivesse conseguido saltar para a rocha onde estou agora.

Porém, é claro, há um monte de novos problemas a enfrentar.

Sob a luz fantasmagórica do luar, examino a encosta que leva até o povoado lá no alto. É uma escarpa acidentada e irregular, cheia de saliências boas para apoiar a mão, ou os pés, ou mesmo para amarrar uma corda de apoio. A distância também é apenas uma fração do trajeto que já percorri, mas, ainda assim, vai ser uma tarefa monumental. Não tenho como me lançar imediatamente a ela, por mais que o tempo seja um fator importante. Sento-me na pedra para recuperar o fôlego, remexendo a sacola atrás de um pouco d'água e algo para comer. Lá dentro, encontro uma das peças do jogo — o general — e abro um sorriso. Logo antes da nossa despedida, Li Wei quis me dar seu *pixiu* como amuleto da sorte. A estatueta acabou ficando com ele por causa do peso que faria no cesto, mas, pelo visto, quis que eu trouxesse um talismã de qualquer maneira. Aperto o disco de madeira com força na mão, repetindo em silêncio que preciso estar à altura da imagem que Li Wei tem de mim. Depois, faço uma oração para todos os deuses que conheço, pedindo para que consigamos sair bem desta situação.

Assim que começo a me sentir o mais descansada possível diante das circunstâncias, inicio os preparativos para a segunda parte da jornada: o retorno ao povoado. Li Wei me falara um pouco sobre como faríamos a escalada de volta, e conheço alguns princípios básicos da atividade. O ponto de destino já está no meu campo de visão; a questão agora é somente conseguir chegar até lá. Usando a corda que me lembrei de soltar dos cabos e trazer comigo, inicio a primeira etapa da escalada. Consigo atirar uma laçada bem para o alto e engachá-la numa ponta de pedra, prendendo-a com força antes de iniciar minha subida. Porém, chegando à extremidade oposta da corda, não avisto outro lugar onde possa amarrá-la mais adiante. A estação final da tirolesa continua fora do meu alcance. Terei que passar a escalar usando apenas as mãos agora, rezando para fazer as escolhas certas de pontos de apoio e para que eles não se esfarelem ao toque, precipitando meu mergulho no abismo. Por incrível que pareça, isso não acontece nem uma vez. Mas, quando estou quase chegando ao final da jornada, começo a ouvir uma movimentação de pedras pequenas caindo. Ao contrário das vezes anteriores, agora não tenho onde me abrigar, nem sequer tenho uma corda na qual me balançar para escapar do perigo. Tudo o que posso fazer é ficar bem agarrada à montanha e esconder o rosto, torcendo para que a avalanche passe ao largo.

Várias rochas pontiagudas batem nos meus braços e no rosto, me fazendo encolher o corpo de dor, e reúno toda a força de vontade que ainda tenho para conseguir simplesmente manter o corpo no lugar e as mãos e pés bem apoiados. Depois que o silêncio volta a reinar, ergo lentamente a cabeça, com os ouvidos atentos a qualquer novo sinal de perigo. Como nenhum aparece, avanço, movimentando o corpo o mais depressa que ouso fazer, ávida por chegar ao topo. Quando avisto a estação de chegada da tirolesa, quase choro de alívio. Com os braços trêmulos, iço meu corpo até conseguir me agarrar a uma ponta de rocha que vai servir de apoio para chegar até a terra plana do topo. Quase na mesma hora, sinto a pedra se desfazer entre os dedos. Sem ter mais nada onde me agarrar, dou um grito e caio de costas, descendo pela encosta para mergulhar na escuridão mais abaixo.

Colido com as costas em cheio na pedra achatada onde estive mais cedo, e o impacto da queda é tão forte que, por um instante, me deixa sem ar. Fico deitada ali, tossindo, olhando para cima e para toda a extensão de subida que acabei de perder. Lágrimas pulam para fora dos olhos, e o impulso de desistir de tudo ameaça tomar conta de mim. O desespero não é mais apenas por mim mesma, mas também por Li Wei. Quando estava suspensa no cabo, não havia espaço para me preocupar muito com ele; minha própria sobrevivência estava em jogo. Agora, os medos voltam a me assombrar. O que pode ter acontecido com ele? Será que pelo menos está vivo? E, pior do que esses medos, ainda há a culpa por saber que, caso tivesse aceitado fugir com ele, poderia ter salvado Li Wei desse destino. Essa decisão, é claro, teria significado deixar Zhang Jing para trás... Mas... que diferença faz? Agora falhei com o povoado inteiro mesmo.

Pare com isso, Fei, digo severamente para mim mesma. *Nem tudo está perdido. Faça Li Wei orgulhoso. Você conseguiu descer a montanha. Agora quer subir de volta. E já está com seu destino à vista — não é hora de desistir.*

Fungando e toda dolorida, consigo me pôr de pé. Tenho hematomas e dores em partes do corpo que nem sabia que existiam, mas me recuso a deixar que isso me domine. Cerrando os dentes, recomeço a percorrer esta última e penosa etapa da escalada. Minhas mãos estão cobertas de sangue quando a subida termina, e, sem a protuberância de rocha que se desfez mais cedo, a dificuldade para içar o peso no último trecho da encosta fica ainda maior. Precisarei contar com a força do resto do corpo para isso; um corpo que foi testado além do seu limite. Por um momento, durante o esforço final para chegar ao alto da montanha, meus músculos deixam de responder. Fico presa ali, agarrada à encosta, sabendo que basta apenas um escorregão mínimo para me mandar de volta até a rocha achatada mais abaixo; ou coisa pior.

Faça isso por Zhang Jing. Por Li Wei.

A sensação dos nomes ecoando na mente me dá coragem. Solto um grito, içando o corpo pela borda da encosta para deitar-me sobre o terreno pedregoso, embora estável e plano, com uma onda de gratidão. Já estou no meio da noite, mas, contrariando todas as probabilidades, consegui chegar à estação da tirolesa. Voltei para casa.

Ponho-me de pé, as pernas ainda fracas e tremendo, sabendo que não tenho tempo para descansar; por mais que meu corpo esteja clamando por uma folga. Preciso alertar os outros sobre o que está acontecendo. Assim que começo a caminhar, quase tropeço em diversos pacotes escuros espalhados pelo chão ao redor da estação. Não consigo enxergar seu conteúdo em meio à escuridão da noite, e quando me ajoelho para abrir um dos pacotes, descubro, espantada, que é um caixote cheio de minério de ouro cintilante. Outro deles está cheio de prata. Esses são os metais das minas, produtos do dia de trabalho, esperando para ser enviados. Por que estão aqui, largados assim? Esses caixotes teriam sido suficientes para garantir o alimento do dia.

O que eu sei é que, ficando aqui parada, não vou descobrir. Então, retomo meu caminho rumo ao coração do povoado, sentindo um alívio maior do que seria capaz de expressar com palavras depois das aventuras dos últimos dias. Ainda não sei bem como vou consertar as coisas ou conseguir alertar as pessoas, mas os pés vão se encaminhando, quase que por vontade própria, de volta para o lugar onde me sinto mais segura na vida: o Paço do Pavão.

Entrar no prédio se mostra um novo desafio. Não estou pronta para anunciar minha volta a todos e, portanto, decido não usar nenhuma das portas que poderiam alertar um dos serventes encarregados da vigília. Em vez disso, procuro uma janela meio escondida na parte de trás do edifício, que dá para a área próxima ao depósito onde guardamos os materiais de pintura. Uma treliça formada por ripas estreitas de madeira protege a cortina de papel da janela, e, com uma careta, começo a quebrar as ripas e espiar pelo meio delas. Essa operação faz uma barulheira terrível, assim como o faz o papel da janela quando finalmente consigo começar a arrancá-lo, mas, pelo menos, posso me reconfortar com a certeza de que sou a única que vai escutar tudo isso.

Depois que consigo criar uma abertura grande o suficiente na janela, esgueiro-me por ela e vou cair bem na entrada do cômodo que serve de depósito dos materiais, como tinha previsto. Dali, só preciso me orientar pelos corredores da escola até chegar à ala dos serventes. Nesse trajeto, acabo obrigada a me esgueirar para longe da vista de um maior número de sentinelas do que me lembro de ter visto da última vez, e isso me parece estranho. Felizmente, os ruídos que fazem me servem de alerta em todas as vezes, e também não há nenhum servente de guarda na ala que eles mesmos ocupam. Entro no dormitório feminino; Zhang Jing está dormindo na sua cama, do mesmo jeito que a vi pela última vez.

Embora poucos dias tenham se passado, a sensação é a de que foram anos desde que me despedi da minha irmã. Um mundo novo se abriu para mim ao longo da minha jornada, e não me sinto mais a mesma pessoa de antes. Zhang Jing, no entanto, permanece a mesma. Doce e linda como sempre, o rosto tranquilo mergulhado no sono. Passo alguns momentos parada ali, observando-a, inundada pelo amor que sinto por ela, e depois tenho que enxugar as lágrimas dos olhos. Tentando ser o mais delicada possível, mas com firmeza, começo a sacudi-la para que acorde. Ela se mexe, piscando os olhos, confusa, até que consegue me reconhecer no lusco-fusco do quarto. Ela arfa de susto, com o olhar se arregalando.

Tomo-a nos braços, e ela enterra o rosto no meu ombro. Meus olhos se encheram de lágrimas outra vez, e posso sentir que os dela também estão molhados. Quando, enfim, se solta do abraço para me olhar, Zhang Jing exibe no rosto bonito uma mistura de emoções: confusão, alívio, desconfiança.

Fei, começa a sinalizar. Onde você estava? O que aconteceu? Quase morri de preocupação.

A história é longa, afirmo. *Mas está tudo bem comigo... por enquanto. Na verdade, todos nós estamos correndo perigo. Foi por causa disso que voltei.*

O que você fez?, indaga. *O que fez que levou a cidade a parar de nos enviar a comida?*

Agora quem está confusa sou eu. *Como assim?*

Ontem de manhã, explica ela. *Os fornecedores mandaram a primeira carga de metais do dia pela tirolesa. E não subiu comida alguma. Em vez disso, chegou um bilhete do guardião dos cabos falando sobre espionagem e traição. Ninguém entendeu muito bem o que ele queria dizer, mas continuamos enviando os metais na esperança de que a comida aparecesse. Sem resultado. O guardião começou a mandar de volta os metais.*

Lembro-me dos pacotes de minério brilhante espalhados pelo chão. *Vi os caixotes*, digo.

Todos estão dizendo que a culpa foi sua e de Li Wei. Que fizeram alguma coisa que despertou a ira do guardião dos cabos, e...

Não existe guardião nenhum, interrompo. *É só um grupo de trabalhadores que se revezam em turnos para movimentar o sistema. Eles mentiram para nós, Zhang Jing. Os bilhetes e a comida são mandados por um governo mais forte, que nos mantém encurralados aqui para que continuemos extraindo os metais para eles. E esses metais são tóxicos. Foi por causa de sua contaminação que perdemos a capacidade de ouvir e é por causa dela que você e algumas outras pessoas estão ficando cegas. Precisamos mudar as coisas de algum jeito. Temos que escapar deste lugar.*

Isso é impossível, diz.

Não consigo saber qual das muitas coisas que acabei de lhe dizer está provocando maior incredulidade. Todas elas abalam o mundo que Zhang Jing conhece desde sempre.

Não é, não, afirmo. *Você me conhece. Acha que iria mentir?*

Ela pousa o olhar no meu por um tempo enorme.

Não, admite, por fim. *Mas pode ser que esteja confusa. As pessoas estão dizendo que Li Wei é um rebelde, que ficou revoltado por causa da morte do pai e corrompeu você para que fizesse a tal coisa que provocou a fúria do guardião. Se for falar com o ancião Chen, tenho certeza de que vai conseguir esclarecer tudo e recuperar seu posto de artista. E então, quem sabe, consigamos ajeitar a situação antes que a fome aumente demais.*

Nem me dou ao trabalho de corrigir a parte sobre o guardião dos cabos. *Zhang Jing, se não começarmos a tomar uma atitude, meu posto de artista não vai mais existir. Tudo o que vai haver para todos nós vai ser só desespero e morte. Temos que explicar isso para os outros.*

Porém, por dentro, sinto o coração afundar um pouco no peito quando constato que os alertas que Li Wei me fez estão se provando verdadeiros. Se minha própria irmã não está acreditando nas coisas que descobri na cidade, como os outros vão acreditar? E como vou conseguir transmitir para eles a dimensão do que vi? Será que alguém sequer vai parar para me dar atenção? As autoridades já conseguiram fazer o meu povo se voltar contra mim, usando, para isso, a arma mais poderosa de que dispõem: o controle da comida. As coisas que Zhang Jing falou sobre a fome aumentar demais ficaram ecoando dentro de mim. As pessoas já passam fome. Em nosso povoado, nós sempre só pudemos contar com uma reserva que dá para no máximo mais um dia de sustento, nunca mais que isso. Se nenhum carregamento foi enviado hoje, essa reserva já deve estar sendo usada e racionada ao máximo. Foi por isso que cruzei com mais serventes vigiando os corredores à noite. É por isso que as pessoas se apressaram a concluir o pior sobre Li Wei e sobre mim. Estão famintas e desesperadas, exatamente como as autoridades da cidade queriam. Quem vai acreditar no nosso relato agora? Como vou conseguir que sequer prestem atenção em mim?

Uma ideia me ocorre num estalo. Não é uma ideia perfeita, mas é a melhor que tenho em mãos. A única que tenho. Penso em quando estava do lado de fora da escola, abrindo o buraco no papel da janela. A julgar pelo ângulo da lua no céu naquele momento, devem me restar mais umas três horas antes que as primeiras pessoas comecem a acordar. Não é tanto tempo assim, e ainda continuo exausta da escalada, mas que alternativa me resta? Agora, tudo vai depender dessa minha última tentativa.

Levanto-me da cama de Zhang Jing, chamando-a para que me acompanhe. *Venha*, sinalizo. *Vou precisar da sua ajuda.*

Para quê?, indaga, alarmada.

Está na hora de prepararmos os registros do dia.

CAPÍTULO 15

Zhang Jing me acompanha em direção ao ateliê. No trajeto, cruzamos com dois serventes fazendo a vigília. Escuto o barulho deles antes que nos vejam, e conseguimos despistá-los nas duas vezes, passando sem sermos vistas. Zhang Jing observa a tudo isso sem fazer comentários, até estarmos em segurança atrás da porta fechada do salão. Começo a acender as lanternas para iluminarem o ambiente.

Fei, começa a dizer, por fim. *Como conseguiu fazer aquelas coisas? O que foi que lhe aconteceu? Recebeu algum tipo de encantamento, lá na base da montanha?*

Abro um sorriso, imaginando que as coisas de que fui capaz devem parecer mesmo mágica. Ao que me consta, pode ser mesmo que haja algum tipo de magia envolvido, já que até agora não consegui saber por que isso tudo está acontecendo comigo. *Recuperei a audição,* conto a ela, e fico surpresa com a facilidade que tenho para formar essas palavras.

Acho que, depois de todas as coisas que enfrentei e aprendi, ter a audição de volta é só mais um item inacreditável de uma lista maior. E, agora que vi a dificuldade de Zhang Jing em acreditar em todo o resto, concluo que não tenho nada a perder revelando isto a ela também.

Mas é impossível, reage Zhang Jing, no que parece estar se transformando em sua resposta-padrão.

Pode acreditar em mim, sei o que estou dizendo, retruco. *Mais tarde lhe explico tudo com detalhes, quando tivermos tempo para isso. Agora, temos trabalho a fazer.*

E assim, como de hábito, Zhang Jing obedece às minhas instruções. O ateliê está arrumado do jeito de sempre, com os registros do dia anterior ainda em curso nas diversas telas dos cavaletes. Um olhar de relance para o trabalho dos meus colegas aprendizes confirma o relato feito pela minha irmã mais cedo. Narram o dia anterior, mostrando a rejeição dos metais e a recusa do envio de comida. Até mesmo Li Wei e eu somos mencionados; provavelmente, pela primeira vez desde o anúncio de nossos respectivos nascimentos. Há menções também a reuniões de emergência e discussões que já começaram a acontecer desde que o racionamento foi iniciado. A outra aprendiz que é orientada pelo ancião Chen, Jin Luan, fez um bom trabalho ao retratar a cena em que alguns mineradores revoltados se reuniram para debater a questão no centro do povoado. Ela provavelmente deve ter sido a única pessoa aqui que ficou satisfeita com o meu desaparecimento.

Oriento Zhang Jing para que me ajude a prender telas novas nos cavaletes. Montando na cabeça um panorama geral das várias peças que compõem os registros, penso em como vou criar minha mensagem. Vai ser uma tarefa monumental, sem tempo para usar nenhuma das técnicas refinadas e da atenção aos detalhes que fui tão laboriosamente treinada para alcançar. O importante é passar o recado, e só o que importa no momento é a verdade.

Começo pelas palavras, desenhando os ideogramas numa caligrafia graúda e ousada para transmitir o relato. Zhang Jing fica por perto, observando o trabalho, atenta para preparar mais tinta sempre que vê que a minha tigela está esvaziando. Primeiro, conto como desci a encosta com Li Wei. Deixo de lado os detalhes, para poupar tempo, e reforço que foi uma jornada perigosa, mas ainda assim possível. Se surgir alguma oportunidade para que meu povo deixe este lugar, quero que todos saibam que isso é possível sem que se sintam assustados demais — pelo menos não com essa parte. Já têm muitas outras coisas para temer nesta história.

Quando chego ao trecho sobre o povoado de Nuan, capricho mais nos detalhes, falo dos cadáveres e dos registros locais que mostravam o caos completo... num povoado que costumava ser igualzinho ao nosso. Essa é uma lembrança triste que não gostaria de repassar, mas eles precisam saber de tudo. Quando chego ao momento em que alcançamos o pé da montanha e nos deparamos com a cidade pela primeira vez, faço uma pausa. A artista que mora em mim, aquela que observa o mundo e sente o ímpeto de registrá-lo, deseja ter tempo para poder descrever a cidade com calma. Com todos os males que abriga, ela continua sendo um lugar fascinante, e é o mais próximo de um centro urbano de verdade que a maioria de nós vai ter a chance de conhecer na vida. Tenho vontade de retratar as fachadas ornamentadas, de listar todos os artigos que vi à venda no mercado, retratar as crianças cantando... Mas não há tempo. Escrevo simplesmente que é um lugar movimentado e cheio de vida — tendo o cuidado de enfatizar a abundância de comida — para então passar ao relato das coisas que Nuan nos contou.

Descrevo essa parte o mais detalhadamente que posso, destacando os pontos em comum entre o povo dela e o nosso, e a maneira como o trabalho nas minas acabou com eles; além da forma como foram abandonados à própria sorte pela cidade. Falo da ocupação onde vivem agora e da maneira como são tratados pelos outros, de como muitos perderam toda a esperança e de como vivem tão famintos quanto eram na época em que ainda moravam no platô. Por fim, relato rapidamente a perseguição dos soldados e o momento em que Li Wei e eu nos separamos. Embora esse certamente tenha sido um momento emocionante da história, mais uma vez, opto por ser sucinta. Minhas aflições pessoais não têm importância agora. O que quero deixar claro para as pessoas é o sacrifício de Li Wei e a forma impiedosa como as autoridades nos trataram.

Quando recuo para olhar o trabalho feito até aqui, fico impressionada com a quantidade de escrita que fui capaz de pintar. Um texto assim normalmente seria tarefa para ser dividida entre pelo menos seis aprendizes, mas teria sido pintado com uma exatidão muito maior, com cuidado e precisão em cada pincelada. Meu trabalho, embora não seja o mais esteticamente perfeito, está completo e legível. Usei pinceladas graúdas e largas para garantir que tudo possa ser lido mesmo de longe.

Zhang Jing agora começa a me passar as tintas coloridas, para a parte das ilustrações. As figuras saem ainda mais apressadas do que o texto, mas meu talento artístico é forte o bastante para que a qualidade se sobressaia mesmo assim. Numa das telas, mostro a casa do povoado de Nuan, pintando os cômodos destroçados e os corpos da família que morreu de fome. É um trabalho pavoroso, mas o ar chocado no rosto de Zhang Jing me mostra que passa bem a mensagem. Na segunda tela, retrato o lugar onde o povo de Nuan vive agora: o bairro decadente formado pelas barracas, o povo magro e sujo. Essa imagem também precisa ser vista pelas pessoas daqui.

Não sei de onde estou tirando forças para pintar tanto. A subida penosa de mais cedo me deixou num estado que ia muito além da exaustão. Mas é o futuro de Zhang Jing — dela e das outras pessoas na mesma condição que ela, concluo — que motiva a descarga extra de adrenalina e inspiração necessárias para a finalização desta obra-prima apressada e agourenta. Além de Li Wei, é claro. O tempo todo. O tempo todo, é a imagem dele que está na minha lembrança, motivando-me a continuar. Minha irmã segue repondo as tintas, e, assim, as únicas pausas que preciso fazer são para voltar a molhar o pincel, ou quando tenho que trocar de cor.

É quase um choque quando, finalmente, percebo que concluí todo o trabalho que poderia fazer por enquanto. Ficar com o corpo parado depois de tanto trabalho frenético parece quase antinatural, mas me obrigo a contemplar todas as telas: minha obra mais grandiosa e terrível até hoje.

Temos que levar isto para o centro do povoado, aviso a Zhang Jing.

Os olhos dela se arregalam enquanto se dá conta das implicações do que vê. Esse tempo todo, Zhang Jing só tinha observado tudo, sem comentar. *Então é verdade mesmo, não é?*, pergunta por fim. *Tudo isso que está aí. As coisas que aconteceram naquele povoado. E que vão acontecer conosco.*

Isso mesmo, afirmo.

Mas você não menciona sua audição, observa. *Essa não é uma parte importante?*

Hesito antes de lhe dar minha resposta.

Não para o destino do povoado. Mais tarde, teremos tempo para investigar o que está acontecendo comigo. Agora, é hora de ajudar os outros.

Zhang Jing assente com a cabeça, concordando. *Diga-me o que preciso fazer.*

Por um instante, o amor e a fé que vejo nos olhos da minha irmã me impactam de tal maneira que sinto que estou prestes a me render e começar a chorar. Disfarço o desconforto num abraço, para que, assim, ela não possa me ver piscando os olhos na tentativa de dissipar as lágrimas. Depois que nos afastamos, torço para ter conseguido estampar no rosto uma expressão mais confiante do que estou me sentindo de verdade a respeito das coisas que enfrentaremos em seguida. *Muito bem*, digo a ela. *Agora temos que carregar os trabalhos para o centro do povoado.*

A tarefa se mostra um pouco mais complicada do que parecia de início. Embora a maior parte das vigílias esteja acontecendo nos arredores da cozinha, para impedir roubos de alimento, existe a chance de que um dos serventes acabe na ala onde fica o ateliê. Isso pede um cuidado extra quando formos levar os trabalhos às escondidas para fora. Lidar com as telas em si é outro desafio. Mesmo que os aprendizes habitualmente usem o início das manhãs para dar algum retoque final nas telas, o grosso do trabalho já teve tempo de secar ao longo da noite. Zhang Jing e eu estamos mexendo com tinta ainda úmida, e tendo que tomar cuidado para não estragar o texto e as imagens que acabaram de consumir tanto esforço da minha parte para ser produzidas.

A operação, além disso, precisa de muitas viagens. Nunca tinha achado a caminhada matinal especialmente longa ou difícil, mas agora, tendo que percorrer tantas vezes o trajeto no estado em que me encontro, minha mente começa a vê-la como algo quase tão penoso quanto a descida da montanha. Há muitos pedintes que passaram a noite no centro da cidade, os corpos amontoados uns por cima dos outros para se aquecerem. Tomamos cuidado para passar ao largo sem perturbá-los, mas vê-los assim faz algo dentro de mim se revirar, e fico pensando em como é real a possibilidade de que outros moradores daqui, incluindo a própria Zhang Jing, acabem tendo o mesmo destino que eles se nada for feito.

Terminamos de posicionar os registros no momento em que a ponta leste do céu começa a arroxear. Logo, as pessoas vão acordar. Logo, verão minha criação.

Você tem que voltar antes que alguém perceba que tomou parte nisto, instruo minha irmã. *Vá se levantar com as outras, e tomar café da manhã normalmente. Depois, veremos o que vai acontecer.*

Zhang Jing abre um sorriso gentil e triste. *Prefería ficar com você. Até porque não temos comida para o café da manhã de qualquer maneira.*

Essas palavras me atingem com força. Ajoelho-me sobre o palanque e abro a sacola, tirando dela algumas das refeições que trouxe comigo para mostrar aos outros. Zhang Jing arfa de espanto ao ver a comida, com a fome transparecendo muito claramente no seu olhar. Entrego a ela algumas frutas e o último dos pães.

Pegue isso e volte para a escola, insisto. *Sei que tenho seu apoio, mas vou me sentir melhor se você estiver lá. Não posso prever a reação das pessoas quando virem isto tudo; ou quando me virem. Principalmente por me culparem pela suspensão dos envios de comida.*

Zhang Jing pousa a mão sobre a minha quando começo a rearrumar as coisas na sacola, apertando-a levemente. *Se precisar de mim, é só dizer.*

Pode deixar. O melhor que tem a fazer agora é cuidar da sua própria segurança.

O que é aquilo?, indaga, apontando para um laivo de vermelho dentro da sacola.

Aperto um pedaço do vestido escarlate entre os dedos, sentindo o coração inchar com a lembrança de Li Wei. *Isto foi o produto de uma aposta que deu certo. Reze para a que estamos fazendo agora tenha o mesmo resultado também. E, agora, trate de ir.*

Depois de mais um abraço intenso e rápido, Zhang Jing me obedece e corre pela trilha, voltando ao Paço do Pavão. Sei que também deveria me alimentar, mas, desta vez, excepcionalmente, encontro-me sem apetite. Estou ansiosa demais, com os nervos à flor da pele. Depois de beber um pouco d'água, me sento de pernas cruzadas assistindo ao céu ficar cada vez mais claro, esperando que o povoado desperte.

A primeira pessoa que vejo, depois dos pedintes adormecidos, é o acendedor de lampiões. Vem arrastando os pés pela trilha principal com sua tocha, disfarçando um bocejo. Em geral, é a primeira pessoa a se levantar no povoado, incumbido de acender os diversos lampiões que iluminam o caminho até o sol estar mais alto. Quando chega à praça central, seu movimento se congela de repente e ele fica paralisado ao dar de cara comigo, pensando, sem dúvida, em todas as acusações que pesam sobre meus ombros neste momento. Então, muito lentamente, os olhos passam de mim para os registros arrumados ao meu lado. Embora ainda seja muito cedo, o contraste das letras muito pretas contra o fundo branco é fácil de discernir. E ele começa a ler, com a boca se abrindo cada vez mais à medida que o texto avança.

Depois que termina, o acendedor de lampiões não me diz nada, mas o espanto está muito evidente. A tocha escorrega de sua mão, indo queimar inofensivamente no chão de terra batida. Ele dá meia-volta e sai correndo o mais depressa que pode na direção da parte residencial do vilarejo.

Não demora para que outros comecem a se aglomerar na praça central. Alguns aparentam estar saindo para os afazeres de costume. Outros chegam apressados, e desconfio que devem ter ficado sabendo do relato do acendedor de lampiões. A história se alastra depressa, e, quando vejo os anciões e os aprendizes de artistas chegarem correndo antes do horário de costume, constato, de uma vez por todas, que minha presença e a criação inesperada que trouxe para cá abalaram totalmente a rotina do povoado. Zhang Jing chega com os outros serventes, atrás do grupo dos aprendizes, e, para meu alívio, ninguém parece estar prestando mais atenção nela do que de costume.

A multidão se avoluma, e logo tenho quase certeza de que o povoado inteiro está reunido aqui. Esta não é a primeira vez que me vejo sobre o palanque, diante de todos, e com um mural de registros ao meu lado. Mas é a primeira vez em que sou tão parte do que prende a atenção das pessoas quanto as telas. Encaro-os com o ar mais impassível que consigo exibir, orgulhosa do meu trabalho; tanto com as tintas quanto com a jornada recente. Assumo cada um dos meus atos e tudo o que terei que fazer para ajudar essa gente.

Durante um bom tempo, a multidão reunida simplesmente absorve minha presença e a do relato expressado nas telas. Poucas trocas de sinais acontecem, mas a maioria das pessoas parece estar processando as coisas que leu e viu. Isto me dá coragem para avançar até a beira do palanque e me dirigir a todos. Originalmente, a ideia era deixar que o trabalho falasse por mim. Mas, agora, decidi que é preciso também fazer um apelo direto. Ter que encarar toda essa gente é uma missão assustadora, mas repito para mim mesma que não posso ser menos corajosa do que Li Wei, que deve estar, neste momento, encurralado em algum lugar da cidade. Não faço ideia do que pode ter acontecido depois que os soldados o capturaram, mas me recuso a acreditar que esteja numa cela horrível de prisão; ou morto. Minha força vem do pensamento de que está escondido numa das barracas com Nuan, à espera de que eu vá me juntar a eles levando nosso povo comigo. Ou que, talvez, já tenha conseguido escapar e fugir, e que esteja planejando sua nova vida, livre de tudo isto. É a lembrança do rosto dele, da força que eu vi nos seus olhos, que me impulsiona para falar ao povo.

Tudo o que leram aqui é verdade, sinalizo diante de todos. *Foram essas as informações que Li Wei e eu conseguimos apurar nos últimos dias. Foi por elas que arriscamos nossas vidas. A cidade está enganando vocês. Precisamos nos reunir para pensar numa maneira de nos salvarmos e ao nosso futuro. Sei que é difícil processar tanta coisa. Sei que deve parecer atordoante para vocês. Mas não podemos deixar que o medo, ou a cidade, continue controlando nossas ações. Pode ser que pareça uma missão impossível, mas não é. Não se nós estivermos unidos e trabalhando juntos.*

Minhas mãos voltam lentamente para as laterais do corpo, e o coração dói quando me lembro do rosto corajoso e bonito de Li Wei no momento em que me dissera: "Acho que somos bons nessa coisa de conseguir o impossível". Tenho que fazer um esforço para me manter calma e séria enquanto continuo fitando o povo.

Ninguém responde na mesma hora. A maioria parece estar, mais uma vez, processando as informações que acabou de receber. Uma esperança cresce dentro de mim, e me dou a ousadia de acreditar que o povo deu a devida atenção ao assunto e vai acreditar em mim, para que possamos pensar juntos numa maneira de nos salvarmos.

Mas estou enganada.

CAPÍTULO 16

Um homem que conheço apenas de vista, um minerador mais velho, é o primeiro a reagir. Ele sobre no palanque e arranca uma parte do meu mural, atirando as telas no chão. A tensão foi se acumulando na multidão reunida enquanto me pronunciava, e esse ato intempestivo parece ser o pavio que faz os outros explodirem. O caos irrompe.

As pessoas invadem o palanque, atacando o restante do meu trabalho. Alguns querem simplesmente derrubar as telas, enquanto outros se esforçam furiosamente para destruí-las, rasgando o tecido até sobrarem trapos irreconhecíveis. Há ainda pessoas que não têm nenhum interesse na pintura — estão atrás de mim. De repente, transmitir a mensagem deixa de ser meu objetivo principal. Preciso salvar minha vida.

Rostos furiosos pairam ao meu redor, e mãos se estendem para me agarrar com dedos ávidos. Nunca imaginei que fosse precisar ter medo de um ataque vindo do meu próprio povo, mas o mundo que conhecia virou mesmo de cabeça para baixo nos últimos poucos dias. Alguém rasga a manga da minha camisa, e sinto unhas arranharem meu rosto. Temendo o pior, afasto-me até chegar à borda oposta do pequeno palco. Os atacantes avançam comigo. Consigo escapar deles por pouco, saltando do palanque para o chão; embora alguns mais ousados também tenham saltado atrás de mim. Uma vez ali, vejo-me mergulhada na turba caótica, no frenesi cada vez mais feroz que tomou o centro do povoado.

Muita gente, sem se dar conta de que a maior parte das telas já fora destruída e que eu escapara, continua tentando subir para o palanque. Muitos começaram a se voltar uns contra os outros. As conversas voam, rápidas e furiosas pelos ares, em sinais que tenho dificuldade de acompanhar. Contudo, algumas palavras se repetem por toda parte: *mentiras*, *morte* e *comida*. Está claro que a maior parte das pessoas ao meu redor não acredita nas coisas que disse. Parecem estar imaginando que inventei tudo para me safar, e isso deixa meu coração pesado; não por fazerem uma ideia tão mesquinha de mim, mas por terem sido escravizados de tal maneira por este sistema, que agora estão apavorados demais para se libertar.

Algumas pessoas, entretanto, parecem ter concluído que pode haver alguma verdade nas coisas que eu disse; embora ter o apoio delas seja algo que quase depõe contra mim. Parte desse grupo é formada por aqueles que se insurgiam contra a cidade desde antes, e que agora estão cheios de raiva e procurando briga. Começam a discutir com os outros que acham que estou mentindo, e fico arrasada quando vejo algumas trocas de socos e pontapés. Tento repetir para mim mesma que isto é fruto da fome e do medo, da incerteza dos acontecimentos do dia anterior, que deixou todos perturbados e dominados pelo pânico. Mas, mesmo assim, é difícil ver a coisa desbancar para essa confusão, ver as pessoas se voltando umas contra as outras no momento em que o mais importante seria nos unirmos para enfrentar a cidade.

No meio do caos, avisto Zhang Jing um pouco afastada, fora da zona de perigo. Tem os olhos arregalados e está paralisada de medo. Nossos olhares se cruzam, e sinalizo depressa, *Espere aí, eu estou indo*.

Não sei bem se conseguiu me entender, porque, enquanto gesticulo, duas pessoas metidas numa briga de socos esbarram em mim e me fazem cair no chão. O corpo, já dolorido, reclama mais do que deveria da trombada, mas consigo voltar a me pôr de pé antes que acabe pisoteada. Zhang Jing não está mais no meu campo de visão, mas encaminho-me obstinadamente para a direção onde a vira antes.

Parem com isso! Parem!, sinalizo freneticamente ao passar por uma dupla de aprendizes que conheço da escola e que agora estão brigando. Sequer notam minha presença, e, sem pensar, acabo me metendo no meio dos dois para cessar a briga. *Não façam isso! Temos que ficar unidos!*

Os dois arregalam os olhos, espantados por darem de cara comigo ali. Não sei o motivo original da briga, mas de repente vejo que se unem: no ódio contra mim. Caretas de raiva distorcem seus rostos, então se atiram na minha direção, obrigando-me a dar um salto para trás. Esbarro num homem alto e desconhecido, que primeiro tenta me enxotar, mas logo para, ao perceber quem sou. A raiva toma conta do seu rosto, e ele também estende a mão para me agarrar...

No instante em que um som de uma magnitude inimaginável corta o ar do povoado.

Instintivamente, ergo as mãos para tapar os ouvidos. Até agora, o barulho mais alto que já ouvi tinha sido o gongo do sacerdote. Até agora. Este me faz lembrar um pouco daquele *Bum!* do gongo, só que muito mais intenso. É um som tão imenso e poderoso que chega a fazer o chão tremer, o que por sua vez faz com que muitas pessoas, inclusive meus atacantes, parem o que estão fazendo para correr os olhos curiosos ao redor. Algumas até erguem os rostos para o céu e compreendo essa reação. O tremor do chão algumas vezes acontece com relâmpagos. Porém, hoje, a manhã está clara e ensolarada.

Parte das pessoas dá de ombros e volta imediatamente a brigar. Para outras, o momento funciona como um necessário tapa na cara; noto com alívio que vão se retirando da confusão. O alívio dura pouco, entretanto, pois logo vem um novo barulho; um barulho impossível, pelo menos aqui no nosso povoado. Mas não deixa dúvida de que está mesmo acontecendo, pois fica cada vez mais alto: é o barulho que os cascos dos cavalos fazem ao bater na terra. O mesmo barulho do qual Li Wei e eu tivemos que fugir ao pé da montanha.

Não pode ser, penso comigo. *Não é possível que os cavalos estejam aqui em cima!*

Ouvindo o som ficar cada vez mais alto, corro os olhos em volta, tentando identificar de onde está vindo. Ainda acho difícil saber a origem e a distância em que alguns sons acontecem. Mas, pela observação que faço, concluo quase com certeza que o estampido está vindo do mesmo ponto de onde surgiu o *Bum!* inicial. É um lado da montanha para onde raramente qualquer pessoa vai, o local onde antes ficava o desfiladeiro que levava ao vale de terras férteis e ao caminho que descia pela parte de trás da encosta, e que foi engolido pelas avalanches, que deixaram em seu lugar uma muralha alta e impenetrável que ninguém jamais conseguiu vencer...

Até agora.

Um pavor toma conta de mim e vai ficando maior à medida que o som dos cascos se aproxima. Pelo meio da multidão em tumulto, vejo Zhang Jing de relance, ainda parada à minha espera. Porém, agora não há mais tempo. *Fuja*, sinalizo para ela. *Vá se esconder! Algo terrível está para acontecer!*

Para meu alívio, ela dá meia-volta e foge, no instante em que uma nova onda de barulho irrompe atrás de mim. Giro o corpo e me deparo com um verdadeiro exército a cavalo, tomando o centro do povoado. Com armas apontadas para o alto, eles avançam sem se importar com quem ou o que possa estar no seu caminho. A situação que parecia caótica não era nada comparada à que tem início agora. Não é só a presença dos soldados armados que gera pânico: os cavalos parecem igualmente assustadores. Assim como eu, as pessoas daqui só conhecem esses animais das figuras nos livros. Estar diante de forasteiros também é algo apavorante. Passamos a vida toda vendo os mesmos rostos ao nosso redor. A chegada de desconhecidos é um choque, especialmente quando está tão claro que não vieram em paz.

Além disso tudo, há um som novo ao qual preciso me adaptar: os barulhos da guerra. Os soldados bradam gritos rascantes quando investem contra nós, gritos que soam feios e agressivos aos ouvidos. À minha volta, emergem gemidos e brados do meu povo, nascidos instintivamente no calor do momento. Sequer se dão conta de que estão produzindo esses barulhos, sons que fazem minha nuca se arrepiar. Por um instante, à medida que os gritos enchem o ar, retorno num relance estranho ao primeiro sonho que tive quando recuperei a audição. No sonho, meu povo gritava todo em uníssono; quase como o que está acontecendo agora, só que de maneira menos caótica. Mesmo assim, sinto algo repuxar dentro do peito, a mesma sensação que passei a ter em outros sonhos, como se fosse um chamado. É a primeira vez que a experimento de verdade enquanto desperta. Contudo, não tenho tempo para refletir a respeito, não no meio de tudo o que está acontecendo.

As pessoas ao meu redor fogem enlouquecidamente para todos os lados, cada uma tentando salvar a própria pele e proteger aqueles que ama. Não existe qualquer estratégia, nem unidade em suas ações. Tento enxergar o que os soldados estão fazendo, se estão capturando ou matando gente, mas qualquer descuido pode me fazer morrer pisoteada pelo meu próprio povo.

Consigo subir de volta ao palanque, de onde posso ter uma perspectiva melhor, ainda que limitada, do cenário ao redor, além de um abrigo temporário da ameaça de atropelamento. Ninguém quer ficar aqui, todos tentam escapar do centro. Os soldados correm em círculos ao redor da praça, tentando encurralar o povo. Se alguém escapa do cerco, eles trazem a pessoa de volta. Um homem — o mesmo sujeito alto de ar intimidador em quem esbarrei antes — enfrenta um dos soldados, mas sua empáfia não é nada diante da espada que atravessa seu corpo. Nunca vira ninguém ser morto dessa maneira, e o horror da cena me deixa paralisada por um instante. Outro morador não chega a desafiar os atacantes, mas se recusa a sair do caminho quando um soldado investe contra ele num grande cavalo preto. O homem hesita, apavorado demais para se mexer, e o outro simplesmente o atropela, deixando-o ser pisoteado pelos cascos fortes do animal. Essa demonstração de descaso pela vida é quase mais cruel do que se o soldado tivesse usado a espada. E me dá o impulso necessário para voltar à ação.

Até mesmo aqueles que já foram capturados são alvos de brutalidade: cutucados e conduzidos com força desproporcional. Não sei qual o sentido disso tudo, mas sei que não posso ficar presa aqui. Trato de me agachar, aproveitando o corpo miúdo para abrir caminho pelo meio da massa apavorada. Vou para o lado oposto à direção de onde os soldados vieram, na esperança de conseguir escapar por aquele lado. Quando me viro para olhar para trás e vigiar a posição dos soldados, avisto com um choque o grupo que vem entrando atrás deles: um amontoado de pessoas magras, vestidas com farrapos e acorrentadas. E meu espanto aumenta quando reconheço um rosto no meio deles: Li Wei.

Ele não pode estar aqui. Não pode. É impossível.

Acho que somos bons nessa coisa de conseguir o impossível.

Inacreditavelmente, apesar do pandemônio instalado no espaço que nos separa, ele também me vê. Nossos olhares se encontram; num instante, percebo que mudei de direção e estou voltando para a praça central do povoado. Não importa que ali seja o lugar mais perigoso no momento, não se é onde Li Wei está. Ele ocupa a fileira mais à frente dos prisioneiros acorrentados, perto de onde alguns guardas se encontram. É um lugar onde não vejo muita gente do nosso povoado, já que a maioria está correndo na direção oposta. Preciso me abaixar e desviar muitas vezes para chegar até lá. Diversas vezes, levo chutes e tapas em meio à perseguição frenética que continua acontecendo ao redor. Um dos soldados montados me observa quando passo por ele, mas acaba decidindo que um minerador corpulento e musculoso é uma presa melhor.

Já sem fôlego, chego até onde os prisioneiros estão, e encontro Li Wei, com o coração flutuando no peito quando meus olhos veem o rosto que tanto amo. Atiro-me num abraço sem conseguir acreditar que ele é de verdade e está mesmo aqui na minha frente, especialmente depois de todos os desfechos terríveis que minha imaginação criou para essa história. Parece abatido, cansado, e está cheio de machucados novos pelo corpo, mas a chama nos olhos cintila com a mesma força de sempre quando finalmente interrompemos o abraço para olharmos um para o outro. Não pode falar direito comigo com as mãos acorrentadas como estão, mas, de repente um grito escapa dos seus lábios enquanto os olhos avistam algo às minhas costas. Entendo a mensagem mesmo sem conhecer nenhuma língua falada, e giro o corpo bem a tempo de flagrar um soldado a pé brandindo a espada na minha direção. Li Wei atira o corpo para a frente, lançando as mãos presas numa tentativa de interceptar a lâmina que vem direto para a minha cabeça. O soldado não está preparado para a força considerável de Li Wei e, no impacto da sua arma contra as correntes, acaba lançado para trás, cambaleante. A espada escorrega das mãos por um instante, e eu a agarro, mirando o pescoço do meu oponente.

Jamais tive uma espada nas mãos antes. Até a viagem para a cidade, nunca sequer tinha posto os olhos em uma de verdade. E, certamente, jamais matei uma pessoa também. Mas, enquanto mantenho a lâmina pressionada contra a pele do homem, deve haver algo de convincente na expressão do meu rosto. Mesmo tendo recebido treinamento para a batalha, e mesmo sendo maior do que eu, o soldado parece desconfortável na posição em que se encontra. E tinha mesmo que estar. Posso nunca ter manejado uma espada, ou matado uma pessoa antes, mas não vou hesitar se tiver que fazer isso agora. Faço o que for preciso para salvar Li Wei.

Aceno com a cabeça na direção dele, e o soldado me encara, confuso. Frustrada, pego-me desejando — não pela primeira vez — dominar o poder da comunicação falada. Rápida como um raio, desloco a ponta da espada para apontar as correntes que prendem Li Wei, então volto a pousá-la no pescoço do homem. Lanço-lhe um olhar enfático e finalmente sou compreendida. Durante todo esse tempo, mantenho uma expressão feroz no rosto, tentando passar um ar de quem é capaz de usar a espada a qualquer momento.

Hesitantemente, o soldado estende a mão para abrir a tranca do cadeado que prende Li Wei. Porém, tudo não passa de uma artimanha, e, de repente, ele desvia o movimento e parte na direção da espada. Resisto o quanto posso, desferindo um golpe fundo no rosto do homem, que começa a sangrar na mesma hora. Aproveitando o momento de surpresa, Li Wei gira os braços presos bem juntos, fazendo a corrente atingir a cabeça do soldado. Ele cambaleia e cai, e recebe um segundo golpe para não voltar a se levantar. Com as mãos trêmulas, abro o cadeado de Li Wei, então lanço um olhar incerto para os outros prisioneiros perto de nós. Não seria possível ajudar todos, mas, talvez, se soltar alguns, possam começar a fazê-lo pelos outros. Atiro a chave no chão bem diante deles e fujo com Li Wei, correndo para longe da praça central, na direção da mata fechada.

Aqui, está tudo silencioso, e temos um momento breve para respirar. Aproveito para envolver Li Wei num novo abraço. Ele me segura com força, enterrando o rosto na curva do meu pescoço enquanto me transmite a segurança do seu toque.

Parece que, desta vez, foi você quem me resgatou, sinaliza, assim que conseguimos dizer qualquer coisa.

Como foi que veio parar aqui?, interpelo. *Estava louca de preocupação. Não sabia o que tinham feito com você. Não sabia se havia conseguido escapar.*

Na verdade, escapei mesmo, revela. *Mas, depois, descobri que vinham atacar o povoado... e resolvi me entregar.*

Faço um esforço para não deixar o queixo não cair. *Mas por quê?*

Não podia deixar meu povo à mercê da crueldade dos soldados, especialmente depois de já ter conhecido de perto os métodos deles. E, além disso... Ele passa carinhosamente as pontas dos dedos no meu rosto antes de continuar. *Não poderia deixar você, Fei. Não importava o risco que estaria correndo, ou as maravilhas que poderia encontrar na jornada por Beiguo. Meu lugar é ao seu lado, seja onde for.*

Estou feliz por ter voltado. Não consigo expressar nem de perto minha sensação de alívio com estas palavras quando gritos soando bem próximos me obrigam a virar o corpo para longe dele. *Temos que ir*, sinalizo, tentando pensar depressa. *Temos que voltar ao Paço do Pavão.*

Lá não é seguro, retruca. *É quase certo que um prédio tão importante se torne alvo de ataque.*

Mas existem armazéns subterrâneos, explico. *Sei de lugares que não vão ser tão óbvios para os soldados.*

A expressão no seu rosto revela a surpresa diante desses detalhes que não conhecia, mas limita-se a concordar ligeiramente com a cabeça. *Tudo bem, me mostre o caminho.*

Começamos a correr outra vez, e torço secretamente para que Zhang Jing também tenha se lembrado dos porões do colégio. Embora o trajeto até lá seja bastante simples e reto, encontramos diversos obstáculos bloqueando o caminho. Os soldados se reorganizaram em grupos pequenos, tentando interceptar aqueles que conseguiram escapar da praça central. Li Wei e eu tentamos contornar a área de atuação deles e, num dado momento, nos vemos próximos à entrada da mina. Lá, protegidos pelas árvores, vemos os soldados na boca do túnel, tendo uma discussão acalorada nas tais palavras faladas que não compreendo. Pelos gestos que fazem, e pela expressão chocada no rosto de um minerador que vem subindo o túnel e estanca ao vê-los na entrada, parece que a mina foi escolhida como refúgio por alguns dos moradores da cidade. Agora, os soldados estão deliberando para decidir se devem invadir o túnel ou simplesmente esperar até que as pessoas que ficaram encurraladas lá dentro resolvam sair. Pergunto-me se por acaso sabem da toxicidade dos minérios, e se têm medo de se contaminar também.

Como foi que chegaram até aqui?, pergunto a Li Wei. *É impossível que tenham escalado em tão pouco tempo. Muito menos trazendo cavalos.*

Viemos pelos desfiladeiros, responde. *Partindo do outro lado da montanha, aqueles que vêm até aqui em cima.*

Sei da existência desses desfiladeiros, é claro. Todo mundo sabe. *Mas estão bloqueados*, digo. *Os rochedos que caíram na avalanche criaram uma barreira que não pode ser removida por mãos humanas. Todos aqueles que tentaram passar morreram esmagados debaixo das rochas.*

Não foram mãos humanas que removeram as pedras hoje, explica. *Usaram um pó preto. Nunca tinha visto nada igual, mas, quando atearam fogo a uma certa quantidade dele, a coisa criou uma explosão que abriu caminho pelas rochas.*

Encaro-o, espantada, pensando no barulho terrível que ouvi logo antes da chegada dos soldados. A cidade em si e os homens do rei já são assustadores por si próprios. Pensar que os soldados possuem armas como o tal pó explosivo faz nossas chances de escapar parecerem mais mirradas que nunca. Percebendo meu medo, Li Wei me dá uns tapinhas tranquilizadores no ombro. *Calma, general. Depois explico melhor essa história. Agora, precisamos ir em frente.*

O trajeto tortuoso também nos leva a passar pela estação da tirolesa, onde vejo mais soldados carregando e enviando para baixo os caixotes de minérios que encontrei abandonados pelo chão mais cedo. Li Wei e eu tratamos de passar bem longe deles, conseguindo finalmente chegar até a escola. Paramos para observar o prédio de longe, vendo que os soldados chegaram ali também. Alguns tratam de arrebanhar os moradores fugidos, acorrentando-os e levando-os embora. Outros soldados que ficaram para trás estão começando a atear fogo às casas menores. Parecem não ter escolhido a escola como alvo por enquanto, talvez por terem imaginado que seja um prédio mais importante e que, talvez, contenha informações estratégicas. Tomo Li Wei pelo braço e me embrenho com ele entre as árvores, caminhando para um trecho da floresta que fica muito atrás do Paço do Pavão e da movimentação insidiosa dos soldados. Lá, começo a bater forte com os pés no chão em vários lugares, parando para vasculhar o chão coberto de folhas mortas com um olhar atento.

O que está fazendo?, indaga Li Wei.

Tentando me lembrar, respondo. O pé bate num pedaço de madeira escondido habilmente no meio da vegetação, e um ar de vitória ilumina meu rosto. Ajoelho-me, tateando em busca do puxador do alçapão. Quando faço força para abri-lo, ergo os olhos e dou de cara com o espanto de Li Wei. *Venha*, sinalizo. *Estaremos em segurança aqui.*

Não temos uma lanterna, mas a luz do sol delineia os degraus da escada esculpida na parede de terra, que leva a um túnel localizado mais para baixo. Entro primeiro, e Li Wei me segue, tomando o cuidado de fechar bem a tampa depois de passar. Por um instante, ficamos mergulhados na escuridão, mas logo uma tocha ganha vida à nossa frente. Ao lado dela, cintila a lâmina de uma faca, e encolho o corpo até reconhecer os rostos de dois companheiros aprendizes: Jin Luan e Sheng. Parecem aliviados quando constatam que não somos soldados, mas, ainda assim, fitam-nos com uma desconfiança compreensível, graças à fama que conquistamos nos últimos dias.

Os anciões estão aqui embaixo?, pergunto. *Precisamos falar com eles.*

Sheng embainha a faca e nos lança um olhar cortante. *Vocês não estão em posição de fazer exigências, não depois do que fizeram conosco.*

Não fizemos nada, protesta Li Wei. *Isto tudo foi enviado pela cidade e pelo rei. Agora, nos deixem passar!*

Sheng muda de posição, bloqueando ostensivamente nossa passagem. *Não sei de que maneira corrompeu Fei e distorceu a maneira dela pensar, mas não vou deixar que passe de jeito nenhum.*

O rosto de Li Wei endurece. *Posso passar por você da maneira que quiser. Esta cena não está se repetindo? Não lembro de ter se saído tão bem da última vez.*

Não temos tempo para isso!, disparo, furiosa com os dois, então me viro para Jin Luan, na esperança de que se mostre mais sensata. *Por favor, vocês têm que nos ajudar. Temos informações valiosas para os anciões. Eles estão aqui?*

Ela larga a sua tocha para poder sinalizar em resposta. Pela expressão perturbada no rosto, posso perceber que está tentando decidir em qual versão da história a meu respeito vai acreditar. *Alguns deles, sim. Trouxeram um grupo de aprendizes para cá — todos os que conseguiram reunir — e depois lacraram a porta que liga esta área ao prédio.*

Não consigo mais me conter. *Minha irmã estava nesse grupo?*

Não. O rosto de Jin Luan murcha um pouco. *Nem todo mundo conseguiu chegar aqui.*

Sinto uma pontada no peito, e Li Wei me conforta com um apertão ligeiro no braço, que não passa despercebido ao olhar arguto de Sheng.

Temos que falar com os anciãos, insisto. *Podem nos levar até eles?*

Jin Luan olha para Sheng. *Um de nós dois vai ter que ficar aqui de guarda.*

Está falando sério?, desafia Sheng, lançando um olhar incrédulo para a aprendiz. *Depois de tudo o que eles fizeram?*

Jin Luan sustenta o olhar dele, sem piscar. *Estou falando sério sobre minha intenção de ajudar o povo. Ninguém sabe o que esses dois fizeram de verdade, muito menos você. Só os anciões vão poder julgá-los.*

Sheng reclama, e, por alguns segundos, os dois entram numa disputa. Preciso confessar que nunca tinha sentido por Jin Luan o respeito que sinto agora. Sempre fora minha rival artística; nunca tinha parado para avaliar a força do seu caráter.

Tudo bem, cede Sheng, por fim, e entrega a faca a ela. *Vou com eles.*

Dirijo um aceno de cabeça para ela em sinal de agradecimento ao passarmos, e sigo Sheng túnel adentro. Com a tocha deixada para trás, não demoramos a mergulhar na escuridão. Sem me dar conta do que estou fazendo, minha mão procura a de Li Wei enquanto caminhamos. Nossos dedos se entrelaçam, selando a ligação entre nós enquanto nossas mãos livres vão apalpando as laterais do túnel. Depois que dobramos uma esquina, a luz fraca de mais tochas à frente começa a nos guiar, e não demora para entrarmos num amplo salão subterrâneo sustentado por pilares de pedra e vigas de madeira. Fico tensa, sem saber ao certo o que vou encontrar; até agora, havia apenas ouvido falar destes subterrâneos. As paredes nuas receberam revestimento de gesso, e o chão é feito de terra batida. E há mais gente presente.

Mestres, anuncia Sheng. *Vejam só quem encontrei.*

Agarro a mão de Li Wei com mais força ao encarar os anciões pela primeira vez desde que deixei o povoado.

A maioria deles está reunida aqui, incluindo os anciões Chen e Lian. Diversos aprendizes e alguns serventes da escola estão aglomerados ao redor deles. Não ver Zhang Jing no grupo faz o meu coração afundar. Estava com a esperança de que Jin Luan tivesse se enganado quando afirmou que não a vira. Todos param o que estão fazendo quando entramos, virando-se para nos encarar. Sob seu escrutínio, sinto-me quase mais vulnerável do que fiquei quando estava de pé no palanque, falando com o povoado inteiro. Esses são meus colegas e tutores, as pessoas com quem convivia todos os dias. As pessoas que me tinham na mais alta conta, mas que, por causa das minhas ações, mudaram essa visão. O impacto dessa mudança tem um peso que estou sentindo em toda sua força neste momento.

Diante da imobilidade geral, solto a mão de Li Wei e me aproximo respeitosamente do ancião Chen. Faço três reverências, curvando muito o corpo, antes de começar a falar. *Saudações, mestre. Imploro que me perdoe por ter deixado a escola sem permissão. Agora, estou de volta para relatar tudo o que vi enquanto estive fora.*

Chen me observa por um longo tempo, e a tensão toma conta de mim enquanto imagino temerosamente qual reação poderá ter. Pode ser que decida simplesmente jogar Li Wei e a mim de volta ao caos lá de fora, e estará no seu direito se o fizer. Posso não ser culpada por todas as dificuldades que o povoado enfrenta, mas foram minhas atitudes que certamente provocaram a situação do momento.

Aquilo tudo é verdade?, indaga, por fim. *As coisas que pintou no seu registro?*

Cada detalhe, mestre.

Ele me observa por mais um tempo e, para o assombro completo de todos os presentes, faz uma reverência à minha frente. *Estamos todos em dívida com você,* sinaliza, depois que volta a endireitar o corpo. Seu olhar então recai sobre Li Wei. *Com os dois. Agora. Vamos conversar sobre as informações que trouxeram.*

CAPÍTULO 17

Sinto-me, ao mesmo tempo, honrada e ansiosa, mas também constrangida, porque a verdade é que já relatei no palanque do povoado todas as coisas que sei. A atitude que foi tomada pela cidade, ao enviar a invasão dos soldados, é tão misteriosa para mim quanto para o resto das pessoas.

Li Wei dá um passo à frente, curvando o corpo diante dos mais velhos antes de começar a falar. *Se me permitem, posso acrescentar informações ao relato que Fei lhes deu mais cedo. Passei a noite como prisioneiro deles, marchando pelos desfiladeiros que sobem a montanha. Não posso ouvir a língua que os guardas falam, mas alguns deles conhecem a linguagem dos sinais. E também conheci outro prisioneiro, um homem do povoado do platô, que domina a leitura labial. Reunindo o que apurei aqui e ali, pude descobrir um pouco do que está acontecendo.*

Certamente, diz o ancião Chen. *Tenha a bondade de continuar.*

Quando souberam que Fei tinha conseguido voltar, decidiram nos obrigar a marchar desfiladeiro acima em companhia dos soldados e dos prisioneiros do outro povoado. Pelo visto, já tinham esta espécie de pó explosivo há tempos, e poderiam ter aberto a passagem quando bem quisessem.

Essa informação deixa a todos nós estupefatos por um instante. A esta altura, a crueldade do povo da cidade já não deveria me surpreender mais... Contudo, ainda me flagro impressionada. Já faz tanto tempo que nossas vidas estão atreladas ao sistema de cabos, dependendo inteiramente da extração dos minérios para sobreviver... Se o desfiladeiro tivesse sido aberto, poderíamos fazer comércio e viajar, isso sem falar no acesso à terra fértil dos vales onde, segundo os relatos, nossos ancestrais plantavam suas lavouras. Mas, se tivéssemos tudo isso, o rei e a cidade teriam perdido sua fonte tão certa de metais.

Por que abriram o caminho agora?, pergunto. *Isso vai lhes custar o controle que têm sobre nós: se pudermos sair da montanha, não teremos mais que extrair os minérios em troca de comida, e eles deixarão de receber os seus metais.*

Foi por isso que enviaram soldados e o restante dos prisioneiros, explica Li Wei. *Estão planejando fazer um esforço concentrado de mineração, usando nosso povo e os outros mineradores capturados para extraírem o máximo possível de minério sob a vigilância estrita dos soldados. Querem esgotar a mina o mais depressa possível, nem que todos tenhamos que morrer no processo.*

E tudo isso porque descobrimos a verdade?, pergunto, incrédula. *Porque voltei para cá e contei aos outros o que estava acontecendo?*

Agora, Li Wei se mostra inesperadamente hesitante, alternando o olhar entre o restante da plateia e meu rosto. *Tem mais uma razão.*

Que outra razão poderia existir?, interpelo, repleta de dúvidas.

Os soldados interrogaram Nuan, diz. *Estão sabendo do seu segredo.*

Percebo que está tomando cuidado com a escolha das palavras para me proteger. A esta altura dos acontecimentos, entretanto, meu segredo, como escolheu dizer, é a menor das preocupações. *Eu consigo escutar*, explico aos outros, já preparada para as reações de descrença gerais. A maioria fica achando que entendeu mal os meus sinais, então ponho-

-me a explicar melhor: *É verdade. Tenho o sentido da audição, assim como tinham nossos ancestrais.*

Que mentira é essa que quer nos impingir agora?, diz Sheng.

Não estou mentindo, retruco. *Não entendo como foi acontecer, e sei que parece loucura. Mas faço o que me mandarem fazer se quiserem tirar a prova.*

É verdade mesmo, reforça Li Wei. *Ela já me deu provas.*

Sinto-o apertar de leve minha mão, encorajando-me.

Os rostos dos outros exibem uma mistura de reações que vão do assombro ao puro ceticismo. O ancião Chen parece pensativo. *Isso lhe aconteceu naquele dia em que não estava se sentindo bem e ficou na escola?*

Sim, senhor. *Tudo aconteceu na noite da véspera, através de um sonho. Ainda estava me habituando aos estímulos e fiquei com dor de cabeça.* Faço uma pausa, tratando de medir minhas palavras. *Na verdade, continuo em adaptação até agora. É uma experiência um tanto... desconcertante.*

Muitos dos presentes ainda exibem o ceticismo estampado nos rostos, mas Chen parece ter aceitado minhas palavras, e ter esse voto de confiança é mais importante do que conseguiria expressar. *Posso imaginar que seja*, comenta. *E acham que isso pode estar ligado à reação que a cidade demonstrou?*

Li Wei assente. *Depois que Nuan contou que Fei conseguia escutar, uma onda de pânico tomou conta de alguns dos líderes. Pelo que pude apurar, o rei tinha medo de que isso pudesse acontecer, de que um de nós acabasse recuperando a audição. Parece que tem ligação com algum tipo de profecia, mas não consegui saber os detalhes. Não entendia muito bem os sinais dos outros prisioneiros; a linguagem deles é diferente da nossa. Porém, o fato é que o rei tem medo do significado que a audição recuperada de Fei pode ter, e por isso decidiu mandar esgotar a capaci-*

dade de produção da mina o mais depressa possível. Parece que o que aconteceu com ela é o sinal de algum tipo de mudança, de algo que vai voltar e que pode ser uma ameaça para ele.

Lembro-me da reação que Nuan teve ao saber que eu escutava e do sinal que fez. *Isto aqui era parte do que disseram que estava por vir?*, questiono Li Wei, tentando reproduzir o gesto. *Daquilo que o rei temia?*

Ele assente. *Isso mesmo, uma coisa que tem a ver com asas. Mas não conheço esse sinal.*

Escuto alguém arfar, e me viro na direção da anciã Lian. Está com o rosto muito pálido e olha para Chen, que parece igualmente em choque. *Então, acha que pode ser verdade?*, pergunta o ancião Chen a ela.

Pode ser que sim se isso que aconteceu com Fei for mesmo como nos contou, responde Lian.

Um dos aprendizes se apoia sobre uma pilha de pergaminhos no fundo do salão, fazendo com que caiam com um estrondo. A cena não é vista por ninguém, mas dou um pulo, alarmada com o barulho.

O ancião Chen abre um sorriso quando vê o que me assustou. *Eu diria que nos relatou mesmo a verdade. E, se o resto das informações também for verdadeiro... Bem, isto pode mudar muita coisa.*

Minha paciência está quase no fim, e mal posso conter a ansiedade para saber do que estão falando. Estou grata por ver que o tutor acreditou em nós e por ver que os outros aqui nos aceitaram de volta, mas agora que não estamos mais correndo perigo imediato, começo a me sentir inquieta. Zhang Jing não está conosco. Pelo relato de Li Wei, é provável que tenha sido capturada com os outros e forçada a trabalhar na mina. Pensar na minha irmã capturada e com medo faz meu estômago se revirar. Também me preocupo com a possibilidade de descobrirem que a visão dela está prejudicada. Se a ideia é extrair os minérios o mais depressa possível, os soldados só vão querer ficar com os trabalhadores saudáveis. Não posso abandonar minha irmã enquanto continuo aqui em segurança.

Contudo, o velho costume de respeitar os tutores é difícil de contornar. Embora esteja transferindo, inquieta, o peso de um pé para o outro, louca para sair e enfrentar os soldados, continuo esperando pacientemente até que o ancião Chen se levante e caminhe até a extremidade oposta do salão. Junto aos tais pergaminhos, há pilhas e mais pilhas do que parecem ser telas de registros antigos. A quantidade de informações armazenada aqui é comparável à da biblioteca lá em cima.

Que lugar é este?, indaga Li Wei.

É o depósito de emergência, criado para preservar nossa história, explica a anciã Lian, enquanto o olhar procura brevemente por Chen, que continua buscando algo no meio dos documentos. *Para o caso de algo acontecer com o prédio da escola, guardamos cópias dos documentos importantes aqui embaixo, e também um dos registros de cada semana. Mas admito que quem planejou este recurso não deve ter previsto uma catástrofe com a dimensão da que está acontecendo agora.*

O ancião Chen retorna para perto de nós, trazendo na mão um dos pergaminhos. Passa o rolo para um dos aprendizes, que se ajoelha no chão para abri-lo de modo que todos possamos ler. As ilustrações quase saltam da folha. Quem as desenhou era um artista de talento. O material fala de animais míticos, é uma cópia do pergaminho que me mostrara no dia da biblioteca. Vemos figuras de dragões, uma fênix e outras criaturas, mas ele aponta para a que está mais no alto da página.

O pixiu, diz.

E, quando faz o sinal, repentinamente percebo como é uma variação do gesto que Nuan fez para nós.

Volto para observar a ilustração. Vista de relance, a criatura lembra um leão — outro animal que nunca tive a chance de ver ao vivo —, com juba e tudo. Porém, um olhar mais atento revela que a cabeça tem elementos que lembram um dragão; o dorso largo e forte me remete aos cavalos que vi na cidade. E há, é claro, as asas cobertas de penas, que não têm nada a ver com o corpo de um leão.

Li Wei se agita ao meu lado. *Então é como na história que minha mãe contava, não é? Foram os pixius que sumiram com os sons quando quiseram dormir, porque queriam ter paz e tranquilidade.*

Sabemos que isso não é verdade, retruco, pensando que seria uma crueldade dessas criaturas fazerem algo assim. *É a contaminação dos metais que afeta nossos sentidos.*

Sim, acredito que essa parte, essa explicação para a perda da audição, não passa mesmo de uma lenda. Mas, no resto do pergaminho... O ancião Chen faz um gesto, apontando para os escritos. *Aqui, certamente há alguns detalhes que parecem fazer mais sentido agora. O texto conta que os* pixius *viviam por aqui, comendo os metais e protegendo os humanos de "consequências perigosas". Não explica exatamente que consequências seriam essas, mas acredito que, de alguma maneira, a presença dessas criaturas devia mesmo nos proteger da contaminação. Foi só depois da partida dos* pixius *que a audição começou a desaparecer.* Ele me encara, olhando bem nos meus olhos. *Fei, conte exatamente o que aconteceu na noite em que a audição voltou.*

Faço isso, relatando o sonho que tive e como vi o povoado mergulhado em desespero. E que, quando os moradores abriram as bocas, o som voltou para mim, junto da tal sensação de conexão, que até agora não consegui entender bem. O ancião Chen assente enquanto explico, depois começa a procurar por outro pergaminho. Quando se reaproxima, vejo que esse é ainda mais antigo do que o primeiro, com o papel frágil já começando a se esfacelar. Não confia o material a mais ninguém e se põe sobre os próprios joelhos velhos e cansados para abri-lo pessoalmente.

A maior parte dos documentos guardados aqui é de cópias, comenta Lian, enquanto vemos o ancião Chen buscar a informação de que necessita no texto. *Mas alguns originais vieram para este depósito justamente porque são raros e preciosos demais.*

Este pergaminho está todo preenchido de texto, sem ilustrações, e depois de vários minutos carregados de ansiedade, o ancião Chen enfim levanta a cabeça. *É exatamente como me lembrava. Este texto é o relato de uma pessoa que diz ter vivido no tempo dos* pixius, *muito antigamente. Diz que eram capazes de se conectar mentalmente com as pessoas que estivessem abertas para isso, indivíduos especiais capazes de enxergar verdadeiramente o mundo em todas as suas possibilidades. Acho que você é uma dessas pessoas, Fei. Acho que um* pixiu *tentou se comunicar com você. Aqui diz que os* pixius *trazem proteção e sorte aos justos, e que atendem aos apelos dos necessitados.*

Todos estão com os olhos cravados em mim quando ele termina de falar, então dou um passo para trás, assoberbada. *Mestre, isso não pode ser verdade. Sou uma pessoa que não tem nada de especial.*

Não tem, Fei?, pergunta ele, com um ar divertido. *Você é a única aqui que consegue escutar. E, de alguma maneira, um* pixiu *chegou até você. Sua audição restaurada é o sinal disso. O fato de ter lhe mostrado nosso povo pedindo ajuda, exatamente como o texto conta que os* pixius *atendem aos desesperados, também é um sinal.*

É o sinal que o rei tanto teme, acrescenta Li Wei, ansiosamente. *Talvez possamos enfrentar os soldados do rei se conseguirmos chamar os* pixius *de volta.*

O que isto tudo significa?, interpela outro dos anciões, enfim decidindo se pronunciar. Ele se chama Ho e, desde a minha chegada, deixou claro que não partilha da abertura do ancião Chen para acreditar no meu relato. *Não temos como saber ao certo por que os* pixius *desapareceram, nem mesmo se chegaram a existir de verdade. O texto do pergaminho pode ser só uma lenda.*

Eles existem, declaro, pensando no chamado que tenho sentido dentro do peito.

Volto a me lembrar, também, do momento do sonho em que escutei o grito das pessoas. Naquela hora, estava tão chocada com a estranheza da minha primeira experiência com o som que não pude prestar atenção em outros detalhes. Contudo, ao mesmo tempo, no fundo da mente, senti aquele remexer, aquela sensação de estranheza despertada pelos gritos das pessoas, mesmo sendo só um sonho. E, quando o exército iniciou o ataque hoje e o povo começou a gritar por todos os lados, a sensação voltou novamente.

O que está se passando pela sua cabeça, general?, indaga Li Wei, ao me ver tão perdida em lembranças.

Reajo com um sorriso fraco ao velho apelido, antes de me virar para os outros. *Não sei explicar... só sei o que consigo sentir, mas acho que o ancião Chen tem razão. Acredito que os pixius vão atender ao apelo do nosso povo.* Volto a me recordar do sonho, tentando reconstituí-lo com o máximo de exatidão. *Mas precisam ser todas as vozes ao mesmo tempo. E tem que ser bem alto. Intenso,* esclareço, quando percebo que nenhum dos presentes entende o que "alto" quer dizer. *Do mesmo jeito que vi no sonho. É assim que precisa ser para os pixius.*

O ancião Ho ainda olha tudo com um ar cético, mas todos os outros já começaram a aderir à ideia. Fico me perguntando se estão fazendo isso por acreditarem mesmo em mim ou porque estão tão desesperados depois do que se abateu sobre o nosso povoado que apostariam em qualquer plano que lhes desse alguma esperança, por mais fantasioso que pareça.

Temos que avisar aos outros, diz Li Wei. *Se os soldados cumpriram suas ordens, já devem ter capturado a maior parte dos moradores para levá-los para o trabalho na mina. Sairei e deixarei que me capturem também. Assim poderei alertar a todos.*

E eu vou junto, digo na mesma hora.

Não, intervém a anciã Lian. *É perigoso demais. Se já identificaram você como o foco da ameaça que pode trazer os pixius de volta, não pode se expor desse jeito.*

Mas é exatamente por isso que ela precisa estar no meio das pessoas, contrapõe o ancião Chen, com toda a serenidade. *Ela é a ligação. Não pode ficar escondida se é sua presença que vai desencadear a transformação que está por vir.*

As coisas ainda devem estar caóticas lá fora, digo. Ainda que esteja me dirigindo a todos os presentes, olho especificamente nos olhos de Li Wei. Algo me diz que é ele quem mais precisa ser convencido de que preciso me expor a esse risco. *E, embora os soldados tenham recebido minha descrição, a maioria nunca me viu de verdade. Não vão notar a diferença entre mim e qualquer outra moradora do povoado.*

A anciã Lian assente, pensativa. *E talvez possamos ajudar. Talvez possamos dar um jeito de tornar você ainda mais difícil de reconhecer.*

Depois de alguns momentos de deliberação, um menino servente é chamado para trocar de roupa comigo. Continuo usando trajes masculinos alheios, mas, agora, eles têm cores gastas e são mais propensos a se misturar aos do resto da multidão, em vez de me darem o destaque alcançado pelo azul dos aprendizes. O ancião Ho, surpreendentemente, me cede o próprio chapéu, um gorro pequeno de tecido que esconde a maior parte dos cabelos e geralmente é usado somente por homens. Um belo punhado de terra esfregado no meu rosto completa o disfarce.

Pronto, diz a anciã Lian. *Olhando de relance, os soldados nunca vão achar que é a garota que procuram. E a maior parte das pessoas também não vai reconhecê-la. Até porque, no momento, todos devem ter preocupações mais prementes.*

Discutimos mais alguns detalhes estratégicos, e sou pega de surpresa quando vários dos aprendizes e serventes se oferecem para nos acompanhar. *Queremos participar com nossas vozes*, explica o garoto que me cedeu as roupas. *Além do mais, você não vai ser identificada tão depressa se estiver no meio de um grupo.*

Os anciões concordam com a ideia, mas querem ficar com uma parte das pessoas no porão, por garantia. Tento me manter paciente enquanto a seleção é feita, mas o impulso para agir me queima por dentro, criando uma inquietude. Tenho um último palpite de para onde Zhang Jing pode ter ido, e quero logo verificar se é mesmo verdadeiro.

Li Wei me flagra limpando a terra do rosto. A sensação dela na pele me incomoda, e tenho que fazer um esforço enorme para deixá-la ali.

Devo estar ridícula, digo a ele.

Ele se volta para me olhar, tocando meu queixo de leve, com uma sombra de sorriso nos lábios. *Está linda como sempre foi. E, depois que tudo isto acabar, vamos achar uma ocasião para que possa usar o vestido vermelho outra vez.*

Balanço a cabeça, sentindo um emaranhado de emoções dentro do peito. *Ainda não consigo acreditar que você está aqui. E pensar que foi capturado por minha causa...*

Fei, fui capturado por causa da coragem que teve de voltar até aqui. De salvar nosso povoado. Ainda acha que o talento artístico é sua qualidade mais forte? Pois não é. É sua coragem. Há algo nos olhos dele enquanto me diz essas coisas, algo poderoso e cheio de calor, que toca em cheio meu coração.

Os tutores dão suas bênçãos para nossa jornada, e, depois disso, finalmente estamos prontos para partir. Li Wei e eu, seguidos de nosso pequeno exército, perambulamos de volta pelo túnel escuro até o local onde Jin Luan está de vigia. Ela se espanta compreensivelmente ao dar de cara conosco, e fica ainda mais chocada quando descobre que estamos de saída.

Vão voltar lá para fora?, exclama. *Só podem ter enlouquecido!*
É possível que sim, concordo.

Porém, sua missão é impedir que outras pessoas entrem, não barrar nossa saída. Ela sai do caminho para nos deixar passar, e me surpreende com o primeiro sorriso sincero que já vi nos seus lábios. *Boa sorte, Fei.*

Li Wei segue na frente, subindo pela escada que leva à floresta, sempre atento a algum soldado por perto. Depois que se assegura de que está tudo tranquilo, acena para que o sigamos. Nosso grupo é formado por sete pessoas ao todo, e, quando nos aglomeramos nos fundos do prédio do colégio, reparo que tudo está mais silencioso. Antes, quando Li Wei e eu fizemos nossa louca escapada até aqui, os gritos e sons da destruição pairavam no ar. Pergunto-me se essa será a confirmação de que os soldados já capturaram mesmo a maior parte das pessoas.

Muito bem, começa Li Wei. *Acho que nossa melhor estratégia deve ser...*
Ainda não, interrompo.

Ele me olha, espantado. *O quê? Mas temos que nos juntar aos outros prisioneiros.*

Vamos fazê-lo, afirmo. *Mas, antes, precisamos tomar um pequeno desvio de rota.*

Conheço Li Wei bem o suficiente para perceber sua frustração, mesmo quando a mantém contida para o restante das pessoas. *De que desvio está falando, exatamente?*

Não vamos a lugar nenhum antes de encontrar minha irmã, explico.

CAPÍTULO 18

Li Wei pondera um pouco a respeito, então balança a cabeça, com uma expressão compreensiva no rosto, apesar da impaciência que está muito óbvia. *Também queria muito poder encontrá-la, mas não há tempo para fazer uma busca pelo povoado. Temos que seguir com o nosso plano.*

Já sei onde ela está, digo. Não estou mentindo totalmente. *Não vamos precisar nos desviar tanto do nosso caminho.*

Depois de um pouco mais de persuasão, ele cede, e nosso pequeno grupo se põe em movimento. Avançamos sob a proteção da floresta, mantendo distância das trilhas principais. Vemos os sinais da destruição promovida pelos soldados ao nosso redor, e a fumaça dos incêndios que iniciaram toma o ar. A maior parte dos moradores parece já ter sido capturada, mas ainda avistamos patrulhas de soldados de tempos em tempos, que, graças à minha audição, conseguimos evitar antes de sermos vistos.

Logo estamos no extremo oposto do povoado, na trilha que margeia a encosta. Chegamos perto do cipreste solitário onde as cinzas dos meus pais foram espalhadas, e, num primeiro momento, chego a pensar que posso ter me enganado. Contudo, logo uma silhueta se mexe, e avisto Zhang Jing sentada com as costas apoiadas na árvore, perigosamente próxima da ribanceira. Na trilha, há muitos rastros recentes de botas, mas, pelo visto, os soldados não a viram escondida atrás do tronco. Solto um suspiro de alívio, feliz por constatar que minha intuição estava certa. Sabia que, no momento de maior perigo, era aqui que buscaria de refúgio.

Toco de leve seu braço, e minha irmã se encolhe, não me reconhecendo de cara por causa das roupas diferentes e do rosto sujo. Então, a alegria toma conta da sua face manchada de lágrimas. Ela se põe de pé num salto, e se atira em cima de mim para um abraço. *Fei!*, exclama, depois que nos separamos. *Não sabia o que tinha acontecido com você. Tudo ficou tão confuso. O que está havendo? Quem são aquelas pessoas?*

São os soldados do rei, respondo. *Agora que sabemos a verdade, vieram para tentar nos escravizar. Bolamos um plano para salvar o povoado, mas, antes, queria ter certeza de que estava bem.* Viro-me para olhar o grupo de aprendizes e serventes que vieram conosco. *Algum de nós vai acompanhar você até os subterrâneos do Paço do Pavão, para que possa ficar em segurança.*

Zhang Jing sacode a cabeça decididamente. *Não. Vou aonde você for.*

Hesito. Embora seja capaz de me lançar sem pestanejar ao perigo quando estou sozinha, a possibilidade de envolver Zhang Jing muda as coisas. Ela continua sendo minha irmã, continua sendo quem quero proteger, e minha vontade é a de que fique em segurança na companhia dos tutores. Porém, há uma centelha em seu olhar, algo que me diz que Zhang Jing não vai se entregar facilmente.

Estou falando sério Fei, continua. *Quero ficar com vocês. Seja para o que for. Não tenho medo.*

A ajuda dela pode ser útil, observa Li Wei. Sei que a demora está fazendo com que fique ansioso. *E, dessa forma, também não perderemos mais um membro do grupo.*

Sou parte desta comunidade, intervém Zhang Jing, enfática. *Esta luta é minha também.*

Não posso me colocar contra os dois e, mesmo relutante, cedo. Pelo menos assim posso ter o conforto de vigiá-la de perto.

Retornamos na direção do povoado, ainda avançando pelo meio das árvores. Li Wei caminho um pouco à frente, alerta para detectar qualquer sinal dos soldados. Queremos que nos peguem, mas caminhar direto na direção de uma patrulha não seria a melhor opção. A captura deve parecer o mais "natural" possível, para não levantar suspeitas.

Li Wei chega correndo de volta ao grupo, trazendo no rosto uma mistura de nervosismo e empolgação. *Mais à frente,* sinaliza. *Tem uma patrulha com três soldados logo ali.*

Aproximamo-nos do local indicado, caminhando descuidadamente entre as árvores para fazermos o máximo de barulho possível. A estratégia dá certo, e, em poucos instantes, nos vemos cercados pelo trio de soldados, que acreditam ter flagrado um bando de moradores incautos tentando escapar. Demonstramos o pavor esperado enquanto brandem as espadas; na verdade, nem requer tanto fingimento assim, e Li Wei faz de conta que vai tentar escapar. Isso rende a ele uma pancada na cabeça que me faz encolher o corpo de aflição, mas demonstra para os soldados que somos aldeões como qualquer outro. Ainda com as espadas em riste, eles nos agrupam e nos fazem marchar na direção da mina. Procuro Li Wei com o olhar durante a caminhada, e, embora tenha o cuidado de manter um ar apavorado como os soldados esperam, vejo que seus olhos cintilam de expectativa agora que nosso plano está em curso.

No túnel que dá acesso à mina, o número de moradores capturados se multiplicou, e os prisioneiros acorrentados que foram trazidos montanha acima já se juntaram à força de trabalho. Pelo visto, ainda há algumas pessoas escondidas no fundo das galerias, mas, neste momento, os soldados estão ocupados mantendo os prisioneiros já capturados em fila, e parecem estar tentando fazer algum tipo de seleção. Um dos soldados que estão conosco grita algo, atraindo a atenção do homem que parece ser o chefe. Ele volta o olhar para nós, com um ar um pouco surpreso. O que parece é que acreditavam que já tinham capturado todos os moradores. Um grupo do tamanho do nosso é uma aparição inesperada.

Aproxima-se para uma inspeção geral, tomando decisões rápidas. Com alguns gestos, nos divide em dois grupos. Num deles ficamos eu, Zhang Jing, o garoto que me cedeu as roupas e mais uma garota bem nova. Li Wei fica com o restante das pessoas, no segundo grupo. Percebo imediatamente que fomos divididos de acordo com o porte e a força, e o soldado manda os que ficaram com Li Wei se juntarem a outra turma mais ou menos do mesmo tamanho. Zhang Jing e eu vamos ficar com um amontoado de prisioneiros composto em sua maioria por mulheres de compleição mais delicada e crianças pequenas. Meu olhar cruza com o de Li Wei enquanto somos conduzidos em direções opostas, e a mensagem é bem clara: "O plano deve ser mantido".

Atrás dele, vejo o chefe dos soldados falando com um dos prisioneiros do povoado do platô. O homem emite os tais sons incompreensíveis, e o prisioneiro observa seu rosto com muita atenção. Concluo que deve ser o que consegue fazer leitura labial. Momentos depois, o prisioneiro se volta para falar com o grupo de Li Wei, usando a mesma linguagem de sinais que vimos Nuan usar. *Eles vão mandar vocês para trabalhar dentro da mina. Se forem obedientes e seguirem as ordens, terão as vidas poupadas.*

Embora os sinais passem uma mensagem, a expressão no rosto dele mostra algo muito diferente, e isso é captado pelos outros prisioneiros.

Isso é mesmo verdade?, Li Wei indaga.

O homem hesita por um breve instante antes de responder. *Provavelmente, não. Mas que alternativa nos resta?*

Viro-me para olhar as pessoas aglomeradas perto de mim. Há alguns soldados em volta, mas a vigilância não é tão cerrada quanto no grupo onde Li Wei ficou. Não estamos acorrentados. Como somos menores, devem considerar que não representamos uma ameaça. Vendo que este é o momento que estávamos esperando, começo a sinalizar para as mulheres reunidas ao lado de Zhang Jing. Procuro fazer gestos discretos, para não atrair a atenção dos guardas. Acho que poucos deles entendem a linguagem de sinais, mas não quero me arriscar.

Prestem atenção, alerto. *Tem um jeito de nos salvarmos, mas, para isso, vai ser preciso que todos participem do plano. Quando eu der o sinal, todos precisam gritar ao mesmo tempo.*

Uma mulher me olha como se eu estivesse louca. *Gritar?*, questiona ela.

Não posso culpá-la. Embora nosso povo solte gemidos e vocalizações involuntárias o tempo todo — neste momento mesmo, estou escutando muitos lamentos ao meu redor —, isto não é algo que costumemos fazer deliberadamente. Afinal, nenhum de nós pode ouvir os sons produzidos por outras pessoas. A vocalização não passa de um instinto residual, algo que sabemos que acabamos fazendo em momentos de emoção extrema, e que se resumia apenas a isso. Até este momento.

Isso mesmo, afirmo. *Teremos que gritar. Berrar. Dar voz à nossa aflição. Terão que fazer isso todos ao mesmo tempo e precisa ser...* Faço uma pausa, lembrando que devo usar termos que sejam capazes de entender. *Precisa ser com o máximo de intensidade possível. Sabem a vibração que sentem na garganta? Ela tem que ser muito forte. Façam a garganta... tremer o máximo possível. Estão me entendendo?*

Elas me encaram, confusas, mas uma garotinha corajosamente resolve se pronunciar. *Eu entendi.*

A mãe trata de puxá-la de volta, e me pergunta: *Mas qual é a finalidade disso? De que vai adiantar? Já estamos perdidas mesmo.*

Não, insisto. *Nem tudo está perdido. Não posso lhes explicar tudo agora, mas precisam acreditar em mim quando digo que vai dar certo. É nossa chance de salvarmos o povoado... Mas é fundamental que todos gritem na mesma hora.*

Avanço pelo meio do grupo, repetindo a mensagem. Olhando para o outro lado da clareira, vejo Li Wei fazendo a mesma coisa, com gestos discretos, para não atrair a atenção dos guardas, e parece que está se deparando com o mesmo tipo de reação. A maior parte das pessoas está muito assustada, e não acredita que um pedido bizarro assim terá qualquer efeito. Por outro lado, o desespero é tão grande que estão dispostas a se agarrar a qualquer possibilidade de redenção, por mais que soe fantasiosa.

Confiem em mim, repito pelo que parece ser a centésima vez. *Vai dar certo se todos fizermos isso juntos. Ponham toda a emoção que puderem, toda a esperança e todo o medo, todas as suas dúvidas e toda a fé.*

As palavras que escolhi parecem surtir efeito na mulher a quem estou me dirigindo no momento. Ela assente, contendo as lágrimas. Provavelmente, tudo o que lhe resta agora são as emoções. Dar voz a elas, mesmo não sendo capaz de ouvir essa voz, é o que lhe resta fazer. Quando desvio o foco que estava nela para ver se falta passar a mensagem a mais alguém deste grupo, sou atraída por uma movimentação de mãos no canto do meu campo de visão. Uma mulher mais velha, com trajes de fornecedora de suprimentos, gesticula furiosamente.

É ela! Fei! É a garota que começou essa história toda, alerta. Algumas pessoas que estão perto dela voltam os olhares para mim, examinando com atenção, depois arregalando os olhos ao me reconhecerem.

Foi ela mesmo?, retruca outra mulher, sem se abalar. *Pois, para mim, parece que foi a cidade que começou isso tudo, e muito tempo atrás.*

Isso são mentiras que ela inventou!, exclama a mais velha. *Alguém chame os guardas! Devem estar atrás dela, com toda certeza. Se a entregarmos, vão nos deixar em paz.*

A senhora perdeu o juízo, junto de todo o resto?, intervenho. *Não vão deixar ninguém em paz! Vão nos obrigar a trabalharmos até a morte para esgotar a capacidade da mina. A começar pelos mais fortes, que já levaram para lá. Mas, depois que estiverem exaustos, vão nos fazer trabalhar no seu lugar. Esse plano, o de gritarmos todos ao mesmo tempo, é nossa única esperança.*

Contudo, a mulher que tinha me reconhecido primeiro não está mais prestando atenção. Sem conseguir o apoio imediato que queria, decidiu ir pessoalmente chamar um soldado. Ao encontrar um, ela puxa a manga da sua roupa, sinalizando de um jeito que não entende. O homem, irritado, a empurra para longe, mas ela insiste e recorre a gestos mais simples, apontando para mim no meio do grupo de prisioneiros. O soldado me olha, intrigado. Não compreende por que a mulher está apontando, mas já não estou mais diluída no meio dos outros. O momento de passar despercebida já se encerrou. O soldado se mete pelo meio das mulheres aglomeradas e começa a avançar na minha direção.

Olhando para a entrada da mina, procuro por Li Wei e seu grupo. Estão sendo conduzidos para dentro do túnel e vejo-o procurando por mim também. *Tem que ser agora*, sinaliza, com as mãos erguidas bem para o alto.

Concordo com um aceno de cabeça e me volto para Zhang Jing. O soldado está quase chegando até nós. *Agora*, digo, fazendo sinais amplos com as mãos bem altas. *Agora! Todo mundo comece a gritar!*

No começo, a única voz que escuto é a minha própria. Jogo toda a emoção que trago no peito para ela, tudo o que venho carregando comigo há tanto tempo. Ponho também o amor que sinto por Zhang

Jing e Li Wei, a dor pela morte dos meus pais, o medo pelo destino do povoado. O som vibra não só na minha garganta, mas no corpo inteiro, criando ondas de emoção que me atravessam. Posso senti-las de todas as maneiras, com todos os sentidos, e então começo a ouvir outro grito ecoando o meu. É Zhang Jing, fazendo soar uma voz que ela mesma não pode ouvir e dando a ela a mesma intensidade que arde na minha. Ao lado dela, outra mulher se junta ao coro. E outra. E mais outra.

O soldado para de caminhar e olha ao redor, confuso. Ele perde o interesse por mim e começa a tentar descobrir o que está acontecendo. Os outros soldados espalhados por ali parecem igualmente perplexos. O som foi se alastrando de pessoa para pessoa, no meu grupo e também no de Li Wei. Para aqueles que podem escutar, é um momento ao mesmo tempo espetacular e pungente. Meu povo não faz ideia do tamanho da dor que está conseguindo expressar.

Dentro do peito, sinto aquele fibrilar de leve que sinaliza a ligação com algo maior, e a empolgação aumenta. Está funcionando! Estamos sendo ouvidos! Ergo as mãos e sinalizo para todos ao meu redor: *Mais! Mais! Façam com que seja mais intenso; façam vibrar mais! Chamem os outros!*

Eles espalham a mensagem, e a onda se propaga pela multidão. Olhando por cima das cabeças ao redor, vejo Li Wei encorajando seu grupo da mesma maneira. As vozes ficam mais altas, e elevo a minha também, chamando pelo *pixiu* que me escolheu para ajudar nosso povo. Sinto outra vez um puxão forte no peito; mas não vejo nenhum sinal imediato de que o plano esteja dando certo.

Os guardas, entretanto, estão começando a reagir. Não entendem o que está acontecendo, mas sabem que não gostam. Começam a dizer coisas para nós, uma mesma ordem repetida sem parar, e intuo que estão mandando que façamos silêncio. Os prisioneiros desafiam as ordens, pelo menos nesse primeiro momento, e continuam a gritar. Isso enfurece alguns dos soldados, e eles passam a recorrer à violência. O guarda que está mais perto de mim estapeia uma mulher com tanta força que a faz cair de joelhos. Isso assusta os que estão mais perto dela e os faz se calarem.

Grito ainda mais alto para compensar, e sinalizo para que os outros façam o mesmo, e a conexão que sinto arder por dentro fica mais forte. A intensidade é tão avassaladora que acho quase impossível de suportar. Ela vai crescendo e crescendo até que, de repente, parece desaparecer. É quase como a sensação de uma bolha que cresce até o máximo da sua capacidade antes de estourar. Não sei direito o que aconteceu, mas só deixo que a minha voz fraqueje por um momento antes de continuar gritando ainda mais alto que antes.

Ao meu redor, os outros estão começando a perder a fé, tanto por causa da falta de resultado quanto em reação à brutalidade dos soldados. Estão fazendo de tudo para calar as pessoas, distribuindo tapas e derrubando quem estiver pela frente. Não muito longe de mim, um senhor de mais idade grita de dor ao ser empurrado e chutado com força por um soldado. Isso faz alguns outros se calarem de medo, mas ignoro tudo aquilo, decidida a não me deixar intimidar. Não tenho medo do que possam fazer comigo.

Zhang Jing, ao meu lado, entoa orgulhosamente seu grito, mas ele é interrompido momentaneamente quando um dos guardas a derruba. Ajoelho-me ao lado dela e me calo também, preocupada demais para continuar. *Está tudo bem?*, pergunto.

Ela sacode a cabeça para recusar minha ajuda e abre a boca para continuar a gritar. O mesmo soldado que a jogou no chão lhe dá um tapa na cabeça para fazê-la se calar. Ponho-me de pé num salto, jogando o corpo entre o soldado e minha irmã, pronta para suportar o golpe. Porém, antes que qualquer um de nós possa fazer alguma coisa, a mulher que me reconheceu mais cedo chega correndo, apontando e gesticulando freneticamente na minha direção. Esse soldado não consegue entender o que diz, mas logo chega outro, andando a passos largos, com um olhar duro que logo vem pousar em mim. Nunca vi o homem antes, mas claramente sabe quem sou.

Depois de dizer algo em tom brusco para o guarda que derrubou Zhang Jing, ele me agarra pelo braço, arrastando-me até o homem que parece ser o comandante da tropa e que está perto da entrada da mina. A multidão se abre para nos dar passagem, e, à medida que avançamos, percebo que os gritos cessaram à nossa volta. Algumas pessoas continuam tentando emitir suas vozes sem muito entusiasmo, mas a maioria foi obrigada a se calar, ou o fez por medo do que pudesse lhes acontecer.

E nada aconteceu.

Só a necessidade de manter um ar destemido diante dos guardas impede que as lágrimas de frustração jorrem dos meus olhos. Quis muito acreditar na história do ancião Chen sobre os *pixius*. Desejei que houvesse uma explicação para as coisas que estão acontecendo. Quis que uma criatura mágica aparecesse para nos salvar.

Mas, à medida que o grito uníssono vai se desmantelando em uma série de lamúrias assustadas, fica bem claro que não existe mais ninguém neste lugar desolado fora nós, humanos. Essa constatação quase me parte o coração, e preciso reunir toda a coragem que ainda me resta quando me empurram para cair de joelhos diante do chefe dos soldados. Ele me olha com um ar superior e um risinho de escárnio, e começa a falar, mas balanço a cabeça, indicando que não compreendo.

Isso, entretanto, parece não fazer diferença para o homem. Sou a garota que iniciou tudo isso, decidindo descer a montanha e desafiar os temores do rei com relação aos *pixius*. Está claro que esse soldado tem intenção de acabar com essa ousadia de uma vez; e acabar comigo.

Vocifera uma ordem, e o soldado que me trouxe até aqui me arrasta para longe. Estou com o coração tão pesado, tão triste por causa do fracasso do nosso plano que no início nem me dou conta de para onde estou sendo levada. A frustração é grande demais por ter feito tudo isso a troco de nada e por saber que a cidade é quem vai levar a melhor, no final. Um grito vindo da multidão, na voz de Zhang Jing, me tira do torpor. "Preciso ser forte por causa dela", digo para mim mesma. Ergo os olhos para ver que o soldado está me levando na direção da encosta. Ele para ao chegar na beirada, me empurrando para ficar de joelhos novamente, o rosto virado para o penhasco. O mundo gira quando encaro o abismo, tendo só a mão do soldado no meu ombro, pronta para me puxar de volta ou empurrar. Tratando de engolir o medo, consigo virar um pouco o corpo na direção da multidão boquiaberta. O rosto de Zhang Jing está molhado de lágrimas, e Li Wei precisa ser contido pelos guardas para não vir até mim.

O chefe dos soldados diz algo para o prisioneiro que conhece leitura labial, e ele, se encolhendo frente às palavras que decifra, ergue bem as mãos para que todos vejam a tradução: Olhem bem para ver o que acontece com aqueles que desafiam a vontade do poderoso rei!

A mão do soldado se retesa no meu ombro. Sei que ele está a poucos segundos de me empurrar para a morte, esperando apenas para receber a ordem do seu líder. O prisioneiro continua transmitindo o que lhe ordenam. *Todos aqueles que incitarem a rebeldia receberão uma punição à altura. Já aqueles que se mantiverem obedientes serão...*

O homem perde o fio da meada quando uma sombra passa pelo seu rosto.

E depois outra.

E mais outra.

Com os olhos arregalados, ele se volta para o céu... e é então que todos nos deparamos com o impossível.

CAPÍTULO 19

Uma dúzia de silhuetas cintilantes circula acima de nós, todas radiantes ao sol do fim de tarde, com o voo impulsionado por asas poderosas. O soldado solta a mão do meu ombro, recuando, e me deixando livre na borda perigosa do penhasco. Sou pega de surpresa por essa movimentação repentina, meu corpo se desequilibra. Trato de mexer as mãos e os pés para dar um jeito de recuar, trocando a beirada escorregadia da encosta por um terreno mais estável. O tempo todo, meus olhos permanecem colados ao céu.

As criaturas brilhantes giram em círculos cada vez mais baixos, e sinto as lágrimas incharem nos meus olhos quando identifico as mesmas formas extraordinárias retratadas no pergaminho aberto pelo ancião Chen: o porte majestoso, a cabeça de dragão, a juba de leão e as asas cobertas de penas. Um sonho tornado realidade. A lenda em carne e osso.

Os *pixius* vieram para nós.

E são tão lindos, mesmo com a aparência feroz das garras e dentes afiados, que meu coração chega a doer. O instinto que tantas vezes toma conta do meu ser, de capturar o mundo com o traço dos pincéis, incha dentro de mim, mil vezes mais forte do que em qualquer outra ocasião. Quero desenhar a silhueta exótica, a maneira como eles parecem ao mesmo tempo tão poderosos e tão elegantes, planando nas correntes de ar. Quero retratar o movimento da brisa agitando as jubas densas. Quero recriar o brilho metálico do pelo, em tons que vão desde o bronze profundo até o prata mais brilhante, mesmo sem ter a mais vaga ideia sequer de como começaria a fazê-lo. As cores ondulam pelos corpos deles quase como se fossem líquidas. Retratar fielmente a aparência majestosa dessas criaturas provavelmente seria uma missão impossível, mas, no momento, sinto que seria capaz de passar alegremente o resto da vida tentando fazer isso.

Quando finalmente consigo descolar os olhos da sua beleza, percebo que, aqui embaixo, o caos voltou a reinar. Os cavalos empinam, assustados, e os soldados tentam acalmá-los, com a atenção dividida entre os animais, os moradores do povoado e as criaturas majestosas que tomaram o céu. Entre o meu povo, vejo reações variadas. Alguns estão simplesmente paralisados, em choque. Outros tentam fugir, assustados. E outros parecem já ter feito a ligação entre nossos gritos e a aparição dos *pixius*. Dentre esses, muitos são pessoas mais velhas, conhecedoras das lendas, que enxergam na chegada das criaturas nossa salvação. Caem de joelhos, erguendo as mãos para o céu e soltando suas vozes, que agora trazem uma nota de alegria em vez de dor.

Uma dessas pessoas é uma senhora que está ajoelhada perto de mim. Sei que perdeu boa parte da visão, mas claramente ainda consegue distinguir as formas cintilantes dos *pixius* voando em círculos no céu. Ela ergue as mãos, agradecida, gritando de felicidade. Perto dela, há um jovem soldado que olha nervosamente para o céu. Ao ouvir o grito da mulher, ele bate na cabeça dela com o punho da espada.

Num piscar de olhos, um dos *pixius*, de corpo dourado, destaca-se do meio dos outros e mergulha, partindo direto para cima do soldado. Com garras tão brilhantes quanto o pelo metálico, agarra o rapaz e o atira encosta abaixo num único e elegante movimento. O grito do jovem ao cair no abismo faz minha nuca se arrepiar.

Essa cena é a gota d'água que faltava. Os soldados se mobilizam, vendo agora uma ameaça concreta na presença dos *pixius*. O chefe deles começa a gritar ordens. Espadas são brandidas, e uma tropa de homens armados de arcos e flechas chega correndo para tomar a dianteira. Mesmo sem entender as palavras que são gritadas, os atos e expressões no seu rosto deixam clara a mensagem: *Derrubem os* pixius*!*

Flechas voam pelo céu. Os *pixius* são capazes de se desviar facilmente da maioria delas com seus movimentos ágeis, e as que conseguem chegar ao alvo quicam sem penetrar-lhes a pele. O pelo parece de uma maciez luxuriante, mas, pelo jeito, os *pixius* na verdade são impenetráveis como rochas. Porém, de qualquer maneira, o ataque direto os incita a começarem a agir. Desfazem a formação em círculo, mergulhando e investindo com rapidez impressionante para eliminarem os inimigos um a um. Do meu posto de observação, posso ver como distinguem facilmente soldados de prisioneiros, e como nunca se aproximam de ninguém do meu povo ou dos moradores do povoado do platô. Já os soldados... Cada um tem um destino diferente. Alguns são atirados encosta abaixo. Outros acabam simplesmente dilacerados.

Quem olha do meio da multidão, no entanto, não consegue perceber com tanta clareza que os *pixius* estão poupando os prisioneiros. Os moradores entram em pânico e começam uma fuga, novamente quase pisoteando uns aos outros na ânsia de escapar. Logo, ganham a companhia de soldados assustados que começam a perceber como é inútil tentar matar as criaturas voadoras. Os soldados parecem tentar voltar para o centro do povoado, então imagino que estão fugindo na direção dos desfiladeiros abertos pela explosão recente, chegando à descida da montanha pelo outro lado. Prisioneiros amedrontados, sem querer cruzar com seus antigos algozes, correm na direção oposta e vão para a mina se juntar aos que continuam escondidos nos túneis. Mas há outros que não conseguem mover um músculo. Ficam congelados em seus lugares, os olhos voltados para o alto, fitando o espetáculo belo e mortal que se desenrola no céu.

O caos é absoluto.

Começo a me deslocar na direção do lugar onde vi minha irmã pela última vez. A multidão que havia ao redor dela se dispersou, mas Zhang Jing continua lá, hipnotizada pelo que vê. Estreita os olhos para enxergar melhor, com o assombro estampado no rosto. Alguém que vem correndo esbarra em mim por trás, me jogando para cima dela. Zhang Jing baixa os olhos e abre um sorriso ao me ver.

Você conseguiu, Fei! Fez os...

Não vejo o resto do que tem a dizer porque minha atenção é capturada por um som; uma voz. Uma voz que, a esta altura, já conheço bem: a de Li Wei. Seria capaz de reconhecê-la em qualquer lugar, e esse pensamento me traz uma lembrança rápida e surreal do melro azul e de como pode encontrar a sua companheira com um simples chamado. Não preciso olhar para o rosto de Li Wei neste momento para perceber o alerta que quer transmitir. Mesmo sem articular qualquer palavra, a mensagem é clara. Giro o corpo bem a tempo de ver um soldado vindo em disparada, sem olhar quem ou o quê vai atingir enquanto brande as lâminas das espadas.

Graças ao aviso de Li Wei, tenho o tempo exato para agarrar Zhang Jing e me desviar do golpe, embora o movimento nos faça cair no chão. O soldado brande as espadas no local exato onde estávamos, e faz uma pausa na sua fuga para lançar um olhar ameaçador na nossa direção. Antes que consiga decidir o que vai fazer em seguida, um *pixiu* cor de bronze mergulha do céu para interceptá-lo, e o carrega para longe, deixando apenas os gritos ecoando para trás. Apresso-me para ajudar Zhang Jing a se levantar. Sem saber ao certo que lugar pode ser mais seguro para nós, lembro-me da voz de Li Wei. Volto o olhar para a direção de onde veio e o avisto perto da entrada da mina, onde a maior parte do nosso povo foi se reunir. Ele acena para mim no meio da confusão, e, tomando a mão de Zhang Jing, começo a avançar para encontrá-lo.

A desordem é completa; quase uma réplica do momento em que tentei atravessar o centro do povoado, hoje mais cedo. Agora, pelo menos, não há ninguém perseguindo especificamente a mim, mas isso não quer dizer que o perigo tenha acabado. Todos estão tão ocupados tentando garantir a própria salvação que não pensam em quem podem esbarrar no caminho. Os soldados usam a força e suas armas para abrir espaço, tornados ainda mais violentos e desesperados por causa do medo que sentem. Os *pixius* estão no seu encalço, e os homens sabem disso. Posso ouvir seus gritos, e eles são terríveis, sons de partir o coração; mesmo vindos daqueles que sei serem meus inimigos. Os gritos me fazem desejar viver mergulhada no silêncio outra vez, e me pergunto como será que os soldados conseguem devotar suas vidas à guerra. Quem é capaz de conviver permanentemente com toda essa confusão e desespero?

Finalmente, Zhang Jing e eu chegamos junto ao grupo que está perto da entrada da mina, e Li Wei me envolve nos braços. Como minha irmã continua agarrada a mim, ele acaba abraçando a nós duas. Ficamos dessa forma ali, bem juntos uns dos outros, assistindo ao que se passa ao redor. A maior parte dos soldados desapareceu, morta ou tendo conseguido escapar. Alguns poucos ficaram encurralados aqui na clareira, e, assim que são avistados pelos *pixius*, são eliminados de forma rápida e sangrenta. Um deles, ao ver a criatura se aproximando, escolhe um fim diferente: ele mesmo se atira do penhasco.

À minha volta, o clima é de emoções misturadas, e sinto-me da mesma maneira também. Estamos felizes por nos vermos livres dos soldados, mas a beleza dos *pixius* tem um quê de ferocidade. Uma vez que não resta mais nenhum inimigo à vista, as criaturas desenham mais alguns círculos no ar antes de voltarem sua atenção para nós. Então, pousam bem no meio da clareira num grupo numeroso e cintilante, e se aproximam a pé do nosso povo. O braço de Li Wei continua em volta do meu corpo, e posso senti-lo se retesar. O medo brilha nos rostos dos meus companheiros de povoado e do povo de Nuan, e alguns, sem conter o pavor, buscam a segurança do interior da mina.

Também me sinto ansiosa, observando a aproximação dos *pixius* e imaginando o que seria capaz de impedir que essas criaturas se voltassem contra nós. Pelo que pude ver até agora, o que aconteceu simplesmente foi que identificaram os soldados como uma ameaça direta e decidiram eliminá-los antes que fossem transformados numa presa fácil.

O grupo para a uns poucos metros do lugar onde estou. Suspendo a respiração. Estão tão próximos que posso ver as mechas multifacetadas que formam o brilho ondulante do seu pelo. As garras também cintilam à luz do dia; algumas molhadas de sangue. Todos têm olhos azuis, detalhe que nenhum dos textos mencionava. É um tom muito claro e aberto de azul, parecido com a cor do céu de onde vieram, e que combina bem com o resto, concluo. Esses olhos lindos agora estão postos sobre nós com um ar solene, como se os *pixius* também estivessem à espera de alguma coisa.

Há uma movimentação no meio do grupo, e um deles toma a dianteira. Ela — de alguma maneira, instintivamente, sei que se trata de uma fêmea — é uma das maiores e tem uma pelagem com mechas brancas e prateadas. Carrega o brilho de um raio de luar ao se mexer, e é de uma beleza que deixa minhas pernas bambas. Ao mesmo tempo, volto a ter a mesma sensação de antes: aquele puxão no peito, como se alguém estivesse me chamando de um local muito distante. A sensação vai ficando mais e mais forte à medida que a criatura prateada se aproxima, até que a consciência da conexão começa a praticamente arder no meu peito. Os olhos dela mergulham nos meus, convidativos. Sem conseguir resistir, desvencilho-me do abraço de Li Wei e dou um passo à frente. Ele começa a fazer sinais que capto pelo canto dos olhos.

Fei, tenha cuidado. Viu o que são capazes de fazer. São criaturas sanguinárias.

Depois de assentir, aproximo-me do grupo até ficar a uns poucos centímetros da *pixiu* prateada. Tanto os humanos quanto o grupo deles parecem estar com a respiração suspensa, todos na expectativa para ver qual será o desenrolar desta história. Ela se mexe e vem na minha direção, e ouço as arfadas de espanto das pessoas que acham que um ataque vai acontecer. Mas não.

Em vez disso, ela se ajoelha.

Estendo a mão e toco a lateral do seu rosto, arfando, por minha vez, ao sentir meus pensamentos de repente serem bombardeados por imagens e cenas. É como se tivesse criado um sentido a mais. As imagens, vindas da mente dela, não da minha, passam pelo meu pensamento, e pego-me testemunhando lembranças de um tempo muito, muito antigo. Vejo *pixius* e humanos, meus ancestrais humanos, vivendo em harmonia nestas montanhas. Isso muito antes de os desfiladeiros serem bloqueados, quando o povoado tinha acesso aos vales de terra fértil e às rotas de comércio. Os *pixius* tiravam força dos metais preciosos e nossos ancestrais extraíam pequenas quantidades de minério para brindar a amizade com essas criaturas aladas. Elas, em troca, os protegiam das ameaças externas, emanando também uma aura de energia curativa que impedia que as toxinas das minas provocassem qualquer mal.

Porém, os homens a serviço do rei da época desenvolveram armas capazes de machucar os *pixius*, e os exércitos invadiram as montanhas, caçando as belas criaturas por causa de suas peles e também para conseguirem acesso aos minérios preciosos. Este último bando que restou delas, fraco e desguarnecido, conseguiu escapar dos caçadores, e se refugiou num local mágico de hibernação no seio da montanha. Os *pixius* precisavam mergulhar no sono para recuperarem as forças, embora, com isso, tenham precisado abandonar os humanos com quem tinham criado laços; e que acabaram encurralados e escravizados, depois que os desfiladeiros ficaram bloqueados pela avalanche.

Essa fêmea, independentemente dos outros, decidiu procurar uma pessoa com quem pudesse partilhar seus sonhos: um humano que tivesse a mente tão sensível ao estímulo visual quanto a dos *pixius* é. Foi ela quem fizera contato comigo quando dormia, conectando-se a mim; e fora esse laço que me transmitiu a energia de cura dos *pixius*, fazendo com que voltasse a escutar. Fora ela quem me mostrou o que deveria fazer — liberar a voz do meu povo — para acordar o restante do bando e recordá-los da ligação que tinham com nossos ancestrais.

E ela me conta isso tudo através das imagens, das cenas que vejo fluindo de sua mente para a minha enquanto encaramos uma à outra. Consigo ler as imagens com a mesma facilidade com que leria ideogramas escritos num papel. Foi também por causa disso que me escolheu. Nem todos os humanos são capazes de se comunicar da maneira que os *pixius* fazem, mas eu e ela nos entendemos perfeitamente. A história que me conta é uma narrativa épica, com consequências que desconfio que estou apenas começando a compreender. Ainda há muita informação para ser processada, mas, por ora, tenho apenas uma pergunta.

Qual é o seu nome?

Ela não usa uma linguagem formada por palavras como nós, mas compreende o que quero saber. Mais imagens passam pela minha cabeça a título de resposta. Um cintilar brilhante de prata, estonteante de tão claro. Uma rajada de vento, mexendo com os galhos ou criando uma corrente onde os *pixius* podem planar.

Yin Feng, penso comigo. *Esse é o seu nome. Vento de Prata.*

A *pixiu* curva o corpo outra vez, e afasto a mão do seu rosto, percebendo que há um sorriso no meu. Li Wei e Zhang Jing estão ao meu lado, com expressões compreensivelmente confusas diante dessa nossa interação silenciosa, inerentes à gama enorme de informações que acabo de receber a respeito do nosso passado — e também, desconfio, do futuro que nos espera.

O que está acontecendo?, Li Wei quer saber.

Um recomeço, afirmo. *Um novo início para todos nós.*

EPÍLOGO

Acordo antes das minhas companheiras de quarto, como de hábito, porque escuto a movimentação da servente no corredor. Ela traz uma jarra com água e gira a manivela que sacode nossas camas. Uma a uma, as outras garotas começam a despertar, bocejando e se espreguiçando para dispersar o resto pesado de sono. Muitas hesitam em sair debaixo das cobertas, pois o outono já chegou e faz frio no dormitório.

Zhang Jing puxa o cobertor por cima da cabeça como um capuz, fazendo um bico ao dar de cara com meu sorriso. *Hora de acordar,* digo a ela. *Não se preocupe: o sol logo vai ficar mais quente. Ainda não estamos no inverno.*

Depois que os *pixius* voltaram para o nosso povoado, havia dois meses, as coisas mudaram consideravelmente por aqui. Antes, levava uma boa vida como aprendiz de prestígio entre os artistas do povoado. Agora, minha vida não é apenas boa, mas impregnada de sentido. Até bem pouco tempo atrás, eu não sabia que havia diferença entre uma coisa e outra.

Visto meu traje azul, e Zhang Jing põe sua túnica verde. O tecido da roupa que usa é novo, comprado numa transação comercial recente, e devo confessar que isso me dá um pouco de inveja. Terminamos de ajeitar os cabelos e inspecionamos uma à outra como sempre antes de seguirmos os outros até o refeitório para tomar o café. O salão tem ficado bem cheio estes dias, mas conseguimos achar dois lugares vagos numa das mesas baixas. O Paço do Pavão abriu suas portas para estudantes de agricultura além dos aprendizes de artistas, e finalmente as alas que estavam vazias foram postas em uso.

O café da manhã continua sendo servido depressa e de maneira eficiente. Todos sabem que os dias bonitos do outono já estão terminando, e os lavradores se mostram ansiosos para iniciarem suas tarefas logo. Saem antes dos artistas, e vejo Zhang Jing se afastar no turbilhão verde do seu grupo. Depois de acenar para ela, sinalizo que nos veremos mais tarde.

Nós artistas terminamos a refeição logo em seguida e vamos para o ateliê dar os retoques finais aos registros iniciados na noite passada. Essa parte das nossas vidas não se modificou, embora o conteúdo das pinturas esteja muito diferente. Não retratamos mais obedientemente a quantidade de minérios que foi extraída e enviada para a cidade, porque não entregamos mais nada a eles. A atividade de mineração continua, mas agora acontece para oferecermos os metais de presente aos *pixius* e usá-los nas relações comerciais que começamos a estabelecer com os poucos mercadores que se aventuram a subir os desfiladeiros. Depois da derrota sofrida por seus soldados, o Rei Jianjun decretou o banimento do nosso povoado, mas o apelo das riquezas escondidas no seio da montanha continua atraindo gente disposta a contrariar as suas ordens.

Nos registros de hoje, há as notícias sobre transações comerciais e também sobre os preparativos que estão sendo feitos para o inverno. A comida continua sendo uma fonte de preocupação, especialmente agora que não podemos contar mais com carregamentos regulares enviados encosta acima. Nossas primeiras tentativas de criar laços comerciais ajudaram a amenizar um pouco o problema, mas ainda temos muita coisa a fazer. Além de um pequeno rebanho, também compramos sementes de algumas plantas com raízes comestíveis, robustas o suficiente para crescer no outono. Com a abertura dos desfiladeiros, voltamos a ter acesso aos vales férteis que nossos ancestrais usavam para suas lavouras. Frutos silvestres cresceram por lá em arbustos e árvores ao longo destes anos todos, e estavam carregadas quando as encontramos, criando uma reserva inicial de suprimentos para o inverno. Nossa esperança agora é de podermos contar também com uma primeira safra de raízes e conseguirmos adaptar os rebanhos ao vale, e que isso nos dê o bastante para esperarmos até que a chegada da primavera traga novas possibilidades.

Os murais também trazem informações da atividade dos *pixius*. Agora, eles voltaram a viver abertamente na montanha, às vezes interagindo conosco e às vezes cuidando das próprias atividades. Os moradores que continuam trabalhando nas minas fazem oferendas de metais a eles de tempos em tempos, e, em troca, temos experimentado o poder de cura que emana dessas criaturas. Não apareceu mais nenhum caso de cegueira no povoado, e as pessoas que tinham começado a perder a visão viram o quadro se estabilizar. Para que os sentidos sejam inteiramente recuperados, entretanto, é preciso que se tenha um laço mais profundo com um dos *pixius*. Até o momento, só dois moradores daqui foram escolhidos para isso, e sou um deles.

A tarefa que me cabe na produção dos registros de hoje é o típico trabalho dos sonhos para mim: estou pintando um retrato de Yin Feng. Fiquei acordada até muito tarde retocando cada detalhe, mas ainda sinto que tem algo faltando na tela. Os tutores me deram até um pequeno suprimento de tintas metálicas especiais, mas sempre que olho para o brilho ondulante da pelagem, tenho a sensação de que o trabalho ainda não está perfeito.

Vai enlouquecer desse jeito, comenta o ancião Chen, aproximando-se do meu cavalete. *Está na hora de levar a tela para o mural no povoado. Seu trabalho ficou excelente.*

Dou um suspiro, olhando para a tela. *Mas não está perfeito.*

A perfeição é uma meta admirável, Fei, afirma, após abrir um sorriso repleto de pura bondade. *Mas saber a hora de parar é igualmente importante.*

Entendo o recado e trato de pousar o pincel. *Obrigada, mestre.*

Ele dá um aceno de cabeça na direção dos outros aprendizes, que estão reunindo as suas telas. *Deixe que cuidem dessa parte agora. Você precisa ir ocupar seu posto. Vocês duas.*

A última frase é dirigida para mim e para Jin Luan, que está pintando ao meu lado. Ela foi a outra pessoa escolhida por um *pixiu*, a única outra, até agora, para ter a sua audição recuperada. Ainda estou me acostumando a essa novidade. Apesar da velha rivalidade que sempre existiu entre nós, fico feliz por Jin Luan ter conseguido esse presente. Não pude deixar de reparar no fato de que as duas aprendizes do ancião Chen são, no entender dos *pixius*, as pessoas com a maior inteligência visual do povoado. Isso fez bem para a reputação dele, e sei que meu tutor está orgulhoso do fato, quem sabe até um pouco comovido.

Contudo, uma parte egoísta de mim gostaria que aqueles que me são mais próximos — Zhang Jing e Li Wei, falando mais especificamente — também fossem escolhidos. Quero dividir com eles esta jornada pelo mundo dos sons, que eles possam entender como é ter todos os seus sentidos funcionando. Até agora, os outros *pixius* ainda não escolheram humanos com quem se vincular, se é que o farão algum dia. Tento não me mostrar impaciente, porque sei que esse é um vínculo especial e honorável, e que nem todos estão preparados para ele. E porque sei também que, no caso dos *pixius*, que vivem muito mais tempo que nós humanos, não deve mesmo haver pressa nenhuma.

Jin Luan e eu fazemos reverências para o ancião Chen e, depois, nos separamos dos nossos companheiros que estão às voltas com o transporte das telas. Saímos para o dia faiscante de outono, que ainda está frio, mas tem um céu claro e a promessa de sol para mais tarde. Quando passamos pelo povoado, vemos outras pessoas, também iniciando suas atividades do dia. Algumas começaram a se reunir no centro, esperando para ver os registros antes de ir trabalhar. Outras, como o grupo dos lavradores, já estão tratando de iniciar suas tarefas para aproveitar ao máximo as horas de sol.

Um desses grupos me faz franzir o cenho quando nossos caminhos se cruzam em uma das trilhas. É uma turma pequena de moradores locais que está trabalhando com o pai de Xiu Mei. Insatisfeitos com os desmandos do rei, Xiu Mei e seu pai deixaram seus empregos na Hospedaria das Murtas e vieram para cá depois que ouviram falar que nosso povoado estava restabelecendo a ligação com o resto do mundo. O defeito na perna adquirido nos tempos do exército não é impeditivo para que o antigo soldado nos ajude, uma vez que seus conhecimentos e habilidades continuam bem afiados. O trabalho dele é treinar uma parte dos nossos jovens para o posto de guerreiros, e isso me desperta sentimentos ambíguos. Depois do ataque que sofremos das forças do rei, é compreensível que tenhamos que trabalhar nossa capacidade de defesa... Mas sinto-me triste por ver meu povo enveredando por esse caminho.

Jin Luan e eu logo deixamos os guerreiros para trás quando saímos dos arredores da cidade na direção dos vales férteis, usando a passagem aberta pelos explosivos. Os lavradores já estão trabalhando ali, caminhando pelo meio das árvores e das moitas com seus trajes verdes. Não demoro a reconhecer Zhang Jing ajoelhada num dos canteiros de legumes. Graças à presença dos *pixius*, a visão dela não piorou mais, e minha irmã descobriu que seus outros sentidos — do olfato e do tato — são apurados ao ponto de torná-la especialmente indicada para o novo trabalho. Mesmo a distância em que estou, posso ver o sorriso que tem no rosto enquanto trabalha, claramente mais satisfeita aqui do que no seu tempo de artista.

Xiu Mei está atrasada, comenta Jin Luan. *Outra vez.*

Deve ter perdido a hora de acordar de novo, constato com um sorriso. Por conhecer tanto a linguagem falada quanto a dos sinais, Xiu Mei foi escolhida para ensinar Jin Luan e eu a falarmos. Ainda não dominamos muito bem a técnica, e muitas vezes as aulas me parecem um tormento. O ancião Chen sabe da minha dificuldade, mas sempre repete que vai chegar o tempo em que os moradores do nosso povoado terão que se comunicar com o mundo lá fora, e, como fui uma das escolhidas pelos *pixius,* a responsabilidade de fazer isso cairá sobre mim.

Se for seu dia de sorte, ela ainda vai dormir mais um pouco, brinca Jin Luan, com um ar maroto. À princípio, penso que está fazendo uma referência só à minha antipatia pelas aulas, mas em seguida ela dá um aceno de cabeça na direção da lateral do vale. *Parece que tem uma pessoa ali querendo conversar com você.*

Acompanho a direção do aceno e sinto meu rosto corar. Quem está lá é Li Wei, com um machado na mão, trabalhando numa das cercas da horta. E, como se pudesse sentir nosso olhar, ele faz uma pausa para limpar o suor do rosto, então se vira na nossa direção. Jin Luan me cutuca.

Vá logo!, sinaliza. *Pode ser que Xiu Mei ainda durma a manhã inteira.*

Ele fica olhando enquanto me aproximo. *Aulas de linguagem falada?,* pergunta, assim que chego mais perto.

Sim, assinto. *Mas a professora se atrasou. E você, o que está fazendo aqui tão cedo?*

Ele aponta para a cerca de madeira na qual estava trabalhando. *Os lavradores conseguiram sementes de ervilha e de vagem que querem tentar plantar logo. Se o frio demorar mais um pouco para chegar de verdade, pode ser que ainda consigam uma safra pequena antes do inverno. Essas cercas são para as plantas se enroscarem.*

Não estava planejando trabalhar com entalhes?, pergunto.

Estou mesmo. E já tenho feito isso, em algumas noites. Ele dá de ombros. *Mas os entalhes podem esperar. Ainda há muitas outras coisas para ser feitas... Há muita coisa que precisamos reconstruir.*

E ele está com a razão. A incerteza que paira sobre nós no momento é bem forte, e o povoado precisará usar todos os recursos de que puder dispor para resistir bem ao inverno; principalmente com as atenções do Rei Jianjun ainda voltadas para a montanha. Meu povo está atravessando uma fase de muitas esperanças; mas também de medo. A força dos músculos de Li Wei tem mais valor neste momento do que o talento que suas mãos possam ter. Respeito isso, mas tenho a esperança de que, um dia, possa expressar sua criatividade de modo que atraia um dos *pixius*. Esse é meu desejo secreto, que não tive coragem de dividir nem com o próprio Li Wei, nem com mais ninguém.

Da maneira como sempre faz, ele tenta desanuviar meu espírito. *Venha cá*, sinaliza. *Estou precisando da sua opinião artística sobre uma coisa.*

Então, ele me chama para um depósito recém-construído com o intuito de guardar as ferramentas dos lavradores. Caminhamos até o lado de trás da pequena cabana, até ficarmos longe da vista de Jin Luan e dos outros trabalhadores. Espio na direção dela, tentando saber o que estava querendo me mostrar.

O que era?, pergunto.

Isto, diz, me puxando para um beijo intenso. Os lábios se colam aos meus, e um calor inebriante se alastra por tudo quando recosta meu corpo contra a parede do depósito. Envolvo-o nos braços e me deixo derreter, impressionada com a perfeição do encaixe que há entre nós, apesar de sermos tão diferentes. *Harmonia*, penso comigo. Ainda não consegui saber ao certo o que é essa coisa que existe entre nós dois, mas sei que me faz sentir mais forte. Há muito o que ainda não sabemos a respeito do que o futuro reserva, mas de alguma forma, enquanto Li Wei estiver ao meu lado, sinto que serei capaz de enfrentar o que for preciso.

Você me enganou, sinalizo, quando conseguimos interromper brevemente o beijo.

É verdade, admite. *E é por isso que nunca vai conseguir me vencer no* xiangqi.

Porque você trapaceia?, provoco.

Exatamente. Não se esqueça de que sou um bárbaro.

Isso você é mesmo, concordo. *Nem sei por que eu fui me deixar envolver por alguém assim.*

Ainda bem, constata. *Porque conversei com os mais velhos... e deram permissão para nos casarmos.*

Arregalo os olhos, pensando se posso ter entendido errado os sinais. *Verdade?*

O mundo mudou, Fei, afirma, fazendo um gesto que abrange a tudo ao seu redor. *Agora não existe mais hierarquia, não tem mais isso de artistas serem melhores do que mineradores.*

Realmente. A maior parte das pessoas daqui abraçou novas vocações no esforço para reconstruir o povoado. Aqueles que continuam trabalhando nas minas, extraindo metais para os *pixius* e para serem usados no comércio com o mundo exterior, agora são vistos com o mesmo respeito que todos os outros moradores. Os valores antigos não se aplicam mais. Agora, somos todos iguais.

Nós dois... casados, repito, ainda sem conseguir acreditar.

Sabia que iríamos arrumar um jeito de ficarmos juntos. Sabia que nossos caminhos por este mundo sempre seguiriam lado a lado. O sorriso dele se alarga. *E eu tinha lhe dito que iria arranjar outra ocasião para usar aquela seda, não foi?* O ar maroto nos olhos dele de repente ganha uma ponta de hesitação. *Quero dizer, isso se quiser mesmo se casar...*

A título de resposta, jogo-me nos seus braços e volto a beijá-lo, finalmente tendo a satisfação de pegá-lo de surpresa, em vez do contrário. Um tipo novo de alegria toma conta de mim, e sinto a imaginação transbordar, não com cenas que quero pintar, mas com todas as oportunidades maravilhosas que um futuro juntos nos reserva. *Quero,* digo, assim que consigo me afastar dele o suficiente para fazer os sinais. *Sim, sim, sim. Todos os sins que...*

Um barulho alto do outro lado do depósito me faz encolher o corpo e interrompe o meu blá-blá-blá eufórico. Afasto-me de Li Wei com um pulo, e ele, por sua vez, se assusta com minha reação. Contornando a cabana, dou de cara com Yin Feng pousada no capim. O vento agita o pelo brilhante, fazendo-me pensar que deveria ter gastado mais tempo retocando o retrato dela que pintei mais cedo.

Você atrapalhou nosso encontro, brinco.

Ela não compreende a linguagem dos sinais, mas acho que capta o significado. Sinto um relance de diversão nos seus olhos antes de ela começar a limpar as penas das asas, distraidamente. Mais atrás, avisto outras silhuetas brilhantes pousadas no vale. Mesmo quando não estão interagindo diretamente conosco, os *pixius* parecem gostar de estar perto de nós. E esse sentimento é recíproco. Li Wei me abraça pela cintura enquanto olhamos os companheiros de Yin Feng irem pousando e se refestelando ao sol. A felicidade me ilumina por dentro, e recosto a cabeça no peito dele. Por todo o vale, vejo outras pessoas, Zhang Jing inclusive, pararem o que estão fazendo para olhar para os *pixius* também.

Para além desta montanha, o mundo é perigoso e cheio de incertezas. Mas aqui, por ora, temos outra vez a beleza e a esperança, sem falar na força que vem da proximidade com aqueles que amamos. E isso vai bastar para enfrentarmos qualquer tempestade que possa vir, concluo. Com toda a certeza.

AGRADECIMENTOS

Sempre existe um povoado inteiro por trás de todos os livros que escrevo. Antes de mais nada, há a minha família, a quem sou imensamente grata pela paciência e o apoio que me dão ao longo dos muitos altos e baixos que uma pessoa criativa enfrenta todos os dias! E há minha "família editorial", que também foi fantástica. Muito obrigada ao agente literário Jim McCarthy por ter cuidado dos milhões de detalhes nos bastidores deste processo, e obrigada também à equipe maravilhosa da Razorbill; em especial à editora Jesica Almon, que com a sua perspicácia e talento, fez este livro virar realidade.

Na parte das pesquisas, devo muito à professora de Linguística Katharine Hunt por ter aceitado minha abordagem surgida do nada e me ajudado a compreender melhor os processos de aquisição de linguagem e perda da audição. Deixo meu agradecimento também para Judy Liu pela ajuda com o mandarim e com as peculiaridades culturais da China e de Taiwan.

Por fim, sou eternamente grata aos meus leitores incríveis. Obrigada por serem minha fonte de inspiração e pelo amor que têm pelo meu trabalho.

Este livro foi composto na tipologia Minion Pro
Regular, em corpo 11/16, e impresso em
papel off-white no Sistema Cameron da
Divisão Gráfica da Distribuidora Record.